Llora por el amor 5

De tal palo tal astilla

von

Jaliah J.

Impressum

Alle Rechte am Werk liegen beim Autor
J., Jaliah
Llora por el amor 5
De tal palo tal astilla
Berlin, Dezember 2015
Erstauflage
Lektorat: Günter Bast, Theresa
Covermodel: Murat Polat
Cover/Bildgestaltung: Klaud Design – Marie Wölk

Herstellung und Verlag:
BoD - Books on Demand, Norderstedt

ISBN: 978-3-7392-0699-8

www.jaliahj.de

Weiter geht es mit der neuen Generation der

Les Surenas und der Trez Puntos

– den Trez Surentos -

LES SURENAS

LA S

Ramon & Jennifer	Rodriguez & Melissa	Paco
Miguel	Dilara	
Sami	Damian	

Chico & Adriana	Ramos & Juana	Mano & Gabriella	Hernandez & Elena	Josi
Jesus	Adora	Nesto	Kasim	
Omar			Marina	

RRA

TREZ PUNTOS

&	Bella		Juan & Sara
Leandro			Sanchez
Latizia			Ciro
Lando			

Miko & Sam	Raul & Eva	Pepo & Danijela	Tito & Lucia
Enrique (Rico)	Estefania	Saul	Prince (PJ)
Abelia		Yara	

◊

Müde öffnet Paco seine Augen, er schläft hier nicht gut, nie länger als zwei Stunden am Stück, er wacht ständig auf, nur um dann mühevoll zu versuchen wieder einzuschlafen. Noch immer kann er sich nicht daran gewöhnen, abfinden wird er sich niemals mit dem Zustand, hier eingesperrt zu sein. Er hört Tumult draußen und geht aus seiner Zelle, um in den Innenhof zu sehen.

Miko und Chico stehen auf dem Hof, sie heben freudig ihre Arme und schreien nach ihnen allen, da entdeckt Paco die Waffen in ihren Händen. Zwei Wachen liegen vor ihnen auf dem Boden. »Endlich haben sie einen Fehler gemacht, los kommt runter, wir haben lange genug darauf gewartet.« Paco sieht ungläubig auf die Situation, die sich ihm bietet, sein Herz beginnt augenblicklich schneller zu schlagen. Neben ihn tritt Mano und legt den Arm um Paco. »Alles in Ordnung? Was starrst du hier so herum? Lass uns verschwinden.«

Sie rennen die Treppe hinab auf den Hof, wo sich langsam alle einfinden und von der Freude anstecken lassen. Dieses Gefühl, das Wissen, dass sie nun frei sind, es ist unbeschreiblich. Paco traut sich gar nicht, daran zu glauben.

Er kann aber auch nicht weiter darüber nachdenken, er wird von Rodriguez mit aus dem Gefängnis gezogen. Sie gehen problemlos hinaus, das schwere Eisentor, was er stundenlang angestarrt hat, steht einfach offen. Sie steigen in die gleichen Busse vor dem Gefängnis, in denen sie damals hergefahren wurden. Paco setzt sich und sieht den anderen beim Feiern zu, er selbst will einfach nur schnell ins Flugzeug und zurück zu seiner Familie.

Nach Puerto Rico. Er muss sich zusammenreißen, dass ihm keine Tränen in die Augen steigen, als er daran denkt, dass er sie alle wieder im Arm halten wird. Den ganzen Flug kann er sich kaum auf dem Sitz halten und als sie sich auf den Weg nach Sierra machen, zählt er die Minuten. Er wundert sich, als ihre Wagenkolonne früher abzweigt und sie in eine kleine verlebte Stadt fahren.

»Wo sind unsere Familien?« Niemand beantwortet ihm die Frage. Das Auto hält und er steigt aus. Er will sich gerade zu den anderen umdrehen und merkt, dass sie einfach weiterfahren. Juan winkt ihm noch zu. Was ist hier los? Er geht zu dem heruntergekommenen Haus, vor dem er abgesetzt wurde. Surena steht auf der Klingel und Paco klopft verwirrt, er versteht nicht, was all das hier zu bedeuten hat. Ein Mann öffnet genervt die Tür, in seinem Arm ein Mädchen, was wie Latizia als Baby aussieht, nur verwahrloster. »Wer bist du? Was willst du?« Paco sieht hinter ihm Bella, die sich die Hand vor den Mund schlägt, als sie ihn erblickt.

Paco beachtet den Mann nicht weiter, schubst ihn zur Seite und geht auf seine Frau zu, die wie versteinert stehen bleibt und ihn immer noch anstarrt. Sie hat sich verändert, sie sieht älter aus, immer noch wunderschön, aber älter. Ihre Augen strahlen nicht mehr, sie wirkt gebrochen. »Seit wann seid ihr draußen?« Die Kälte in ihrer Stimme trifft ihn und lässt ihn anhalten.

Der Mann drückt ihr genervt das Kleinkind in die Hand. »Macht doch was ihr wollt, ich muss arbeiten, einer muss dich ja mit deinen verzogenen Bälgern durchfüttern!« Paco will sich den Mann gerade schnappen, als Bella seinen Arm festhält. »Nicht!« Sie trägt ihren Ehering nicht mehr.

Alle Freude, die Paco verspürt hat, ist augenblicklich verschwunden, er sieht sich ungläubig in der Bruchbude um, gelähmt vor Schock. »Was ist passiert? Wo ist Leandro? Wo ist Latizia und wer ist das?« Er zeigt auf das kleine Mädchen, was sich auf dem Arm von Bella an sie herankuschelt. »Denkst du, dass du jetzt einfach hier auftauchen kannst, um mir irgendwelche Vorwürfe zu machen? Leandro wurde beim Versuch Sierra zurückzuerobern schwer verletzt, unser ganzes letztes Geld ging für seine Behandlung drauf, ich musste weiterleben und dafür sorgen, dass meine Kinder Essen und Kleidung haben. Denkst du, nach zehn Jahren hast du jetzt das Recht hier aufzutauchen und mir irgendwelche Vorwürfe zu machen?« Bella muss den Verstand verloren haben. Paco geht zu einem Spiegel, der im Flur hängt. »Zehn Jahre? Von was redest du da?«

Doch im Spiegel erkennt er es, er sieht, dass auch er älter geworden ist. Paco streicht über seine Haut, sieht an sich herunter und dreht sich zu Bella um. »Wie konnte das passieren?« Bella lächelt matt und öffnet die Haustür, um ihm zu zeigen, dass er gehen soll. »Es gibt nichts mehr Paco, es ist alles weg, die Familia, die Familie und die Zeit, du hast alles verloren!«

Paco setzt sich in seinem Bett auf, sein Herz schlägt so laut, dass er schnell aufsteht und an sich herunter blickt. Es war nur ein Traum, doch er war so real, zu real. Rodriguez erscheint in seiner Zelle, es ist mitten in der Nacht, doch niemals schlafen alle von ihnen. »Alles klar? Ich dachte, ich hätte etwas gehört?« Paco atmet tief ein und versucht, seinen Puls wieder etwas herunter zu bekommen, doch es geht nicht. Er muss etwas tun. Jetzt!

»Wir müssen hier raus!« Ohne seinen Bruder weiter zu beachten, geht er aus der Zelle, die Treppe hinab in den Innenhof, wo ihn Rodriguez stoppt und sich vor ihn stellt. »Beruhige dich, komm mal wieder runter, das bringt jetzt keinem etwas.« Paco will seinen Bruder wegschieben, doch nun kommt auch Juan dazu, der das Ganze beobachtet haben muss.

»Lass es, beruhige dich!« Paco sieht den beiden in die Augen. »Unsere Söhne sind da draußen und machen die Arbeit, die wir tun sollten. Wer weiß, was ihnen passiert. Vielleicht ist einer von ihnen schon tot!« Juan zuckt zusammen, Rodriguez blickt auf den Boden. »Wie lange sollen wir hier noch herumsitzen?«

Juan sieht Paco nun genauso ernst in die Augen. »Wir werden hier sitzen und uns ruhig verhalten, solange wir noch Hoffnung haben. Natürlich denke ich jede Sekunde an unsere Söhne, doch sie kämpfen gerade für uns, wenn wir jetzt hier durchdrehen, kriegen wir eine Kugel in den Kopf und alles war umsonst. Also bleiben wir ruhig! Der Arzt ist auch noch da, es macht mich auch wahnsinnig, aber momentan müssen wir abwarten, müssen jede Chance nutzen und dürfen die Nerven nicht verlieren!«

Paco weiß, dass er recht hat, doch er hat das Gefühl durchzudrehen. Er sieht zu dem riesigen Eisentor und streicht sich über das Gesicht, versucht den Traum und die Gefühle, die dieser in ihm hochgebracht hat, zu verdrängen, um wieder klar zu denken.

Juan legt den Arm um ihn und führt ihn zurück zur Treppe. »Das fällt mir jetzt echt schwer, aber wenn wir Garcias in die Hände bekommen, überlasse ich ihn dir, auch wenn mich das umbringen wird!«

Sein Schwager lacht, auch Rodriguez neben ihnen grinst. Paco muss schmunzeln.

»Er wird den Tag bereuen,
an dem er sich an die Familias herangewagt hat!«

◊

De tal palo tal astilla

Kapitel 1

Leandro blickt den Hügel hinab auf Sierra. Die Sonne geht gerade auf. Hinter ihnen liegen zwei schlimme Nächte, er hat kaum geschlafen, und das erste Mal in ihrer aller Leben mussten sie für die Familia kämpfen. Sie wurden verletzt, zwei von ihnen sind gestorben und sie haben getötet, doch sie haben gesiegt. Sierra gehört wieder ihnen, ihre Stadt ist wieder in den Händen der Trez Puntos und den Les Surenas, wie es schon immer gewesen war.

Sie, die neue Generation, die Trez Surentos haben sich für ihre Väter gerächt, doch es war nur ein Schritt auf ihrem Weg. Um alles wieder gut zu machen, haben sie noch einiges vor sich.

Leandro blickt neben sich zu Damian, der auf ihn zukommt. Er hat gerade geduscht, auch Leandro hat sich schon das Blut abgewaschen, was der Preis dafür war, dass sie nun wieder den Platz einnehmen, der ihnen zusteht. Alle, die sie daran hindern wollten, sind in den Keller geschafft worden.

»Lass uns dieses verfluchte Haus abfackeln, so sieht die ganze Stadt, dass die Zeit der Mara Nuestra vorbei ist.« Leandro nickt, er ist müde, seine Wunde von dem Streifschuss der letzten Nacht schmerzt. Eigentlich will er nur noch schlafen, aber sie haben noch einiges hier zu tun.

»Was machen wir mit der Familie von Gallardo?« Leandro blickt sich zum Haus um. Ihr Plan, Gallardo mit seiner Familie wieder hierher zu locken, ist völlig daneben gegangen. Seine Familie ist ihm vollkommen egal und nun haben sie diese hier. Dazu steht denen allen der Schock des heute Erlebten ins Gesicht geschrieben.

Jayime und Dania sind blass, die Kleinen klammern sich an ihre Mutter. Sie wurden mit Waffen bedroht, die vielen Toten, an ihnen klebte Blut, was sie sich ebenfalls abgewaschen haben, doch dessen Spuren sich nicht so leicht entfernen lassen, auch wenn man sie äußerlich beseitigen kann.

Leandro weiß nicht, wie viel diese Familie gewohnt ist, ob sie schon oft solche Szenen gesehen haben, doch er sieht, dass auch sie mit den

Nerven am Ende sind. Er weiß es nicht, er weiß nicht, was sie nun mit ihnen machen sollen. Dine steht bei ihnen und als Leandro ins Haus geht und Sami und Sanchez ruft, damit sie ihm helfen den Tresor auszubauen und ins Auto zu bringen, bietet er ebenfalls sofort seine Hilfe an.

Leandro ist sich nicht sicher, ob er dem Mann trauen kann, bisher hat er ihnen aber keinen Grund gegeben es nicht zu tun, daher lässt er ihn mithelfen. Als sie feststellen wie fest der Tresor eingebaut ist, planen sie um und füllen das Geld in mehrere Koffer und Taschen. Als sie die Autos damit füllen, weist Leandro Jayime und Dania an, dass sie alles, was sie aus dem Haus mitnehmen wollen, einpacken sollen, da das Haus nicht mehr lange stehen wird. Sie nehmen die Schlüssel der Autos, die noch hier vor dem Haus parken und verteilen weiter das ganze Geld darin.

Dania steht fünf Minuten später vor ihnen, sie hat eine kleine Reisetasche und hält die Bibel in ihrer Hand. »Ist das alles, was du mitnehmen möchtest?« Leandro sieht ihr in die Augen. Seit er sie auf den Treppen in den Arm genommen hat, haben beide kein Wort mehr miteinander gewechselt. Sie nickt nur knapp. Was hat sie jetzt vor? Sie wird sicherlich nicht mit Jayime gehen. Leandro muss sich eingestehen, dass er sie gerne bei sich behalten würde, er mag sie. Sie ist anders, ungewöhnlich, doch er merkt, dass er sie gern hat, vielleicht genau deshalb, weil sie anders ist. Wie soll er ihr das sagen, ohne sich vollkommen lächerlich zu machen? Er kennt sie kaum.

»Was hast du jetzt vor?« Dania sieht unsicher zu ihm, doch in diesem Moment kommt Jayime mit den beiden Kleinen die Treppe herunter. Sie hievt nach und nach Koffer nach unten, sie wollen sich anscheinend von so wenig wie möglich trennen. »Dania kommt mit uns, wir werden die nächsten Tage nach Chile reisen.« Leandro blickt verwundert zu Jayime, sie hasst Dania, wieso will sie sie jetzt mitnehmen? Allerhöchstens dazu, dass sie weiter ihr Dienstmädchen spielt. Dine kommt dazu und sieht besorgt zu Dania. »Du musst das nicht mehr machen, Dania! Du kannst jetzt deinen eigenen Weg gehen.« Jayime sieht ihn vernichtend an.

12

»Dania weiß, dass wir momentan keine andere Wahl haben und sie wird ihre Geschwister nicht hungern lassen wollen, zudem kann sie sich glücklich schätzen, also komm jetzt und hilf mir die Koffer herunterzubringen!« Sie sieht auffordernd zu Dania, die völlig überfordert zwischen allen hin- und hersieht.

Man spürt, sie ist noch immer eingeschüchtert von Jayime. Sie ist es schon seit Jahren gewohnt nach ihrer Nase zu tanzen. Auch Sami und Kasim stellen sich zu ihnen. »Ich verstehe nicht, wie du noch so selbstsicher sein kannst. Ihr bleibt keine paar Tage mehr hier in Puerto Rico, ihr verlasst das Land sofort und kommt nie mehr zurück. Ihr könnt froh sein, dass ihr mit eurem Leben davon kommt. Bei deinem Mann wäre das nicht der Fall gewesen, also lade die Koffer in den schwarzen Van, und ich bringe euch höchstpersönlich zum Flughafen und setze euch in den nächsten Flieger. Keiner von den Mara Nuestra hat noch das Recht in Puerto Rico zu bleiben!« Sami funkelt Jayime wütend an.

Leandro weiß, dass sein Cousin nicht übertreibt. Gallardo wäre an ihrer Stelle nicht so gnädig sie einfach gehen zu lassen. Nun blicken aber auch Dania und Dine unsicher zwischen allen hin und her. Leandro sieht zu dem Mann, der zwar zur Mara Nuestra gehört hat, der sich ihnen gegenüber aber sehr hilfsbereit und loyal benommen hat. »Was sind deine Pläne?« Dine sieht zu ihm. »Ich weiß es noch nicht, ich dachte, vielleicht könnte ich hierbleiben, bis ich weiß, was ich in Zukunft machen möchte. Ich würde euch gerne helfen bei den Sachen, die ihr noch zu tun habt, wenn ihr nichts dagegen habt.«

Kasim nickt Leandro zu, auch seine Cousins haben sich schon an den Mann aus dem Libanon gewöhnt. So verkehrt wird es nicht sein, immerhin müssen sie sich noch um alle alten Geschäftspartner ihrer Familias kümmern und den Kontakt wieder herstellen, damit die Geschäfte richtig ins Laufen kommen und sich herumspricht, dass sie zurück sind. Leandro kennt zwar noch viele von ihnen, doch da sich Dine das letzte Jahr mit Gallardo darum gekümmert hat, kann er ihnen eine große Hilfe sein. Leandro nickt ihm zu. »Du kannst solange bei uns bleiben wie du möchtest, auch wenn du dir unser Vertrauen noch weiter verdienen musst!«

Jayime und Dania bringen die Koffer zum Van, sie scheinen seine Worte nicht zu interessieren, offensichtlich hat sich Dania bereits entschieden, doch Dine nickt zufrieden und entschuldigt sich. Er sieht zur Uhr und geht ins Bad.

Leandro weiß, dass er sich jetzt auf bestimmte Art wäscht und dann seinen Teppich holt und zu beten beginnt. Er hat sich mittlerweile daran gewöhnt, es ist ihm sogar recht, so wird er daran erinnert, dass er zu selten zur Kirche geht. Er geht ihm nach und holt ihn auf dem Weg zum Badezimmer ein. »Weißt du, wieso Jayime Dania mitnehmen will, was ist in Chile?« Dine sieht sich um, er hat vermutlich keine Lust, den Zorn von Jayime auf sich zu ziehen.

»Ich kann mir nur vorstellen, dass sie Dania zu einem Roberto bringen möchte. Als Gallardo damals aus Mexiko geflohen ist, hatten sie gar kein Geld. Wir hatten probiert, ein paar Geschäfte auf die Beine zu stellen. Dabei hat er einen reichen Geschäftsmann kennengelernt, der damals sofort ein Auge auf Dania hatte. Sie war aber noch zu jung, vielleicht vierzehn, doch der Mann wollte sie unbedingt und hat mit Gallardo einen Deal ausgemacht.

Sobald sie sechzehn wird, sollte sie ihn heiraten, Gallardo sollte in der Zeit aufpassen, dass sie unberührt bleibt. Er hat ihm eine kleine Anzahlung gezahlt. Sobald Dania seine Frau wird, würde er eine größere Summe bekommen. Ich glaube, sie hatten sich damals auf achttausend Dollar geeinigt. Zwei hatte er schon bekommen.

Dann sind wir alle nach Puerto Rico. Gallardo hatte zu viel zu tun und hat sein Abkommen vergessen, hin und wieder hat sich der Mann aus Chile gemeldet, doch Dania hat jedes Mal gedroht sich das Leben zu nehmen, bevor sie ihn heiratet und für Gallardo waren zu der Zeit achttausend Dollar nur noch Peanuts, sodass er sich nie weiter drum gekümmert hat. Jayime würde das Geld jetzt sicherlich erst einmal weiterhelfen, auch wenn ich nicht weiß, ob der Mann noch Interesse hat. Dania ist jetzt achtzehn und vielleicht hat er schon längst eine andere geheiratet.«

Leandro schüttelt den Kopf. Sollte ihn irgendetwas bei dieser kranken Familie noch verwundern? »Wie alt war der Typ?« Dine zuckt die

Schultern. »Älter, ich schätze, er wird jetzt Mitte dreißig sein.« Leandro nickt angewidert. »Du magst Dania, nicht wahr?«

Leandro hasst es, dass alle das so offensichtlich bemerken und antwortet nicht, doch das stört Dine auch nicht weiter. »Sie ist eine gute Frau.« Lächelnd verabschiedet sich der neue Mann unter ihnen damit ins Bad und Leandro flucht leise. Er spürt, er muss etwas machen, nur weiß er noch nicht genau, wie er es anstellen soll.

Als er wieder zu den anderen geht, sind schon fast alle Koffer verstaut und Sami steht ungeduldig daneben. »Ich bringe sie zum Flughafen, je schneller sie weg sind, desto besser und ich werde warten, bis sie im Flieger sitzen, nur um ganz sicher zu gehen.« Er zwinkert und grinst frech, dann nickt er zu Dania hinüber, die unschlüssig neben dem Auto steht. »Was ist mit ihr?« Leandro reibt sich über die Augen, mittlerweile ist er für alles zu müde.

»Ich kläre das, fahrt zu viert und mit zwei Wagen. Nehmt noch einige Taschen und Koffer mit und bringt das Geld auf die alten Konten, wenn das nicht mehr geht, eröffnet neue. Es wird die nächsten Tage noch mehr Geld kommen und wir können nicht alles mit uns herumschleppen.« Kasim, der zugehört hat, nickt. »Ich begleite euch, auch wenn ich dann das Feuer verpasse. Eigentlich sollte die Frau das auch sehen, ich bin mir sicher, sie wird nochmal zurück zu Gallardo gehen, früher oder später soll er erfahren, wie schön sein Haus gebrannt hat.«

Leandro geht zu Dania. Als er vor ihr steht, sieht sie erst weg, doch dann blickt sie ihm in die Augen und er sieht ihre Unsicherheit darin. »Dania, du musst nicht mit Jayime mitgehen. Nach allem, was du mir über sie erzählt hast, verstehe ich gar nicht, wie du überhaupt daran denken kannst?« Sie verschränkt die Arme vor der Brust und er sieht, dass sie Tränen in den Augen hat, sonst wirkt sie immer so taff, es trifft ihn, sie jetzt so verletzlich zu sehen. »Ich weiß nicht, was ich tun soll. Ich meine, was habe ich für eine Wahl? Ich habe nur sie, ich habe sonst niemanden, wo soll ich hin? Was soll ich tun? Die beiden sind doch trotz allem meine Geschwister und ... Was soll ich sonst machen?« Leandro sieht sie ungläubig an. »Dafür willst du irgendjemanden heiraten?«

15

Dania schüttelt schnell den Kopf. »Nein, aber vielleicht muss ich das gar nicht, ich könnte mit nach Chile gehen und dort versuchen neu anzufangen.« Er will etwas sagen, doch sie fährt leise fort. »Es ist ja offenbar so, dass ihr niemanden von uns mehr hier duldet.«

Leandro tritt näher zu ihr, am liebsten würde er sie wieder in den Arm nehmen, doch er bezweifelt, dass sie dies noch einmal zulassen würde. Heute Nacht auf den Treppen war es sicherlich nur die Angst von ihr, die das zugelassen hat. »Das gilt nicht für dich, ich kenne deine Geschichte und wenn du gerne hierbleiben willst, kannst du das tun. Wir sind nicht wie die Mara Nuestra, ich denke, das weißt du mittlerweile.« Sie blickt etwas hoffnungsvoller. »Ich könnte weiter zur Uni gehen, vielleicht kann ich in der Kirche helfen und dort bleiben, ich könnte mir einen Job suchen.«

Es ist eher fragend als feststellend und Leandro muss lächeln. »Natürlich kannst du das alles machen, du bist jetzt frei, mach was du für richtig hältst.« Dania sieht an ihm vorbei zu seinen Cousins, die Jayime und die Kinder ins Auto setzen. »Ich habe nicht das Gefühl, dass ich hier gerne gesehen werde.« Er hört augenblicklich auf zu lächeln, sie merkt offenbar überhaupt nicht, dass er sie mag.

»Ich würde gerne, dass du hier bleibst.« Als sie ihm jetzt in die Augen sieht, hält er ihrem Blick stand, momentan hat er keine Kraft, sich darum zu bemühen ihr volles Vertrauen zu gewinnen, er muss sich erst darum kümmern, dass mit seiner Familie wieder alles in Ordnung kommt, doch er hofft, dass das fürs Erste reicht. Dania kommt nicht mehr dazu etwas zu erwidern, denn Jayimes schrille Stimme unterbricht sie. »Dania, komm jetzt endlich!«

Er würde es ihr liebend gern abnehmen, doch diesen Kampf muss sie alleine führen, also atmet Dania tief ein, bevor sie zu dem Auto geht, wo Jayime und die Kleinen schon drin sitzen. Kasim fährt und Sami sitzt mit einigen der Surenas im anderen Auto. »Ich komme nicht mit, Jayime, ich fange hier ein neues Leben an, du musst dir eine andere zum Rumschubsen suchen.«

Man sieht Jayime an, dass sie nicht erwartet hätte, dass Dania nun den Mut findet, sich gegen sie zu stellen. »Was ist mit deinen Geschwistern, denkst du gar nicht an sie?« Der Junge beachtet seine ältere Schwester gar nicht, das kleine Mädchen kommt noch einmal aus dem Auto und auf Danias Arm.

Leandro weiß, dass auch die Kleinen Dania nicht gut behandelt haben, doch er ist sich sicher, dass sie ihre Schwester trotzdem lieben. Dania drückt das kleine Mädchen an sich und gibt ihr einen Kuss auf die Wange. »Ich weiß, du wirst dafür sorgen, dass es ihnen gut geht. Wenigstens für sie bist du eine Mutter.« Sie setzt die Kleine wieder ins Auto. »Wenn sie alt genug sind, werden sie mich vielleicht verstehen oder ich kann es ihnen erklären, ich hoffe ...« Jayime unterbricht sie schroff. »Du bist eine Hure wie deine Mutter!«

Leandro reicht es, er hasst diese Frau. Er schlägt die Autotür zu und klopft auf das Dach, damit Kasim sie wegbringt. »Alles ok?« Dania nickt und sieht dem wegfahrenden Auto hinterher. Auch wenn sie ängstlich und unsicher ist, weiß Leandro, dass alles besser für sie ist, als weiter bei diesen Leuten zu bleiben.

Bella legt Lando in sein Kinderbett und spricht ein leises Gebet in die Stille hinein. Sie betet für ihn, für seine Zukunft, für Latizia, für ihren Mann, ihren Bruder, ihre Cousins und allen anderen Männer, die gefangen gehalten werden. Und während sie für Leandro und ihre Neffen betet, beginnt sie zu weinen.

Es zerreißt sie, die Sorge um ihren ältesten Sohn erstickt sie. Niemals hätte sie ihn gehen lassen, sie hätte es auf keinen Fall zugelassen, dass er sich in solch eine Gefahr begibt, doch jetzt bleibt ihr nichts übrig als zu beten. Melissa hat sie vor einer halben Stunde angerufen. Damian hat sich gemeldet, es geht ihnen gut, sie haben es geschafft, alle anderen Familien aus Sierra zu vertreiben und kümmern sich jetzt darum, dass ihre Familias wieder an Macht gewinnen, um ihre Väter und Onkel zu befreien. Die Häuser werden renoviert und ihre Söhne haben ihnen versprochen, dass es nicht mehr lange dauern wird, bis sie alle zurückkehren können.

Bellas Herz springt ihr fast aus der Brust, wenn sie daran denkt, dass alles wie früher sein könnte, sie alle wieder zusammen sind und sie wieder in Sierra leben und dass Paco wieder bei ihr ist.

Sie versucht es vor den Kindern nicht zu zeigen, stark zu sein, doch es zerstört sie, von ihm getrennt zu sein. Er war ihr Leben, ist es nur noch mehr geworden. Und wären die Kinder nicht und die Situation so aussichtslos wie am Anfang, hätte sie es nicht geschafft ohne ihn auszukommen. Sie muss jeden Tag daran denken, wie sie sich vor dem Abflug verabschiedet haben. Wie er ihr Gesicht in die Hände genommen und ihr gesagt hat, sie solle sich nicht solche Sorgen machen, er ist bald wieder da und er liebt sie über alles.

Das war das letzte Mal, dass sie allein und ungestört geredet haben. Seitdem kann sie froh sein, ihn alle paar Wochen kurz am Telefon zu hören. Seit dieser Zeit sind eineinhalb Jahre vergangen, ihr Sohn Lando ist nun schon fast ein Jahr alt, mit seinen zehn Monaten beginnt er langsam zu laufen. Bella muss an den letzten Tagen, die sie noch zusammen hatten, schwanger geworden sein. Sie hat es, wie bei ihren ersten beiden Kindern, erst im vierten Monat bemerkt, dass sie wieder schwanger ist.

Es bringt sie jedes Mal um, Paco in den seltenen Telefonaten, die sie führen, nichts von dem kleinen Sohn zu sagen, doch sie weiß, dass es ihn durchdrehen lassen würde. Sie alle, alle Frauen hier, merken, wie verzweifelt ihre Männer sind, auch wenn sie versuchen es nicht zu zeigen.

Keiner von ihnen ist es gewohnt so machtlos zu sein, sie ertragen es nicht, nichts tun zu können und von ihnen allen getrennt zu sein. Wüsste Paco von Lando, würde er sich vielleicht nicht mehr zusammenreißen können, und das Risiko kann Bella nicht eingehen.

Gabriella, die Frau von Pacos bestem Freund Mano klopft und schaut nach ihr. Bella wischt sich die Tränen ab, gibt ihrem kleinen Engel einen Kuss und sieht noch einmal auf ihn hinab. Er hat die Grübchen seines Vaters und das Lächeln, auch hat er seine dunklen Augen und Bellas helle Haare, so wie Latizia, er ist wunderschön. Sie streicht über das kleine Muttermal auf seiner Wange. Sie konnte nicht verhindern, dass sie als Schwangere Wünsche hatte, die ihr nicht erfüllt werden konnten.

Einer alten Sage nach bekommen Babys Muttermale, wenn man der Schwangeren ihre Wünsche nicht erfüllt. Sie kann nur dafür beten, dass Lando seinen Vater endlich bald kennenlernt.

Leise tritt sie zu Gabriella in den Flur. »Ich habe alles versucht, ich habe Latizias Lieblingsgericht gekocht, sie hat nur ein paar Bissen herunterbekommen.« Bella geht zu ihrer Tochter in die Küche, dabei drückt sie Gabriellas Hand. Nur der Zusammenhalt der Frauen hier lässt sie das alles schaffen, sie sind hier alle zu einer Einheit geworden. Auch wenn sie sich davor schon immer sehr nahe standen, das hier hat sie zusammengeschweißt.

Sie sieht die Angst in Gabriellas Augen. »Damian hat Melissa gesagt, dass Nesto schon wieder fit ist, er kann sogar schon wieder herumnörgeln.« Gabriella lächelt matt. »Er ist angeschossen, ich kann damit nicht umgehen und ich kann nichts für ihn tun. Wissen wir, ob er der Einzige bleiben wird? Wissen wir, ob sie nicht genau in diesem Moment in einem weiteren Kampf sind? Wie viele Chancen hat er dann mit seiner Wunde? Ich habe das Gefühl durchzudrehen.«

Bella will ihr etwas dazu sagen, doch ihr Telefon klingelt. Es ist Pacos Mutter. Sie kündigt ihren Besuch für nächste Woche an. Auch sie kommt um vor Sorge, deswegen versucht Bella ihr so wenig wie möglich zu sagen. Sie werden sich etwas einfallen lassen müssen, um das Verschwinden der Jungs zu erklären. Sie haben schon, als der Vater hier in Amerika erfahren hat, was den Familias passiert ist, Stunden auf ihn einreden müssen nicht selbst hinzufliegen. Auch wenn er ein Anführer der Surenas war und man ihm diese Macht noch immer ansieht, er kann mit seinen über sechzig Jahren nicht viel tun, außer sich in Gefahr zu bringen. Wenn er jetzt erfährt, dass seine Enkel unten sind, wird er nicht zu halten sein. Sie hält sich am Telefon kurz und legt dann wieder auf. Bella atmet schwer aus, sie denkt an Gabriellas Worte.

Es ist sogar sehr wahrscheinlich, dass die Jungs noch mehrmals in Gefahr kommen werden. Traurig sieht sie zu Gabriella, Sara und Lucia, die niedergeschlagen neben Dilara und Latizia sitzen. Latizia isst kaum noch etwas, seit ihr Bruder und ihre Cousins weg sind. Sie redet auch mit niemandem darüber und bereitet ihnen allen nun auch noch Sorgen.

Lando beginnt im Schlafzimmer zu brüllen, er spürt natürlich, dass sie alle unruhig sind und schläft nicht mehr richtig. Bella legt den Kopf in den Nacken. Lieber Gott, lass sie alle das überstehen!

Leandro und alle anderen fahren den Berg hinab und halten unten. Es haben sich schon einige Einwohner von Sierra am Bergrand versammelt und beobachten, wie das Haus von Gallardo immer mehr in Flammen aufgeht. Als sie aussteigen und zufrieden zu dem Feuer blicken, stellt sich ein Junge zu ihm. Unsicher sieht er erst weg, doch dann nimmt er offensichtlich all seinen Mut zusammen.

»Du bist doch der Bruder von Latizia? Seid ihr wieder da? Geht es Latizia gut?« Leandro mustert den Jungen, er kommt ihm bekannt vor, doch Sanchez stellt sich neben Leandro und antwortet, bevor er reagieren kann. »Woher kennst du meine Cousine?« Der Junge bekommt Angst, doch bemüht sich seine Stimme ruhig zu halten.

»Ich bin Piedro, wir sind zusammen in eine Klasse gegangen, von einem auf den anderen Tag war sie dann weg … ihr alle.« Leandro erinnert sich wieder an ihn. »Wir sind zurück, Latizia noch nicht, aber wir holen sie bald nach.« Auf dem Gesicht des Jungen bildet sich ein Lächeln, was Leandro seine Augenbrauen zusammenziehen lässt. »Das freut mich.«

Sanchez will etwas erwidern, doch ein älterer Mann schlägt ihm dankbar auf die Schulter. »Wir sind froh, dass ihr zurück seid und das ein Ende hat!« Sie sehen zu dem Haus, das nun komplett brennt.

Dania steht am weitesten vorne, und als es im Haus mehrere Explosionen gibt, tritt Leandro zu ihr und zieht sie etwas nach hinten, um sie vor herumfliegenden Teilen zu schützen. Sie wendet ihren Blick aber nicht vom Haus ab. Er weiß nicht, was für Gedanken ihr dabei durch den Kopf gehen, was für Gefühle es in ihr auslöst, doch Leandro macht es zufrieden.

Die Zeit der Mara Nuestra ist vorbei, sie sind wieder hier und werden solange kämpfen, bis sie alle wieder in Sierra vereint sind.

Kapitel 2

»Fahren wir zu Avilio?« Damian schüttelt den Kopf als Nesto aus dem Auto die Stille unterbricht. Sie stehen lange am Hügel und betrachten das Feuer. Es wird noch eine Weile brennen, keiner wird es löschen, es soll alles bis auf die Grundmauern abbrennen. Avilio wurde nach dem Angriff zu Frau Anoltzas gebracht. Er hat einen Schuss abbekommen und ruht sich jetzt bei sich zu Hause aus. Sie mussten einen ihrer Männer beerdigen und Leandro kann nur beten, dass es nicht so weitergeht, sie haben schon zwei Männer verloren, einige sind verletzt. Sie brauchen eine kleine Atempause.

»Wir werden die Stadt nicht mehr verlassen, wir sind zurück und bleiben auch hier.« Leandro nickt zu Damian und deutet allen einzusteigen. Er hat recht, sie sind zurück. Er telefoniert mit dem Bauleiter, der im Surena-Anwesen wieder Ordnung schafft. Bis sie dort wieder leben können, dauert es allerdings. Der Bauleiter würde gerne bei Sami im Haus anfangen. Dort sind jedoch noch Unmengen von Waffen und anderen Lieferungen gelagert. Sie müssen sie wegschaffen und gleich den Kontakt zu ihren alten Geschäftspartnern aufnehmen, Leandro sagt ihm, dass dies erst in zwei Tagen passieren wird.

Erst einmal brauchen sie etwas Ruhe. Also bleibt ihnen nur das Punto-Gebiet, und sie entscheiden sich im Cielo zu bleiben. Es war noch in einem guten Zustand und fürs Erste wird das reichen. Vorher fahren sie aber in die Kirche, um nach dem Padre zu sehen und weil Dania dort bleiben möchte.

Als sie bei der Kirche ankommen, steht der Padre mit zwei weiteren Männern auf dem Platz vor der Kirche, sie blicken zu dem Berg und zu dem Feuer. Leandro ist sich sicher, dass ganz Sierra es mitbekommen hat und nun allen klar ist, die Ära der Mara Nuestra ist vorbei.

Verwundert blicken sie auf einen großen Pavillon, der vor der Kirche aufgestellt wird. Als der Padre sie entdeckt, kommt er lächelnd zu ihnen. Noch immer fällt ihm das Laufen schwer, er wird von einem der Männer gestützt, doch sein Gesicht ist wieder zuversichtlich und sorgenfrei. Er umarmt die Jungs und sieht fragend zu Dania. »Padre, sie ist die Tochter von Gallardo, ihr Name ist Dania.« Leandro stellt sie einander vor, doch der Padre nickt bereits. »Ich weiß, ich kenne sie. Du warst die Einzige von ihnen allen mit einem reinen Herzen.«

Dania sieht beschämt zu Boden. »Ich wünschte, ich hätte vieles verhindern können, es tut mir leid, was ihnen und der Kirche hier angetan wurde.« Der Padre lächelt mild. »Ich weiß, dass du es wolltest und das zählt, mach dir keine Gedanken mehr darüber. Mit Gottes Hilfe wird alles wieder in Ordnung kommen.« Leandro sieht zum Pavillon. »Was ist hier los?« Der Padre geht mit ihnen die paar Schritte, dieses Mal stützt Rico ihn. »Die Kirche hat eine Menge abbekommen, es ist darin zu viel Blut vergossen worden. Sie wird abgerissen, die Fassade ist zu brüchig geworden.«

Sie sehen auf das alte Gebäude, sie alle sind dort getauft worden, ihre Eltern haben dort geheiratet, für sie hat diese Kirche viel Bedeutung. »Wir helfen ihnen eine neue Kirche zu bauen!« Leandro blickt zu dem brennenden Haus. Gallardo hat diesen Berg bewusst gewählt, man kann auf ganz Sierra hinuntersehen und jeder aus der Stadt kann dorthin schauen. »Wieso bauen sie die Kirche nicht dort oben, Platz ist jetzt genug und man kann den Boden neu weihen, alles neu machen, ich denke, es ist ein guter Platz für die Kirche.«

Der Padre kratzt sich am Kopf, Damian mischt sich ebenfalls ein. »Das stimmt, es wäre genau richtig, sie können von da oben auf Sierra blicken und egal wo man in der Stadt ist, jeder kann immer zu der Kirche sehen.« Er sieht zu den beiden Männern, die nun ebenfalls zu ihnen kommen.

»Das sind zwei Mitarbeiter der katholischen Kirchengemeinde Puerto Ricos. Sie verteilen die Gelder. Sie haben einem Neubau der Kirche zugestimmt und werden sie finanzieren.« Der Padre erzählt den beiden Männern von der Idee die Kirche zu verlegen und sie stimmen zu. Sami versichert dem Padre noch einmal, dass auch sie ihm finanziell helfen werden. Es ist der perfekte Platz. Da auch das Haus des Padres abgerissen wird und die Gottesdienste erst einmal im Pavillon zur Überbrückung stattfinden sollen, kann Dania nicht dort bleiben, auch wenn der Padre sich freut, dass sie zukünftig in der Kirche mithelfen möchte.

22

Leandro weiß, dass es Dania unangenehm ist, doch es bleibt ihnen keine Wahl als sie mit ins Cielo zu nehmen. Die anderen Männer der Trez Puntos und der Surenas brechen auf, um zu ihren Familien zurückzukehren, die mittlerweile außerhalb von Sierra wohnen. Sie wollen aber die nächsten Tage alle wieder zurückziehen, dafür müssen die Häuser allerdings erst wieder bewohnbar gemacht werden. Jeder von ihnen wusste, dass es viel Arbeit wird, die Stadt zurückzuerobern, aber sie haben nicht bedacht, dass es auch viel Mühe machen wird, sie wieder zu bewohnen.

Ins Cielo zurück fahren dann nur noch Damian, Sanchez, Nesto, Rico, Dine, Leandro und Dania. Sami und Kasim kommen nach, sobald sie vom Flughafen zurück sind. Sie verteilen sich auf die Zimmer, Dania kann alleine eines bewohnen, bis sie eine dauerhafte Lösung gefunden haben. Sie bleibt immer in Leandros Nähe. Auch wenn sie sich nicht sehr wohl zu fühlen scheint, hilft sie das Cielo so herzurichten, dass sie wieder dort wohnen können, während Dine und Sanchez etwas zum Essen besorgen.

Als sie dann im Garten den Grill anschmeißen und endlich zur Ruhe kommen, beginnt es wieder zu dämmern. Sami und Kasim treffen ein und berichten, dass sie ein neues Konto eröffnet und das Geld dort eingezahlt haben. Jeder von ihnen ist kaputt, Leandro weiß gar nicht mehr, wie lange sie nun auf den Beinen sind. Als Dania duschen geht, eröffnen seine Cousins das Feuer auf ihn. »Heißt das jetzt, sie gehört zu dir?« Sanchez ist der Erste und Leandro legt den Kopf in den Nacken. »Sie gehört nicht zu mir, sie ist jetzt einfach hier, das heißt es!« Sami der Klugscheißer kann, auch wenn er seine Augen kaum offen halten kann, seine Klappe nicht halten. »Sie hat dir den Kopf verdreht, aber so was von.« Leandro schenkt ihm einen bösen Blick, zu mehr hat er nicht die Kraft.

»Bist du dir sicher, dass es klug ist sie hierzubehalten?« Damian beißt von seinem Burger ab. »Dania hat mir einiges von sich erzählt, sie hatte es nicht leicht bei Gallardo und sie hat niemanden mehr, also bleibt sie hier in Sierra, was dann wird, werden wir sehen.« Rico schnalzt die Zunge. »Lass jetzt den Scheiß und rede Klartext, du hast dich doch vollkommen in die Kleine verliebt.« Dine lacht auf, er fühlt sich wohl unter ihnen, auch Leandro muss lachen und steht auf. »Ich mag sie … sehr und jetzt geht alle schlafen. Wie ihr seht, es liegt noch viel Arbeit vor uns und wir sollten in spätestens einer Woche so weit sein, dass wir nach Kolumbien fliegen können. Es wird Zeit, unsere Väter da herauszuholen!«

Mit diesen Worten geht Leandro ins Haus. Er schläft mit Sanchez in einem Zimmer, doch bevor er sich selbst hinlegt, klopft er noch einmal bei Dania. Sie sagt, dass er hereinkommen kann. Als er das Zimmer betritt, ist das Licht schon gedämpft. Die feuchte Luft der Dusche hängt im Raum. Dania trägt eine Jogginghose und ein weites Shirt. Bis jetzt hat er sie noch nie in engeren Klamotten gesehen, sie zeigt kaum Haut, trotzdem schluckt er leicht, als er auf sie blickt.

Sie ist in seinen Augen wunderschön, ihre Haare sind etwas feucht und kringeln sich zu vielen Locken, die fast ihre Hüften berühren. Sie trägt kein bisschen Schminke, doch ihre hellbraunen Augen funkeln ihn an. »Ähmm, ich wollte nur fragen, ob alles in Ordnung ist oder ob du noch etwas brauchst?«

Sie sieht ihn dankbar an, auch sie ist sehr erschöpft. »Nein danke, es ist alles bestens, ich weiß gar nicht, wie ich mich dafür bedanken kann, dass ich hier sein darf.« Leandro sieht auf das Bett. Es ist nur das Cielo, früher haben seine Onkel hier gelebt, danach wurde es nur noch als Rückzugsraum von ihnen benutzt. Hier konnten sie Mädchen herbringen und hatten ihre Ruhe. Sie haben hier trainiert und einfach herumgehangen. Man kann das Cielo mit keinem der anderen Häuser vergleichen, trotzdem weiß Leandro, dass Dania so ein Zimmer gar nicht gewöhnt ist, er hat die Kammer gesehen, in der sie vorher gelebt hat.

»Es ist alles in Ordnung, du musst niemandem danken, ruh dich aus.« Er will sich umwenden und gehen, da ruft sie ihn zurück. »Leandro, wie geht es deiner Schulter? Du warst, seitdem ich dir den Verband gemacht hatte, gar nicht mehr bei der Ärztin.« Leandro winkt ab, er hat vor dem Duschen den Verband abgemacht, die Wunde schmerzt, aber das ist normal, so sehr, wie er sie belastet hat. »Es tut noch etwas weh, aber es geht schon.«

Dania tritt näher zu ihm. »Kann ich mir die Wunde einmal ansehen, habt ihr Verbandsmaterial hier?« Eigentlich ist Leandro viel zu kaputt, er will nur noch ins Bett, aber die Aussicht, dass Dania ihm wieder etwas näher kommt, lässt ihn ins Zimmer treten. »In jedem Bad hängt ein Schrank voll, die Frauen bestehen darauf.« Er muss lächeln bei dem Gedanken an seine immer besorgte Mutter und seine Tanten. Dania holt einige Sachen aus dem Bad, während er sich das Shirt aussieht und sich aufs Bett setzt. »Sie hat sich entzündet, das sieht nicht gut aus.«

Dania streicht vorsichtig mit dem Finger um die Wunde herum, dann sieht sie sich die Salben an und streicht ihm etwas davon auf die Haut. Leandro schließt kurz die Augen, als es zu brennen beginnt, doch er spürt auch Danias vorsichtige Bewegungen auf seiner Haut und genießt sie. Er sieht hoch in ihr Gesicht, wie sie seine Wunde beim Einstreichen betrachtet. Als ihre Haare nach vorn fallen, streicht er sie zurück und sie sieht ihn ebenfalls an. Er liebt ihren Geruch so nah bei sich. Als sie vorsichtig einige Kompressen auf die Wunde legt und sie verbindet, wünschte er, dass sich das Ganze noch etwas hinauszögern würde.

Viel zu schnell bringt sie die restlichen Sachen zurück ins Bad und Leandro steht auf. »Danke, du machst das wirklich gut.« Dania beginnt zu strahlen. »Ich kann mir auch gerne die Wunde von deinem Cousin ansehen, so kann ich wenigstens auch etwas tun.« Der Gedanke, sie würde so behutsam mit Nesto umgehen, versetzt ihm einen Stich. Als er sich bei dem Gedanken erwischt, ermahnt er sich selbst, solche Gedanken sind lächerlich. »Nesto schläft schon, aber falls die Ärztin es morgen nicht schafft zu kommen, könntest du das machen.«

Dania scheint zufrieden zu sein, dass sie nun eine kleine Aufgabe hat und wünscht ihm noch eine gute Nacht. Allerdings, egal wie müde er ist, als Leandro sich dann ins Bett legt, denkt er darüber nach, ob Dania überhaupt bemerkt, dass er sie mag, oder ob er allein sich einbildet, es wäre etwas zwischen ihnen und sie ihm einfach nur dankbar ist. Doch lange kann er diesen Gedanken nicht nachhängen, die Müdigkeit holt ihn ein, die letzten Tage machen sich bemerkbar.

Sanchez öffnet müde seine Augen, der Schlaf hat noch nicht gereicht, seine Knochen tun ihm weh. Als er neben sich blickt, bemerkt er, dass Leandro noch immer schläft. Sie alle brauchen den Schlaf. Er sieht auf die Uhr und stellt fest, dass es bereits wieder früher Abend ist. Sein Kopf dröhnt, auch wenn sein Körper noch mehr Schlaf gebrauchen kann, sein Kopf rächt sich oft mit Schmerzen, wenn er zu viele Stunden am Stück schläft. Er setzt sich auf und wirft ein Kissen nach seinem Cousin. »Wach auf du Sack!« Leandro murmelt nur etwas und Sanchez lässt ihn. Er geht ins Bad und stellt sich unter die Dusche. Er ist einer der wenigen, die nichts abbekommen haben, trotzdem fühlt sich sein Körper an, als wäre er aus dem zehnten Stock gestürzt.

Auch nach dem Duschen hat er noch Kopfschmerzen, also sucht er im Medizinschrank nach Tabletten. Er findet Verbandszeug, Salben, alles, nur keine einfachen Kopfschmerztabletten. Da er hört, dass im Nebenzimmer schon jemand auf ist, knallt er den Schrank zu und geht hinaus. »Gibt es in diesem Haus keine beschissenen Kopfschmerztabletten?« Im gleichen Moment, in dem er ins Wohnzimmer blickt, bereut er sein lautes Fluchen. Frau Anoltzas, die Ärztin und ihre Tochter sitzen mit Dania, Nesto und Rico da. Die Ärztin sieht sich Nestos Bein an.

»Auch mal wach?« Rico grinst ihn frech an, Dania lächelt und die Ärztin beachtet ihn gar nicht weiter. Ihre Tochter sitzt neben ihr und als Sanchez nun zu ihr blickt, schaut sie verschämt weg. Er muss grinsen, sie ist ihm schon beim ersten Aufeinandertreffen bei ihnen in der Praxis sofort ins Auge gefallen.

Jedes Mal, wenn sie ihn anblickt, errötet sie, Sanchez gefällt das. »Celestine, kannst du mit Sanchez zum Auto gehen, in der schwarzen Tasche findest du ein Paar Packungen Aspirin, gib ihm bitte welche.« Die Ärztin weist ihre Tochter freundlich an ohne ihren Blick zu heben. Sanchez grinst zufrieden. »Das wäre großartig, Celestine, mein Kopf zerplatzt gleich.« Mit seinen Worten färbt er ihre Wangen sofort wieder rot, was ihn nur noch mehr strahlen lässt. Daran könnte er sich gewöhnen.

Sie nickt schnell und steht ungeschickt auf, wobei sie sich ihr Knie anstößt. Er zieht die Augenbrauen hoch. Macht er sie so nervös? Celestine tut so, als wäre gar nichts passiert und er verkneift sich einen Kommentar, um sie nicht noch mehr in Verlegenheit zu bringen. Rico kann sich ein Lachen auch nur schwer verkneifen, als Sanchez ihr aus dem Cielo hinaus zum Auto ihrer Mutter folgt. Ohne ihn noch einmal anzublicken, kramt sie im Kofferraum herum, bis sie eine schwarze Arzttasche hervorzieht und sie öffnet.

Die ganze Tasche ist voller Medizin. »Wow, ihr könntet Tablettendealer sein!« Celestine wendet sich abrupt zu ihm um und sieht ihn erschrocken an. »Nein, so etwas würden meine Mutter und ich niemals tun, das schwöre ich.« Sanchez kann nicht mehr, er lacht los, egal wie erschrocken sie ihn anguckt. »Das war doch nur Spaß, beruhige dich.« Wieder errötet sie. »Ja ähmm, natürlich … Ich wollte es nur gesagt haben … Wir würden so etwas wirklich nie tun.« Sie verhaspelt sich und Sanchez schüttelt den Kopf. Noch nie hat er so eine unsichere Frau erlebt.

»Nimmst du oft Tabletten?« Er blickt ihr über die Schulter. »Was genau meinst du?« Sie zeigt mehrere Schmerztabletten hoch. »Es gibt sie in unterschiedlichen Dosierungen, wenn jemand oft solche Tabletten nimmt, muss er stärkere nehmen, damit sie überhaupt wirken.«

Sanchez zuckt die Schultern. »Ich weiß nicht, ab und zu. Wenn ich zu lange schlafe und beim Aufwachen Kopfschmerzen habe oder wenn unsere Partys zu wild waren.« Er grinst und hofft, dass sie mal endlich etwas lockerer wird, doch sie blickt wieder nur weg. »Okay, dann gucke ich mal nach etwas mittelstarkem.« Während sie in der Tasche kramt, beobachtet Sanchez sie von der Seite.

Sie ist gewöhnlich, hat eine normale Nase, braune Augen, ihre Haare hat er bisher nur zum Dutt streng nach hinten gebunden gesehen. Sie trägt ein Hemd und eine Jeans und wirkt sehr zart. Sie benutzt kein Make-up, trägt keinen Schmuck, nichts. Doch sie hat etwas an sich, was ihn fesselt, auch wenn er noch nicht weiß, was es ist.

Er beobachtet, wie ihre schlanken Finger gezielt eine Packung heraussuchen und als sie sich ihm wieder zuwendet und seinem Blick begegnet, errötet sie erneut. »Hier, nimm davon eine Tablette.«

Sanchez will sich gerade bedanken, als er bemerkt, dass die beiden Haushälterinnen, die sie aus Gallardos Haus geholt haben und vier weitere Frauen aus der Stadt zu ihnen kommen. Sie haben die Frauen zu sich nach Hause gebracht, nachdem sie bei Gallardo gefangen gehalten wurden, die anderen Frauen sind ihm auch bekannt. Die eine ist die Frau vom Bäcker, die andere eine Erzieherin aus Bellas Kita und zwei Frauen von Geschäftsmännern, die unter dem Schutz der Surenas standen. Sanchez ist verwundert, was sie hier machen, sie sollten ihre wiedergewonnene Freiheit genießen.

Sie begrüßen ihn und Celestine, die sie natürlich auch kennen und erklären, dass sie mit ihm und seinen Cousins reden wollen. Also bittet er sie ins Haus, wo Celestines Mutter gerade mit der Behandlung fertig ist und alles zusammen räumt. Neben Nesto, Rico und Dania sind nun auch Dine, Sami, Damian und Kasim wach, nur Leandro schläft noch.

Die Frauen kommen gleich zur Sache. Sie erklären, dass sie mit dem Padre geredet und erfahren haben, dass die Häuser im Surena-Anwesen repariert werden und die Häuser hier nicht ganz so schlimm sind und die meisten einfach nur unbewohnt die ganze Zeit dagestanden haben. Sie schlagen vor, dass sie sich um die Häuser kümmern, sie aufräumen, sehen, was renoviert werden muss und sie wieder bewohnbar machen.

Als die Jungs erklären wollen, dass das nett ist aber nicht nötig, da sie sich darum kümmern werden, kommen ihnen die Frauen zuvor. »Wir wissen, dass ihr noch einiges vorhabt, eure Väter haben uns oft geholfen, Bella hat soviel für die Kinder der Stadt gemacht, es würde uns freuen etwas zurückgeben zu können. Ihr habt doch dafür keine Zeit, wenn ihr eure Familien zurückholen wollt und wir machen das gerne. Es haben sich viele gemeldet, die mitmachen wollen und wir teilen uns das ein.« Dania ist sofort begeistert und verkündet, dass sie ebenfalls helfen möchte, so würde sie sich nicht so unnütz vorkommen und hat etwas zu tun.

Die Haushälterinnen freuen sich sehr, dass sie hier geblieben ist. Sie fragen die Jungs gar nicht weiter. Während sich einige von ihnen schon auf den Weg zu den ersten Häusern machen, geht eine mit

Dania in die Küche und sie beginnen etwas zu kochen, was nicht schlecht ist, Sanchez' Magen schreit schon nach Essen.

Die Ärztin ruft Dania aber noch einmal zurück, weil sie nach Leandro sehen möchte und sie ihr zeigen soll, welche Salbe sie ihm aufgetragen hat. Als die Ärztin an der Tochter vorbeigeht, sieht Sanchez, wie Celestine die anderen Frauen beobachtet und sich dann sehr leise zu Wort meldet. »Ich habe momentan auch nicht viel zu tun und könnte hier mithelfen.« Nicht nur Sanchez verwundert diese Aussage, auch ihre Mutter bleibt abrupt stehen und sieht zu ihr. »Na ja, ich muss ja noch auf den Studienplatz warten und habe nicht viel zu tun. Die Familie hat uns doch auch geholfen, jetzt können wir ihnen ebenfalls helfen.«

Sanchez weiß gar nicht genau wie es dazu kam, dass Frau Anoltzas sich um die Familias kümmert, aber er wird es in Erfahrung bringen. Dania lächelt die Tochter der Ärztin freundlich an, für sie wäre es sicher gut, eine Frau in ihrem Alter öfter hier zu haben. Er sieht, dass die Ärztin das nicht möchte, sie würde es ihrer Tochter sicher gerne verbieten, doch unter ihrer aller Augen wäre es sehr unhöflich, dieses Angebot ihrer Tochter für sie auszuschlagen, also lächelt sie gequält.

»Mach das, es ist eine nette Idee.« Mit diesen Worten geht sie mit Dania zu Leandro ins Zimmer. Sanchez sieht hinüber zu Celestine, die sofort beschämt wegsieht, und wieder färben sich ihre Wangen rot.

Er muss grinsen, Sanchez ist sich sicher, das wird er die nächsten Tage öfter sehen und er wird es genießen.

Kapitel 3

Jeder Tag vergeht gleich, jeder Tag scheint unendlich hier in diesem Gefängnis, in dem sie mit fast hundert Mann seit eineinhalb Jahren eingesperrt sind.

Paco sitzt mit Miko und Pepo auf Stühlen am Geländer, sie kauen Sonnenblumenkerne gegen die Langeweile, währenddessen beide auf den Dauerregen der letzte Tage starren. Der Hof ist eine einzige Schlammlandschaft geworden. Gegenüber auf der anderen Seite kommen Juan und Chico ans Geländer. »Wie lange wollt ihr da noch herumsitzen?«

Paco schnippt die Kerne auf den Boden und sieht seinen Schwager herausfordernd an. »Wir können ja auch einfach aufstehen und in die Stadt fahren, ein bisschen Unruhe stiften oder ins Kino … Oder wie wäre es mit einem kleinen Ausflug nach Puerto Rico?« Chico lacht und Miko neben ihm macht weiter wo Paco aufgehört hat. »Zum Strand, wir sollten zum Strand fahren, oder wir machen einen kleinen Ausflug mit Garcias und seinen Freunden und danken ihnen für die letzten Monate.« Paco schlägt mit ihm ein. »Das ist die beste Idee.«

Chico sieht nach unten zu dem Raum, in dem die Jüngeren gerade um einen Fernseher sitzen und auf der Playstation zocken. »Gleich kommt euer Meister und macht euch fertig.« Miguel dreht sich zu ihm um und fordert ihn heraus, sie geben ihr Bestes, um in der Situation nicht durchzudrehen, doch die Minuten, die sie hier verbringen, fühlen sich immer mehr wie Stunden an, die Tage wie Wochen. Paco kann nicht mehr tun als zu beten, dass es bald ein Ende hat.

Alle blicken verwundert zu dem großen Tor, als es knarrend aufgeht und einige Polizisten eintreten. Die Lieferung wurde gestern gebracht, doch als Garcias in der Mitte eintritt, wissen sie, dass es wieder etwas anderes zu bedeuten hat. Es ist nicht lange her, dass Garcias da war, normalerweise lässt er sich nur alle paar Wochen blicken. Paco ist aber aufgefallen, wie schockiert Garcias beim letzten Besuch war, er hatte erwartet sie hier zu brechen, dass sie sich irgendwann ihrem Schicksal hier ergeben würden, doch das wird niemals passieren und er musste erkennen, dass sie fitter als jemals zuvor sind und ihr Wille hier rauszukommen ungebrochen ist. Alle kommen aus den Räumen und Gängen und richten ihren Blick auf die Wachen und Garcias.

Vielleicht haben sie die Möglichkeit mit ihren Familien zu reden, dass er sie eines Tages hier freiwillig herauslässt, diese Hoffnung macht sich keiner von ihnen mehr. Tito tritt zu ihnen und schnippt abwertend seine Kippe nach unten auf den Hof. »Mal sehen, was der Bastard dieses Mal will!« Als Paco in das Gesicht von Garcias sieht, zieht sich sein Magen zusammen, sein zufriedenes Grinsen verrät, dass er etwas vorhat. Die Wachen und er bleiben ganz am Anfang stehen, sie trauen sich nicht nah genug an sie heran. Wenn Garcias das mal macht und ihnen ein Handy reicht, was sie benutzen dürfen, schickt er einen Polizisten zu ihnen, der von den anderen zwanzig mit geladenen Waffen geschützt wird.

Paco hat das immer nur grinsend beobachtet. Auch wenn sie hier unbewaffnet sind, hat er noch genug Respekt vor ihnen und das ist gut und richtig so. Wie immer baut er sich auf, als würde er eine Rede vor einem ihm zujubelnden Publikum halten. »Die Herren ...« Er nickt in die Runde. Als er wie immer nur verachtende Blicke erntet, fährt er fort. »Wie ich es mir gedacht hatte, lohnt sich das Geschäft mit euch finanziell gut.« Sein Grinsen wird größer. »Um euch auch etwas davon abzugeben, habe ich beschlossen, euch etwas mehr Raum hier zu geben und einige woanders hin zu bringen.«

Paco richtet sich auf, auch alle anderen werden sofort aufmerksam. Er wusste, dass seine Zufriedenheit nichts Gutes zu bedeuten hat. »Einen Scheiß tut ihr!« Juan bringt es auf den Punkt. Sie alle gehen nun nach unten in den Hof. Garcias und die Wachen reagieren sofort, gehen einige Schritte zurück und entsichern die Waffen. Garcias lacht nervös auf. »Für was haltet ihr mich? Einen Unmenschen?« Er hebt beschwichtigend die Hände. Mano wird immer genervter. »Darauf willst du nicht ernsthaft eine Antwort.« Garcias spielt ein ziemlich gewagtes Spiel, wenn er versucht sie zu provozieren, ihre Nerven liegen hier eh schon blank.

»Ich dachte, es würde euch freuen, dass ich mich entschlossen habe, als Dank für eure Zusammenarbeit, einige von euch nach Hause zu schicken. Erst einmal nur drei, aber ich hätte eine andere Reaktion erwartet.« Es herrscht absolute Stille, mit allem hätte Paco gerechnet, aber nicht damit. Und wenn er jetzt in die Gesichter der anderen sieht, weiß er, ihnen geht es auch so. Garcias holt eine Liste heraus und ruft drei Namen auf, es sind die drei Jüngsten von ihnen. Zwei Männer der Puntos, Soran und Jakup, die gerade achtzehn sind und als er den dritten Namen nennt, schließt Paco die Augen. Es ist Miguel, sein Neffe, der mit dreiundzwanzig der drittjüngste hier ist.

Miguel blickt sich fragend zu seinem Vater und seinen Onkeln um. Paco weiß nicht, ob er sich freuen soll, er hat ein ungutes Gefühl. Er will gerade das Wort ergreifen, da tritt Ramon vor. Er geht immer näher an Garcias heran, sodass die Wachen ihn anschreien, er soll wegbleiben. Auch Paco will gerade los um seinen Bruder zurückhalten, als dieser stehen bleibt. Er sieht nicht das Gesicht seines Bruders, auch wenn er von ihnen drei Brüdern der ruhigste und ausgeglichenste ist, doch Paco weiß wie er sein kann, wenn es um seine Familie geht.

»Bei meinem Leben, Garcias, ich hoffe für dich, für deine Seele, für deine Familie und deren Nachkommen, für alles was dir auf dieser Welt etwas bedeutet, dass wenn wir dir diese drei Männer geben, du sie unversehrt nach Hause gehen lässt. Wenn nicht, gnade dir Gott, du hast vier Tage. Vier Tage, in denen wir einen Anruf bekommen, dass sie sicher angekommen sind, ansonsten bricht hier die Hölle los!« Er zeigt auf die Waffen, die alle auf ihn gerichtet sind. »Die werden euch nicht helfen, diese Mauern werden es nicht und selbst eure nächsten Generationen werden darunter leiden, also überlege dir gut, was du vorhast.«

Paco blickt sich zu Rodriguez um, der ihn genauso entschlossen anblickt. Ramon meint es ernst, das wissen sie. Wenn sich die Jungs nicht nach ein paar Tagen melden, wird hier die Hölle ausbrechen, egal wie oft sie sich zur Ruhe beschwichtigt haben, das wird alles ändern. Garcias verzieht keine Miene. »Sie werden in zwei Tagen anrufen!« Ramon nickt und kehrt zu ihnen zurück. Juan schiebt seine Hände in die Hosentasche. Keinem von ihnen gefällt das. Soran und Jakup sehen sie alle aufgeregt an, nur Miguel verzieht keine Miene.

»Ich traue ihm nicht!« Paco bringt es auf den Punkt, als sie alle zusammenstehen. Tito schüttelt den Kopf. »Ich auch nicht, aber es ist die einzige Chance, wenigstens die Jungen hier herauszubekommen. Wer weiß, ob wir noch einmal die Chance haben.« Ramon fährt sich mit der Hand einmal über das Gesicht, man sieht ihm seine Verzweiflung an. »Papa, ich werde nicht gehen, gib den Platz jemand anderem, ich bleibe hier bei euch!« Nun meldet sich Miguel das erste Mal zu Wort. Rodriguez legt den Arm um seinen Neffen und küsst ihn auf die Stirn. »Miguel, du musst gehen, wenn das deine Chance ist hier herauszukommen, musst du sie nutzen!«

Juan sieht zu den beiden jungen Puntos. »Na los, packt eure Taschen zusammen, ich traue dem Mistkerl auch nicht, aber wir haben keine Wahl, wir müssen das Risiko eingehen.« Hernandez nickt zustimmend. »Ich kann mir sehr gut vorstellen, dass Garcias aus Geldsucht endlich auf eines der Angebote der Frauen eingegangen ist. Ich wette, sie haben teuer für die drei bezahlen müssen, ansonsten kann ich mir das nicht erklären.«

Paco kann nur hoffen, dass Hernandez recht hat. Vorstellbar wäre es, Garcias denkt nur ans Geld, vielleicht wollte er schnell an viel herankommen. Ramon schickt auch Miguel seine Tasche packen, noch nie hat Paco seinen älteren Bruder so blass und unsicher gesehen wie in diesem Moment.

Sie haben nicht viel und Garcias deutet an, dass sie sich wegen des Fliegers beeilen müssen. Als sie fragen wohin sie fliegen, sagt er ihnen, dass er sie in das nächste Flugzeug nach New Jersey setzen soll. Jetzt sind sie sich sicher, dass die Frauen dahinterstecken, sie würden niemals direkt New York angeben, durch den Arzt wissen sie inzwischen, dass sie da leben, sondern nur eine der nächsten Städte. Sie alle verabschieden die drei Männer, Paco nimmt Miguel in den Arm und sagt ihm, dass er auf sich und alle anderen aufpassen soll. Ramon umarmt seinen Sohn am längsten, sie sprechen leise miteinander und alle sehen beschämt zu Boden. Paco weiß nicht, wie er bei Leandro reagieren würde, wäre er an der Stelle seines Neffen, er würde ihn aber wahrscheinlich auch gehen lassen, er könnte es sich nicht verzeihen, ihm die Chance auf Freiheit nicht gegeben zu haben.

Sie sehen ihnen nach, als sie neben Garcias durch das verdammte weiße Tor gehen und als dieses hinter ihnen geschlossen wird, tritt Ramon gegen einen der herumstehenden Tische. »Gnade ihnen Gott, wenn sie sich nicht in zwei Tagen melden!«

Leandro ist müde, doch endlich schafft er es, seine Augen etwas länger offenzuhalten. Die Uhr zeigt ihm an, dass es früher Vormittag ist, aber von welchem Tag? Er hört Stimmen im Haus, Frauenstimmen, und setzt sich langsam und mühevoll auf. Wie lange hat er geschlafen und was ist hier los? Er sieht, dass er einen neuen Verband hat und seine Wunde tut auch nicht mehr so sehr weh. Leandro geht kurz ins Bad, macht sich frisch, zieht eine Jogginghose über und tritt dann aus dem Raum. Mehr als verwundert sieht er zu den Haushälterinnen, die gerade den Tisch abräumen, eine Arbeitskollegin seiner Mutter aus dem Kindergarten hilft ihnen. Die drei lachen gerade über eine Geschichte, als sie ihn erblicken.

»Leandro, geht es dir endlich besser? Wir haben uns Sorgen gemacht!« Er setzt sich auf einen der Stühle, er merkt, dass ihm etwas schwindlig ist. Eine der Frauen bringt ihm etwas zu trinken, während die andere ihm etwas zum Essen hinstellt. »Ich habe nur etwas zu lange geschlafen, aber ich habe den Schlaf gebraucht, es geht mir schon besser.« Die Frau zieht die Augenbrauen hoch. »Du hast fast drei Tage geschlafen, deine Wunde hat sich entzündet und die Ärztin hat dir Medikamente gegeben, du hattest hohes Fieber.«

»Im Ernst? Ich habe das gar nicht mitbekommen.« Die Frau fasst an seine Stirn. »Dania war auch bei dir, sie ist immer an deinem Bett, wenn sie nicht gerade den anderen hilft.« Erst jetzt bemerkt Leandro, dass außer den Frauen niemand da ist. »Wo sind alle anderen?« Die Frau zeigt nach draußen. »Verteilt in den Häusern, um sie wieder herzustellen, es sind schon einige fertig und sehen aus wie vor eurem Verlassen der Stadt.« Leandro nimmt einen Schluck und steht dann auf, um nach den anderen zu sehen. Die Haushälterin drückt ihm einen Toast in die Hand und sagt ihm, dass er langsam gehen soll.

Leandro muss lachen, er kommt sich vor, als wäre er bei seiner Mutter und seinen Tanten. Schon im Cielo hat sich einiges getan, es sieht wieder belebter und gepflegter aus, der Garten ist wieder in Ordnung gebracht und der Pool wurde offensichtlich auch schon wieder benutzt. Leandro läuft einfach weiter die Straße hinunter, bis er an das Haus von Miko kommt, bei allen anderen Häusern, an denen er vorbeigegangen ist, sah es schon wieder recht gut aus. Kasim und Rico kümmern sich gerade um den Garten und er entdeckt zwei Frauen aus der Stadt im Haus.

Als sie Leandro bemerken, sieht er die Erleichterung in den Augen seiner Cousins, auch wenn sie ihm nur ein, »auch mal von den Toten auferstanden?« zurufen. Leandro erfährt, dass momentan alle an den Häusern arbeiten. Sami und Dine haben angefangen, Kontakt zu den alten Geschäftspartnern aufzunehmen, auch Nesto ist wieder gut auf den Beinen unterwegs.

Leandro geht zu Juans Haus, in dem er Sanchez und die Tochter der Ärztin antrifft. Auch wenn die beiden nicht miteinander sprechen, spürt man sofort, dass zwischen ihnen etwas in der Luft liegt. Sanchez schraubt gerade neue Glühlampen ein, während die Tochter und eine weitere Frau die Küche aufräumen.

Leandro fragt nach Dania. Sanchez sieht ihn wissend an, erspart sich aber einen weiteren Kommentar und sagt ihm, dass sie vorhin von Sami zur Uni gefahren wurde, da sie dort eine wichtige Vorlesung hat. Bevor sie aber gegangen ist, war sie bei Leandro am Bett. Auch Sanchez erwähnt, dass sie dort die meiste Zeit verbracht hat.

Leandro geht zurück ins Cielo. Da er nun wieder auf den Beinen ist, kann es weitergehen mit ihrem Vorhaben. Er duscht und nachdem er sich angezogen hat, informiert er seine Cousins, dass er zu seinem Haus fährt, wo Damian gerade die ganzen Lieferungen erfasst. Sie kommen voran und Leandro fühlt sich schuldig, so lange im Bett verbracht zu haben. Jeder Tag zählt, um ihre Väter und Onkels zu befreien.

Als er im Surena-Gebiet ankommt, sieht er überall Arbeiter, die an den Häusern zugange sind. Die Gegend ist nicht mehr so verlebt wie als sie das erste Mal wieder hier waren und auf die Mara Nuestra getroffen sind. Zufrieden geht er in sein altes Haus, es sieht schon fast wieder wie früher aus. Die Bilder sind zwar nicht wieder an den

Wänden, aber diese Sachen wird seine Mutter dann machen. Er trifft den Bauleiter und als er die Zimmer betrachtet, fällt ihm ein, dass sie ein Zimmer für Nando einplanen müssen. Er lässt es direkt neben dem Zimmer fertigstellen, in dem seine Eltern geschlafen haben. Der Bauleiter sagt ihm, was sie das Ganze noch in etwa kosten wird und Leandro ruft Sami an, dass der einen Scheck über diese Summe von dem neuangelegten Konto fertig machen soll.

Es wird langsam wieder besser. Leandro macht einige Bilder und schickt sie seiner Mutter, die ihm gleich antwortet, dass es keiner von ihnen erwarten kann zurückzukommen. Sie fragt ihn auch gleich aus wie es ihnen geht. Leandro erklärt ihr wie immer, dass es allen gut geht. Er schreibt ihr, dass selbst Nesto wieder normal laufen kann, zu seinem Glück hat sie noch nichts von seinem Streifschuss und der Entzündung erfahren.

Als er anschließend zu Damian hinübergeht, treffen auch Sami und Dine ein. Das gesamte Haus von Ramon ist vollgestellt mit Waffen und anderen Lieferungen, die noch von ihren Vätern und auch von der Mara Nuestra sind. Hier liegen mehrere Millionen Dollar herum. Sie brauchen den Platz und das Geld, bis sie wieder über all das Vermögen ihrer Familien verfügen können, wenn die Frauen, die das Geld in Amerika verwalten, wieder da sind.

Sami hat schon mit einigen alten Geschäftspartnern Kontakt aufgenommen. Das Problem ist, viele warten auf Lieferungen, aber glauben nicht so recht, dass nun wieder die Familias da sind, solange sie niemanden persönlich getroffen haben. Sie beschließen, morgen einige zu besuchen und so gleich Ware loszuwerden. Leandro wird schnell wieder müde, so fit scheint er doch noch nicht zu sein, trotzdem sagt er seinen Cousins bei der Rückfahrt, dass er Dania von der Uni abholen wird. Leandro sucht sich eine der besten Waffen aus dem Lager, schnappt sich das beste Auto und fährt unter dem Kopfschütteln der Anderen aus dem Surena-Gebiet.

Als er sein Ziel erreicht, stehen schon viele vor der Uni von Sierra, doch Dania kann er nirgends entdecken, also geht er ins Gebäude. Es hat sich wenigstens in Sierra schon so weit herumgesprochen, dass sie wieder da sind, sodass ihn keiner mehr verwundert anblickt, sondern alle Platz machen. Leandro kennt sich in der Uni nicht aus und ist froh, als er den beiden Frauen begegnet, mit denen er Dania schon einmal getroffen hat und mit denen er schon seinen Spaß hatte. Sie freuen sich ihn wiederzusehen und fragen ihn gleich, ob sie später bei ihnen vorbeikommen sollen. Bei dieser überschwänglichen Begrüßung vergisst er fast, weshalb er eigentlich hergekommen ist.

Dania steht vor dem Direktor, sie hasst das, sie hasst das alles. »Verstehen sie mich nicht falsch, ich habe nur Gutes von ihren Professoren gehört, doch wie mir zu Ohren gekommen ist, ist ihre Familie nicht mehr in der Stadt und jeder Student muss seine Universitätsgebühren bezahlen. Wir haben schon die vom letzten Monat nicht bekommen, solange das nicht geklärt ist, können sie hier nicht weiter studieren, so leid es mir tut. Ich will ganz ehrlich zu ihnen sein, die Stadt hat auch kein Interesse daran, dass ihre Familie wieder hierherkommt, auch wenn es mir für sie leid tut.«

Dania setzt sich auf den Stuhl vor seinen Schreibtisch. Sie könnte losheulen. Wie soll sie ihm erklären, dass sie mit den Machenschaften ihrer Familie nichts zu tun hat? Sie haben nicht mal die Gebühren bezahlt. Dania musste sich jeden Monat das Geld zusammenklauen, der Direktor muss doch gehört haben, dass sie das Geld immer persönlich in einem Umschlag abgegeben hat, jeden Monat.

»Hören sie, ich werde das Geld auftreiben, geben sie mir nur etwas Zeit, ich verspreche, spätestens nächste Woche haben sie es. Ich habe mich von meiner Familie losgesagt, ich habe niemals wirklich dazugehört. Ich möchte einfach nur weiter hier zur Uni gehen und werde mir einen Job suchen, um das zu finanzieren.« Der Direktor sieht sie lange an, bevor er sich entscheidet.

Dania weiß, dass es ihm nicht leicht fällt, ihre Familie war nicht gut zu den Menschen hier, doch sie kann nichts dafür, sie kann nur hoffen, dass er ihr das glaubt und ihr eine Chance gibt. Zu ihrem Glück nickt der Mann und erklärt sich bereit noch eine Woche zu warten, aber nicht länger.

Als sie dann das Büro verlässt, ist sie zwar glücklich über diesen Aufschub, jedoch muss sie sich jetzt schnell etwas einfallen lassen, um das Geld zu besorgen und Arbeit finden. Sie will auch Leandro und seiner Familie nicht länger auf der Tasche liegen. Kaum hat sie den Namen gedacht, entdeckt sie ihn auf dem Flur mit zwei ihrer Mitstudentinnen in ein Gespräch vertieft, wobei sie sich nicht sicher ist, was für ein Gespräch das sein soll, die Hände der einen Frau fummeln an Leandros Shirt herum.

In dem Moment, wo seine grünen Augen auf sie treffen, schiebt er die Frauen förmlich von sich weg. Dania spürt, dass es sie stört, ihn dort neben diesen Frauen zu sehen. Es sollte sie nicht stören, sie hat kein Interesse an ihm, er niemals an ihr, er ist einfach nur ein zu guter Mensch, um sie sich selbst zu überlassen, das ruft sie sich schnell wieder ins Gedächtnis, als sie zu den Dreien geht.

»Du bist ja wieder auf den Beinen und es geht dir offensichtlich sehr viel besser.« Sie kann sich die Bemerkung und einen abwertenden Blick zu den Frauen nicht verkneifen, egal wie sehr sie sich geschworen hat, nicht mehr so schnippisch in seiner Gegenwart zu sein. Leandro nimmt ihre Bemerkung lächelnd zur Kenntnis. Seine Augen fixieren sie, es wirkt auf sie immer, als würde er jede ihrer Bewegungen und alles an ihr genau beobachten, und das macht sie unsicher.

»Natürlich geht es mir schon viel besser. Ich habe gehört, dass sich jemand um mich gekümmert hat, dann muss ich ja schnell wieder auf den Beinen sein.« Dania spürt, wie sie leicht errötet und will an den Dreien vorbei. Sie war jeden Tag an seinem Bett, sie hat sich Sorgen um ihn gemacht, Vorwürfe, dass sie alle solche Probleme wegen ihres Vaters hatten, aber vor allem hat es sie beruhigt, da bei ihm zu sitzen und ihn beim Schlafen zu beobachten.

Sie fühlt sich ertappt. Und sie hasst es, dass Leandro in der Lage ist, solche Gefühle bei ihr auszulösen und noch viel mehr hasst sie es, dass er es weiß und es ihn ständig so frech grinsen lässt. »Dann ist gut, ich freue mich, dass es dir besser geht. Entschuldigt mich, ich habe noch viel zu tun.« Sie ist schon einige Schritte weiter, da spürt sie Leandros Hand an ihrem Arm. »Warte, Dania!« Sie seufzt schwer auf und muss an die ersten Treffen hier in der Uni denken.

Jedes Mal hat er sie festgehalten und nicht gehen lassen, es scheint eine Angewohnheit von ihm zu werden, was sie lächeln lässt. Und anstatt ihn wie sonst immer darauf aufmerksam zu machen, bleibt sie stehen und dreht sich zu ihm um.

Kapitel 4

»Wohin willst du? Ich bin wegen dir hier.« Dania sieht an Leandro vorbei zu den zwei anderen Frauen und sie sieht den Neid in ihren Augen, sie kann ihnen förmlich an ihren Gesichtern die Frage ablesen, was er ausgerechnet von ihr will. Dania weiß es auch nicht und kann es sich nicht erklären, doch alleine schon um dieses gute Gefühl weiter auszukosten, zieht sie ihn von den Frauen weg und sie gehen zusammen zum Ausgang der Uni. »Ich muss mir einen Job suchen!«

Dania ist froh, dass sie schon weit genug weg sind, sodass es die anderen nicht hören. Auch hat sie registriert, dass Leandro sich nicht einmal von den beiden Frauen verabschiedet hat und noch immer seine Hand um ihr Handgelenk hält, als hätte er Angst, sie würde es sich doch noch überlegen und abhauen. »Wozu das? Du kannst doch in der Kirche helfen und studieren, das wird dich schon genug Zeit kosten. Hast du keinen Hunger? Ich dachte wir gehen etwas essen.«

Wo er es anspricht, merkt sie auch, dass ihr Magen knurrt. Dania hat es gerade geschafft, noch hundert Dollar aus dem Portemonnaie von Jayime zu entwenden. Sie hat kein Konto, nichts, sie lebt bereits jetzt in dem Haus von Leandro und isst bei ihnen. Sie kann so nicht weitermachen. Also bleibt sie stehen und sieht ihn ernst an. »Leandro, ich kann nicht essen gehen, ich habe kaum noch Geld, ich muss die Uni bezahlen und für mich allein sorgen können, ich brauche einen Job!«

Leandro schüttelt den Kopf. »Ich verstehe dieses Emanzipationsding von euch Frauen, aber wenn ich dich zum Essen abhole, meine ich, dass ich zahle, also würdest du dich bitte von mir einladen lassen?« Dania sieht weg, sie fühlt sich nicht wohl bei all dem. »Ich weiß, du meinst es gut, aber ich muss lernen für mich allein zu sorgen und auf eigenen Beinen zu stehen.« Dania hasst das, wie muss sie auf ihn wirken? Bisher hat er wirklich nur Schlechtes von ihr mitbekommen, angefangen von ihrer Familie, ihrem bisherigen Leben und jetzt ihre Unfähigkeit, ohne ihn zu überleben. Erst als sie merkt, dass er dieses Mal keinen seiner Sprüche ablässt, blickt sie wieder hoch und sieht direkt in seine Augen.

Dania kann nicht verhindern, dass dieser Anblick sofort ein Kribbeln in ihrem Bauch herbeiführt. Schon beim ersten Treffen in der Kirche war es so, sein dunkles Gesicht, seine dunkle Haut und diese grünen Augen im Kontrast fesseln sie jedes Mal. Und wieder fixieren sie diese Augen. Sie kann nicht deuten was sie aussagen, sie hofft nur, dass es kein Mitleid ist. Das verabscheut sie. »Lass uns essen gehen, dann können wir versuchen, für alles eine Lösung zu finden. In Ordnung?« Dania gibt nach, sie ordnet sich ihrem knurrenden Magen und seiner Bitte unter und steigt mit ihm in das Auto.

Sie fahren nur ein kurzes Stück, auf dem ganzen Weg sagt Dania kein Wort, sondern hält auf der Straße nach Geschäften Ausschau, in denen sie arbeiten könnte. Als sie an einer Bäckerei vorbeikommen, in der auf einem Schild nach einer Aushilfe gesucht wird, sagt sie Leandro aufgeregt, dass er schnell anhalten soll. Es war etwas zu laut und er war gerade in Gedanken, sodass er sich erschreckt, aber er hält am Straßenrand. Bevor er fragen kann was los ist, springt sie schon aus dem Auto und sagt ihm, dass sie in zwei Minuten wieder da ist.

Vielleicht hat sie ja doch noch Glück, vielleicht wendet sich einmal das Leben nicht sofort gegen sie und sie kann das Geldproblem lösen. Es sind eine Frau und ein junges Mädchen im Laden. Als sie beide Dania erblicken, schickt die Frau das Mädchen nach hinten. Sie fragt höflich nach, ob die Stelle noch frei ist und erklärt, dass sie Arbeit sucht. Sie spürt das Zögern der Frau, ein Moment der Hoffnung macht sich in ihr breit.

»Nein, es tut mir leid, wir suchen nicht mehr.« Dania sieht enttäuscht zu dem Schild, sie hatte wirklich geglaubt, sie habe endlich einmal Glück. »Haben sie wirklich keine Arbeit, die hier zu tun ist? Ich würde alles machen, egal zu welcher Zeit, ich brauche dringend einen Job.«

Sie hört, dass noch jemand das Geschäft betritt, sie ist es gewohnt sich zu erniedrigen, wenn sie so Geld verdienen kann, ist es ihr egal. »Nein, wir suchen ...« Der ältere Mann, der in das Geschäft gekommen ist, geht hinter die Theke. »Was redest du da? Natürlich suchen wir eine ...« Dania sieht den Blick, den die Frau dem Mann zuwirft. Sie bemerkt, wie sich sein Ausdruck im Gesicht verändert, als er sie erblickt und sie erkennt was los ist. Die Frau tritt an ihr vorbei zum Fenster und nimmt das Schild weg. Der Mann ist nun stumm. »Wie gesagt, wir suchen niemanden mehr, tut mir leid!«

Leandro sagt kein Wort, als Dania sich zu ihm ins Auto setzt, sie versucht gegen die Tränen anzukämpfen und schafft es auch, sie musste sich schon durch Schlimmeres durchkämpfen und wird es einfach weiterprobieren. Leandro hält vor einem Restaurant, was Dania zwar kennt, aber sie war noch nie dort essen.

Ihr Vater und seine Frau sind mit den beiden Kleinen oft essen gegangen, Dania musste zuhause bleiben und das Haus putzen. Sie werden von einem alten Mann begrüßt, der Leandro offensichtlich gut zu kennen scheint. Sie bekommen einen Platz in einer ruhigen Ecke. Der Mann reicht ihnen die Karten und unterhält sich noch etwas mit Leandro. Er fragt wie es allen geht und sagt ihm, wie gut es ist, dass sie wieder da sind. Dania verfolgt das Ganze nicht wirklich, sie sieht angestrengt auf die Karte und versucht in ihrem Kopf Klarheit zu bekommen.

»Hast du dich schon entschieden?« Erst beim zweiten Mal bemerkt Dania, dass Leandro sie angesprochen hat. Sie pickt sich das Erstbeste heraus und schließt die Karte wieder. Als der Mann ihren Tisch verlässt, lehnt sich Leandro zurück und mustert sie. »Was hast du jetzt vor?« Dania sieht ihn ebenso fordernd an, sie versteht diesen Mann nicht. Wieso betrachtet er sie immer auf diese Art und Weise und wieso fragt er sie das jetzt? Es muss ihm doch aufgefallen sein, dass sie keine Ahnung hat, was sie tun soll.

»Sag du mir lieber, was du jetzt vorhast!« Die einzig gute Antwort, die ihr dazu einfällt und die ihn vielleicht etwas von ihr ablenken wird. Er zuckt die Schultern. »Wir werden ab morgen die Ware verkaufen und ich schätze dann geht es nächste Woche ab nach Kolumbien. Davor werde ich mir hier noch ein paar Leute vorknöpfen.«

Dania zeigt auf seine Schulter. Auch wenn man die Verletzung durch das weiße Shirt nicht sieht, weiß sie ja, dass sie da ist. Sie hat gesehen, wie entzündet die Wunde war, weil er sich nicht geschont hat und wie sein Körper mit Fieber reagiert hat. »Willst du nicht erst einmal warten, bis du dich wieder komplett erholt hast?« Leandro zieht die Augenbrauen hoch und deutet auf sie. »Das Gleiche kann ich dich auch fragen, wieso willst du dir nicht einmal eine Atempause gönnen, du hast gerade viel mitgemacht und willst dein Leben komplett ändern. Wieso kannst du das nicht etwas langsamer angehen lassen und setzt erst einmal eine Weile aus?«

Dania merkt, was er da tut. Den Ball, den sie ihm zugespielt hat, um von sich abzulenken, wird ihr nun wieder zugeworfen. »Ich kann nicht, ich will den Uniplatz nicht verlieren und muss Arbeit finden.« Leandro will gerade etwas sagen, da klingelt sein Handy. Er will erst nicht rangehen, doch es ist seine Mutter und Dania sagt ihm, er soll das Gespräch annehmen, damit sie sich keine Sorgen macht.

Die letzten Tage hat sie mitbekommen, wie oft die Frauen aus Amerika sich bei ihren Söhnen melden, sie kennt diese fürsorgliche Art nicht. Seit ihre Mutter gestorben ist, hat sich niemand mehr um sie gekümmert, geschweige denn einen Gedanken daran verschwendet, ob es ihr gut geht. Sie hat gemerkt, dass die Söhne ihre Mütter zwar lieben, aber sie ihre ständigen Sorgen nerven. Sie versteht das nicht, sie wäre so dankbar. Hätte sie eine Mutter, die sich um sie Gedanken machen würde, wäre das niemals eine Last für sie, im Gegenteil.

Dania hört Leandro zu, wie er mit seiner Mutter redet, wenn er zu ihr blickt, lächelt sie, um ihm zu zeigen, dass ihr das nichts ausmacht. Ihr Essen kommt und Leandro beendet das Gespräch. Dania ist neugierig geworden und fragt ihn etwas über seine Mutter aus. Leandro erzählt ihr etwas von seinen Eltern, wie sie sich kennengelernt haben, wie diese Liebe die beiden Familias vereint hat. Er liebt seine Eltern sehr, das merkt man, ebenso, dass es ihm schwerfällt von seinem Vater zu erzählen und man spürt, er vermisst ihn sehr. Er muss schmunzeln, als er erwähnt, dass seine Eltern hier in dem Restaurant ihr erstes richtiges Date hatten, allerdings auf dem Dach des Gebäudes.

Sie verbringt gerne Zeit mit Leandro, er ist sehr aufmerksam ihr gegenüber, was sie gar nicht gewöhnt ist. Immer wieder fragt er, ob sie noch etwas möchte, doch Dania ist vollkommen zufrieden. Dann spricht er sie auf den Vorfall gerade in der Bäckerei an und sie erzählt ihm, dass der Job schon vergeben war. Er braucht es nicht auszusprechen, sie merkt, er weiß genau wie sie, dass es an etwas anderem liegt. »Denkst du, die Leute hier werden mich jemals als etwas anderes sehen, als die Tochter von Gallardo?«

Leandro hat seine Portion aufgegessen und legt sein Besteck zurück auf den Tisch. »Wenn sie dich näher kennenlernen so wie wir und die ganze Wahrheit wissen, sicherlich, aber das wird etwas dauern, du darfst es ihnen auch nicht übel nehmen.« Dania nickt, das tut sie nicht, aber leider hat sie keine Zeit, sie braucht jetzt einen Job. Um das Thema aber zu beenden und die Stimmung nicht zu verderben, lenkt sie schnell ein. Sie fasst immer mehr Vertrauen zu Leandro und möchte auch mehr über ihn und sein Leben erfahren.

»Hattest du in Amerika eine Freundin?« Die Frage überrascht ihn. »Nein, keine feste.« Dania traut sich etwas weiter vor. »Die beiden Frauen in der Uni, ist eine von denen deine Freundin?« Leandro beginnt leise zu lachen. »Nein, ich kenne sie nur … etwas. Ich hatte noch nie eine feste Freundin, also eine Beziehung, die lange angehalten hat. Mein Leben war bis jetzt ja auch sehr … turbulent. Ich hatte gar nicht die Zeit dafür und hatte und habe immer noch viel zu viel andere Sachen im Kopf, um an so etwas zu denken.«

Dania ist nun auch fertig. Sie weiß nicht warum, aber es beruhigt sie, dass er nichts mit den Frauen an der Uni hatte. »Wie sieht es bei dir aus?« Dania verschluckt sich fast an ihrem letzten Bissen und trinkt schnell etwas, Leandro lacht wieder auf. »So schlimm?« Sie stellt das Glas zurück auf den Tisch. Wieso war sie so dumm dieses Thema anzusprechen? »Ich hatte noch nie einen Freund.« Sie hofft es bei der Aussage belassen zu können, doch er ist ähnlich neugierig wie sie und denkt gar nicht daran. »Was heißt das genau, ich meine du bist wunderschön, es werden sich doch schon viele in dich verliebt haben?«

Dania sieht ihn überrascht an, er findet sie schön? Bisher hat Dania jedes Mal, wenn sie mit ihm irgendwo war, gesehen, wie alle auf Leandro achten, fast jede Frau betrachtet ihn und sie versteht es vollkommen. Er ist groß, hat ein schönes Gesicht, die dunkle Haut, die grünen Augen, ein süßes Lächeln, sie sieht zu den breiten Oberarmen, die sich unter seinem T-Shirt abzeichnen. Wie kann er sie hübsch finden? Als sie nicht antwortet, zieht er die Augenbrauen hoch. Bevor er etwas sagen kann, kommt sie ihm aber zuvor.

»Ich bin nicht schön, Leandro, zudem durfte ich niemals einen Freund haben. Mein Leben war nicht so, dass ich weggehen konnte, ins Kino oder sonst etwas. Ich habe nicht einmal eine Freundin. Ich war in der Schule, in der Kirche oder zuhause, das war's. Wenn mal ein Mann länger als eine Minute mit mir geredet hat, ist mein Vater oder einer seiner Männer dazwischen gegangen. Immerhin sollte ich ja unberührt bleiben und na ja, also nein, ich hatte noch nie einen Freund und ich denke, das ist auch besser so!«

Sie weicht Leandros Blick aus. »Wir sollten langsam gehen, vielen Dank für das Essen, ich will versuchen noch Arbeit zu finden.« Als sie ihn nun ansieht, erkennt sie sofort, dass er etwas sagen will. Es ist fast, als würde er sich auf die Zunge beißen müssen um nichts zu sagen, doch er bezahlt die Rechnung und sie verlassen das Restaurant. Dania will nicht weiter über dieses Thema reden, der erste Mann, der sie geküsst hat und wenn es nur auf die Stirn war, war er. Sie würde vor Scham im Erdboden versinken, wenn er das erfahren würde.

Leandros Schweigsamkeit hält genau bis zum Verlassen des Restaurants. Er bleibt stehen und hält sie mal wieder am Arm fest, er dreht sie so, dass sie ihn ansieht. »Hör zu Dania, ich gebe dir das Geld für die Uni, du hast dann genug Zeit, um dir in Ruhe etwas zu suchen und dich um alles andere zu kümmern.« Dania weiß nicht, ob sie schon jemals einen Menschen getroffen hat, der so ein gutes Herz hat wie Leandro. Doch sie kann das unmöglich annehmen. »Ich weiß, du meinst es nur gut und es bedeutet mir viel, aber verstehst du, ich muss das alleine schaffen. Es fällt mir schon schwer, bei euch zu wohnen ohne etwas dafür zu zahlen, euer Essen zu nehmen ohne etwas zurückgeben zu können und das, nachdem meine Familie euch alles genommen hat.«

Leandro verdreht die Augen. »Ich habe gar nichts anderes erwartet, aber einen Versuch war es wert. Komm mit, ich habe eine Idee.« Dania muss lachen, er scheint sie auch besser kennenzulernen. Sie steigen ins Auto. Als sie wieder an der Bäckerei vorbeifahren, sieht

46

Dania, dass das Schild wieder im Fenster hängt. Sie lehnt sich traurig zurück in den weichen Sitz. Diese Stadt wird sie niemals akzeptieren.

Miguel sieht aus dem Fenster auf Kolumbien. Es ist merkwürdig wieder so viel zu sehen, er hätte nicht gedacht, dass es sich so fremd anfühlt, wenn er nach achtzehn Monaten wieder draußen ist. Seit sie das Gefängnis verlassen haben, hat Garcias kein Wort zu ihnen gesagt. Sie haben hinter dem Tor sofort Handschellen umbekommen und sind in einen Van gesetzt worden. Garcias und ein Polizist sitzen vorne. Soran, Jakup und er sitzen von Wachen bewacht hinten und sehen schweigend auf die Straße. Miguel weiß nicht wie lange sie fahren, er hat in dem Gefängnis sein Zeitgefühl verloren, doch es kommt ihm länger vor als die Fahrt vom Flughafen ins Gefängnis, als sie mit den anderen in Bussen abtransportiert worden sind.

Er hat kein gutes Gefühl und er sieht auch den anderen beiden an, dass sie merken, dass etwas nicht stimmt, doch keiner von ihnen sagt etwas. Sie können nur hoffen, dass sich ihr Gefühl nicht bestätigt und sie wirklich auf dem Weg zum Flughafen sind. Aber je weiter sie fahren, umso unwahrscheinlicher wird es. Sie kommen immer weiter hinaus aufs Land. Miguel weiß jetzt, dass Garcias gelogen hat, sie werden nicht nach Hause gehen. »Wohin bringt ihr uns?« Er hat eh nichts mehr zu verlieren, also blickt er den Polizisten, die sie die ganze Zeit betrachten, als wären sie der letzte Abschaum, direkt in die Augen. Er sieht aus, als würde er ihn mit dem allergrößten Vergnügen abknallen.

Bevor er jedoch antworten kann, meldet sich Garcias von vorne. »Ruhe dahinten!« Miguel denkt nicht dran. »Wohin bringt ihr uns und was denkst du werden die anderen dazu sagen, wenn sie erfahren, dass ihr uns nicht zum Flughafen gebracht habt?« Garcias dreht sich zu ihm um und hat wieder dieses Grinsen im Gesicht, was schon auf eine Geisteskrankheit schließen lässt. »Lass das mal meine Sorge sein.«

In dem Moment halten sie vor einem schwarzen Eisentor. Der Polizist am Steuer klingelt an einer Anlage und spricht hinein. Miguel entdeckt, dass überall am Eisentor Stromleitungen sind, hier soll niemand rein oder raus. Sie fahren auf ein riesiges Grundstück, auf dem ein großes Haus und mehrere kleine Baracken stehen. Auch wenn Miguel noch nicht weiß wo er ist und was er hier soll, ahnt er, dass dies noch viel schlimmer wird als das Gefängnis, aus dem er gerade gekommen ist.

Dania und Leandro halten vor einer Boutique. Dania hat das kleine Geschäft noch nie gesehen, zumindest ist es ihr bisher noch nie aufgefallen. Als sie aussteigen, erzählt Leandro, dass dieses Geschäft seiner Tante Sam gehört hat. Nachdem sie ihre Kinder bekommen hat und nicht mehr genug Zeit dafür hatte, gab sie es an ihre Freundinnen ab, die jetzt noch immer dort arbeiten. Also ist es auch nicht verwunderlich, dass sie nach ihrem Eintreten überschwänglich begrüßt werden. Zwei Frauen sind da, eine ist hochschwanger und beide wollen Leandro gar nicht mehr loslassen. »Als wir gestern bei euch mitgeholfen haben, lagst du noch vollkommen fertig im Bett. Es ist schön, dich wieder auf den Beinen zu sehen.«

Leandro stellt Dania vor. Sie kann sich nicht daran erinnern, die Frauen schon einmal gesehen zu haben, vielleicht wissen sie nicht, zu welcher Familie sie gehört. Ihr gefällt der Laden, er ist klein und gemütlich und die Klamotten sehen schön aus, auch wenn Dania so etwas nie tragen kann. Leandro kommt schnell zum Punkt und erklärt den Frauen, dass Dania dringend Arbeit braucht und ob sie jemanden gebrauchen könnten. Die Ältere der Frauen lächelt sie freundlich an und zeigt auf die riesige Babykugel, die die andere Frau voller Stolz trägt. »Wir könnten wirklich Hilfe gebrauchen, bald wird meine Schwester nicht mehr viel Zeit für den Laden haben. Wenn du möchtest, können wir dich einarbeiten.«

Natürlich möchte Dania das und bedankt sich freudig. Die Frauen besprechen mit ihr die Einzelheiten, sie kann jeden Tag nach der Uni hier arbeiten und den kompletten Samstag. Sie verdient nicht viel, doch es reicht, um die Uni zu bezahlen und sich vielleicht ein eigenes kleines Reich zu mieten, falls ihr hier jemand etwas vermietet. Dania soll gleich morgen nach der Uni anfangen und keine zehn Minuten später sitzen Leandro und sie wieder im Auto auf dem Weg zurück ins Cielo.

Sie ist glücklich. Dania weiß nicht, was sie jetzt ohne Leandro in dieser Situation tun würde und wie sie ihm das jemals alles zurückgeben kann. Sie wird gleich morgen zum Direktor gehen und ihm die hundert Dollar als Anzahlung für die ausstehenden Zahlungen geben, ihr fehlen dann noch dreihundert, die sie ihm nächste Woche geben kann, da sie ihr Geld wöchentlich auf die Hand bekommt. Es wird alles besser und wenn sie alles dafür gibt, wird vielleicht eines Tages alles gut.

Als sie ins Cielo gehen, sitzen einige von Leandros Cousins im Garten. Sie mag sie alle irgendwie, besonders Sami und Sanchez sind so lustig, dass sie manchmal Bauchschmerzen vor Lachen bekommt. Leandro möchte zu ihnen, doch Dania will nur noch duschen und ins Bett, sie freut sich auf morgen, sie weiß gar nicht mehr, wann sie sich das letzte Mal auf einen neuen Tag gefreut hat. Sie sagt den Männern im Garten gute Nacht und Leandro, der sein Shirt wechselt, bevor er in den Garten geht, sagt ihr vor ihrer Zimmertür gute Nacht. Sie bedankt sich noch einmal, für den Job und für das Essen.

Er mag es nicht, wenn sie sich bedankt, er sagt jedoch nichts. Er kommt näher zu ihr. Danias Herz schlägt wie verrückt, als er sich vorbeugt und ihr dieses Mal einen Kuss auf die Wange gibt. »Und Dania?« Sie traut sich nicht einmal, ihm richtig in die Augen zu sehen, er steht zu nah, sein Geruch ist zu anziehend und der Kuss hat sich viel zu schön angefühlt. »In meinen Augen bist du wunderschön.« Seine Stimme ist ungewöhnlich rau. Dania hebt den Blick und trifft seine grünen Augen. »Schlaf gut.«

Er gibt ihr keine Chance zu widersprechen, er streicht ihr eine Strähne aus dem Gesicht, wendet sich um und geht hinaus zu seinen Cousins.

Dania geht in ihr Zimmer, ihr Herz schlägt wie verrückt, ihre Wange brennt, sie geht ins Badezimmer und sieht sich im Spiegel an. Wie kann er etwas Besonderes an ihr sehen? Sie hat nichts an sich und wie kann er sie schön nennen? Ihr Herzschlag beruhigt sich wieder, sie sieht sich im Spiegel an, die Realität holt sie wieder ein. Vielleicht deshalb, weil er die Wahrheit noch nie gesehen hat.

Dania zieht sich aus und sieht die grausame Wahrheit im Spiegel.

Kapitel 5

Sie halten vor dem riesigen Haus. Es wirkt wie ein altes Schloss, gruselig. Miguel bekommt eine Gänsehaut, als er das alte Gemäuer betrachtet. Es treten drei Männer heraus und Garcias und die Polizisten deuten ihnen auszusteigen. Er mustert die drei Personen, zwei von ihnen tragen schwarze Anzüge, Sonnenbrillen und Maschinengewehre. In der Mitte ist ein älterer Mann, der sicherlich schon um die fünzig Jahre alt ist. Er trägt ein offenes weißes Hemd und es bleibt kein Zweifel, dass er hier das Sagen hat und die anderen beiden seine Aufpasser sind. Der Mann scheint zwar Macht zu haben, doch wirkt er schon sehr gebrechlich und alt.

»Garcias, welche Ehre, hast du mir Nachschub gebracht? Wie nett, dieses Mal sogar mal welche, mit denen man etwas anfangen kann. Die Flüchtlinge aus Venezuela sind zu nichts zu gebrauchen.« Garcias und der alte Mann umarmen sich freundschaftlich. »Es ist mir wie immer ein Vergnügen, Roan, sie sind ihr Geld wert, da kannst du dir sicher sein.« Der alte Mann kommt näher und betrachtet sie genau. Miguel weiß immer noch nicht, was hier gespielt wird. »Ich hatte aber nur zwei bestellt, der Preis ist mir zu hoch für drei, wenn die beiden mich überzeugen, kannst du weitere schicken.«

Es ist nur eine Sekunde, er sieht es, es passiert aber zu schnell, um eingreifen zu können. Garcias hebt seine Waffe von dort aus, wo er steht, und ohne eine Sekunde zu zögern, schießt er Soran, der neben ihm und Jakup steht, in den Kopf. »Da hast du nur noch zwei.«

Jakup kniet sich nieder und beginnt vor Wut zu schreien, während er Sorans Kopf hochhält. Miguel will zu Garcias, er sieht rot. Die Polizisten halten ihn und schneller als er blinzeln kann, hat er eine Waffe am Kopf, doch es interessiert ihn nicht mehr. Er wird hier eh niemals wieder herauskommen und all seine Wut kommt hoch. »Du verfluchter Bastard, komm her, wenn du die Eier in der Hose hast.«

Miguel kommt nicht an ihn heran, die Polizisten drücken zwar nicht ab, doch sie halten ihn. Nun kommen auch die zwei Sicherheitsleute des alten Mannes, einer verpasst ihm einen Schlag ins Gesicht. Miguel reagiert gar nicht darauf, sein Ziel ist Garcias. Der spürt, dass die Männer immer mehr Schwierigkeiten haben, ihn in den Griff zu bekommen. Mit weitem Abstand zu Miguel geht er zu Jakup, der noch immer Soran in seinen Armen hält und setzt ihm die Waffe an den Kopf.

Miguel flucht laut auf, wird aber gezwungenermaßen ruhiger. »Dein Leben scheint dir nicht viel wert zu sein, doch wir machen es anders. Für jeden Fehltritt von dir wird einer erschossen. Ich nehme jetzt hier das Handy und rufe beim Gefängnis an, die Polizisten sollen sich dort ein Ziel suchen und ihm von Weitem einen Kopfschuss verpassen, vielleicht beruhigt das deine Nerven. Wenn dir dein eigenes Leben schon nichts wert ist, fangen wir bei deinem Vater an.«

Garcias nimmt sein Handy und Miguel muss einknicken. Er weiß, der Dreckskerl ist krank genug sein Vorhaben umzusetzen. »Du rührst keinen mehr an, mach mit mir was du willst, aber lass die Finger von den anderen.« Garcias grinst zufrieden, nun traut er sich auch näher an ihn heran und wählt eine Nummer auf dem Handy. Er spricht zu einem Polizisten und sagt ihm, er soll zu den Gefangenen gehen und ihnen das Handy geben. Der Polizist sträubt sich wohl, doch Garcias befiehlt ihm hineinzugehen. Er weist ihn an, Miguels Vater allein zu sich zu rufen und ihm das Telefon zu geben.

Während der Polizist das in die Tat umsetzt, wendet sich Garcias an Miguel. Er zieht Jakup an sich und hält ihm die Waffe an den Kopf. »Sag ihm, ihr seid am Flughafen und es geht euch gut. Überlege dir gut, was du jetzt machst. Wenn du dich nicht daran hältst, wird es für alle böse enden. Ihr atmet keine Minute länger und deinen Verwandten am anderen Ende wird es genauso ergehen, es liegt in deinen Händen.«

Miguel schließt die Augen, ob es ihm gefällt oder nicht, er weiß, dass Garcias recht hat. Wenn er jetzt sagt, dass sie nicht wie sie gehofft am Flughafen, sondern woanders sind, bricht im Gefängnis die Hölle aus. Er hat gesehen, wie viele Polizisten vor den Toren stehen, innerhalb weniger Minuten wären sein Vater, die Onkel, alle Männer dort tot, genau wie er selbst auch.

Sie haben es eineinhalb Jahre ausgehalten. Miguel blickt sich um, hier ist es nicht so bewacht. Er weiß noch nicht, was er hier soll und was das alles auf sich hat, doch vielleicht hat er eine Chance zu entkommen. Diese Chance darf er jetzt nicht aufs Spiel setzen. Er blickt noch einmal auf Soran, der tot vor ihnen liegt und blickt Jakup in die Augen. Er sieht darin keine Angst, er überlässt ihm die Entscheidung.

Garcias reicht ihm den Hörer und wirft ihm einen warnenden Blick zu. Er hört seinen Vater. »Miguel, ist alles in Ordnung bei euch? Hat er sein Wort gehalten?« Er schließt die Augen, für einen kurzen Moment kommt ihm das Gesicht seiner Mutter Jennifer vor Augen. Ihre sanften blauen Augen liegen auf ihm, auch wenn man ihre Sorgen sieht. Er weiß, dass sie dieses Leben nie für ihre Söhne wollte, wenngleich sie selten etwas gesagt hat. Sie würde das nicht überleben, er muss weiterkämpfen.

»Ja, es ist alles okay, uns geht es gut und wir sind auf dem Rückweg. Sag den anderen Bescheid, keiner soll sich Sorgen machen.« Es fühlt sich falsch an das zu tun, doch er sieht keine andere Chance. Er schenkt Garcias einen Blick, der ihn zur Hölle wünscht. Aus Angst, dass er doch noch etwas anderes sagt, nimmt dieser schnell wieder das Telefon.

»Das reicht, wir wollen ja nicht, dass dein Sohn seinen Flug verpasst.« Garcias legt auf. »Bist du sicher, dass die keinen Ärger machen?« Der ältere Mann ist nicht begeistert, doch Garcias winkt ab. »Ich rufe jeden Tag an, sollte einer von ihnen Probleme machen, gibt es für jedes Problem einen Kopfschuss für ihre Familien. Ich denke, das haben sie kapiert.«

Miguel muss tief einatmen, um nicht vor Wut auszurasten, es kostet ihn viel Kraft ruhig zu bleiben. Er sieht auf Soran am Boden und schwört ihm, dafür Rache zu nehmen, für alles was hier passiert, was die letzten Monate passiert ist und was noch passieren wird.

Garcias und der Mann laufen vor, die Sicherheitsleute deuten ihm und Jakup an ihnen zu folgen, Soran lassen sie einfach liegen. Während sie an dem großen Haus entlanglaufen, sieht sich Miguel das Grundstück richtig an und Hoffnung keimt auf. Es ist zwar riesig, doch er bemerkt, dass der Elektrodraht nicht überall entlangzuführen scheint. Er deutet Jakup vorsichtig mit dem Kopf zu den Stellen und auch er nickt zufrieden. Sie dürfen die Hoffnung nie aufgeben, das ist das Wichtigste.

Als Miguel sich weiter umsieht, fällt sein Blick zu dem Haus, er spürt etwas von der Seite, doch als er zu der Stelle sieht, schließt sich schnell eine Gardine. Es ist ein gruseliger Ort. Genau in dem Moment treten sie hinter das Haus und Jakup neben ihm flucht so laut auf, dass ihm einer der Polizisten mit seinem Gewehr in den Rücken schlägt.

Sie stehen vor mehreren Hektar großen Feldern mit Schlafmohnpflanzen. Er kennt diese Pflanze, er weiß, daraus wird das Opium für Heroin gewonnen. Er hat selbst schon ein paar Felder in Puerto Rico gesehen, allerdings nie in solch einem Ausmaß. In den Feldern sind mindestens zwanzig Männer in einfachen Shorts zu erkennen, sie tragen alle kleine Messer bei sich und sind in ihre Arbeit vertieft. Sie sind dünn und in einem miserablen Zustand. Das müssen die Flüchtlinge sein, von denen der alte Mann Roan vorhin gesprochen hat.

Roan pfeift einen Mann zu sich, der durch die Reihen geht und den Arbeitern auf die Hände schaut. Als der Mann ankommt, deutet er auf Miguel und Jakup. »Zwei neue, weise sie ein.« Miguel dreht sich zu Garcias um. Er denkt gar nicht daran, doch Garcias hebt die Waffe und deutet grinsend auf Jakups Kopf. Miguel nickt. Er blickt sich noch einmal um, von ihm aus, hier haben sie es leichter abzuhauen, also wird er dieses Spielchen erst einmal mitspielen. Er schenkt Garcias ein wissendes Lächeln, was sein Grinsen verschwinden lässt und folgt dem Mann.

Zwar scheint der Mann auch ein Flüchtling zu sein, doch wissen Jakup und er noch nicht, wem sie hier trauen können und wem nicht, also halten sie sich zurück. Der Mann trennt sie. Jakup wird zu der anderen Seite des Feldes gebracht, wo er die Pflanzen einstechen soll. Miguel bringt er zu einem Teil des Feldes und zeigt ihm, wie er den braunen Saft herauskratzt. Er bleibt die ganze Zeit bei ihm, offensichtlich ist das die bedeutendere Aufgabe. Er erklärt ihm geduldig alles. Um sicher zu gehen, dass auch nichts davon entwendet wird, dürfen die Arbeiter nichts außer Schuhen und eine Shorts ohne Taschen tragen.

Miguel fragt ihn aus, wie viele hier sind, wie lange sie arbeiten, wo sie schlafen, doch der Mann traut sich nicht weiter zu reden. Er schätzt ihn auf das Alter seines Vaters ein. Er scheint Mitleid mit ihm zu haben und klopft ihm auf die Schulter. »Das wirst du alles noch herausbekommen.« Als er sich sicher ist, dass Miguel diese Arbeit beherrscht, zieht er weiter seine Kreise, immer wieder an allen vorbei, hin und wieder redet er mit einem, dann geht er weiter.

Miguel blickt hoch in den Himmel, die Sonne knallt ohne Gnade auf das Feld herunter. Das Feld ist extra tiefer gelegt, sodass am Rand verteilt einige Wachen mit schwarzen Shirts stehen und sie bewachen. Die Männer, die hier arbeiten, haben alle eine Wasserflasche bei sich und schon nach einer halben Stunde merkt er warum.

Es ist die Hölle, die Hitze macht einen fertig. Bereits jetzt tun seine Hände weh von der ewig gleichen Bewegung. Der Mann, der die Runden dreht, kommt vorbei und bringt ihm auch eine Flasche Wasser. »Teile es dir gut ein, es gibt am Tag nur eine Flasche.« Miguel nimmt einen Schluck und wischt sich den Schweiß ab, freiwillig zieht er sein Shirt aus. Er hat ja noch die Sachen an, die er auf der Fahrt getragen hat. Als er zu Jakup blickt, sieht er, dass der das Gleiche tut. Dann pfeift eine der Wachen und signalisiert ihm weiterzumachen. Miguel beißt die Zähne zusammen und arbeitet weiter.

Eine Stunde später hat er das Gefühl, seine Arme fallen ihm ab. Ein Mann, der etwas weiter weg steht, fällt um. Miguel will zu ihm, er sieht, dass der Mann stark geschwächt ist, nur noch Haut und Knochen und viel zu alt für diese Arbeit. Als er sich von seinem Abschnitt wegbewegen will, pfeift eine Kugel neben ihm in den Boden. Er blickt zu der Wache und die schüttelt den Kopf. Der Mann, der die Runden dreht, kommt und trägt den Mann am Boden einfach weg.

Er kann nichts weiter tun als geschockt hinterher zu sehen. »Mach schnell weiter, es ist besser so.« Während er den anderen Mann wegschleift, bei dem Miguel nicht mal sicher ist, ob er noch lebt, flüstert der Mann, der ihn eingewiesen hat, ihm besorgt zu. Miguel sucht Jakups Blick und merkt, dass auch er mit seinen Kräften hadert. Es kommt ihm wie eine Ewigkeit vor, bis die ersten Männer mit einem lauten Pfeifen angewiesen werden vom Feld zu kommen. Die Sonne geht gerade unter.

Sie werden Reihe für Reihe aus dem Feld geordert. Der Mann, der alles bewacht, sammelt unter den strengen Augen der Wachen die Messer ein. Immer mit ungefähr 20 Minuten Abstand dürfen sie das Feld verlassen. Jakup ist einer der ersten. Sie wechseln noch schnell einen Blick, Miguel kann jetzt nichts tun, wenn etwas passieren sollte. Er muss sich eingestehen, dass, selbst wenn er bei ihm bleiben würde, er keine Möglichkeit hat ihm zu helfen.

Sie sind den Leuten hier vollkommen ausgeliefert, es sei denn, sie entscheiden sich freiwillig für den Tod, doch so weit haben sie es noch nicht geschafft, auch wenn nicht mehr viel Hoffnung da ist. Sie ist aber noch da, also heißt es wie die letzten Monate, erst einmal still zu sein und abzuwarten, doch genau das macht Miguel schwer zu schaffen. Es liegt nicht in seiner Natur, sich ruhig zu verhalten und sich so herumschubsen zu lassen.

Es kommt ihm ewig vor, bis er an der Reihe ist. Mit fünf anderen Männern geht er wieder aus dem Feld, seine Füße schmerzen. Sie gehen hinter einer Wache in einer Reihe zu einer der Baracken, die auf der anderen Seite hinter dem Haus stehen. Die Männer ziehen sich die Shorts aus und stehen alle nur noch in Unterhosen da, alle tragen exakt das Gleiche.

Ein Mann hinter ihm flüstert ihm zu, er muss sich auch ausziehen, bis auf die Unterhosen. Miguel flucht innerlich, doch tut erst einmal, was er sagt, er will sich nur noch irgendwo zum Schlafen hinlegen. Morgen wird er mit Jakup einschätzen, wie und wann sie hier abhauen. Alle werfen ihre Shorts auf einen Haufen, also tut er es ihnen gleich. Ein Mann ruft nacheinander die Männer herein, wieder muss jeder fünf Minuten warten.

Als Miguel endlich dran ist und die Baracke betritt, steht zwischen zwei Wachen ein Mann im Kittel, in der Hand einen Block, auf dem er eine neue Seite aufschlägt und ihn ansieht. »Noch ein Neuer also. Ausziehen!« Miguel zieht die Augenbrauen hoch und der Arzt verdreht die Augen.

»Na gut, daran werdet ihr euch schon noch gewöhnen.« Er tritt vor und beginnt ihn zu untersuchen. Hört sein Herz ab, sieht überall nach, ob er etwas von den Drogen versteckt hat, fühlt den Puls, sieht sich seine gesamte körperliche Verfassung an, dann gibt er ihm ein halbes Stück Seife und ein Handtuch in die Hand. »Weiter!«

Miguel schüttelt nur den Kopf, aber die Aussicht auf eine Dusche lässt ihn die Baracke verlassen. Eine der Wachen folgt ihm und bringt ihn zur nächsten Holzbaracke. »Du hast genau fünf Minuten.« Er lässt ihn alleine in einem Duschraum, alles ist aus Holz, es riecht schimmlig und morsch, es gibt mehrere Eimer mit Wasser, neben denen eingepackte Wegwerfzahnbürsten und Zahnpasta liegen. Es gibt vier Duschen. Miguel stellt sich unter eine und wundert sich nicht, dass nur ein leichter Strahl mit lauwarmem Wasser kommt. Er ist aber mittlerweile so fertig, dass es ihm egal ist. Kaum ist er unter der Dusche, klopft eine andere Wache am anderen Ausgang. »Dale!«

Nach der kurzen Dusche wird er auf die andere Seite zu einer von drei weiteren Holzbaracken gebracht. Die Tür öffnet sich, es stinkt nach Urin und Schweiß. In der Baracke sind sieben Zellen, alle voneinander abgetrennt. Man kann genau vier Schritte in der Zelle machen, in die Miguel geschickt wird. Es gibt ein Campingbett mit einer alten Matratze, einem Kissen und einer dünnen Decke. Ein Loch, das als Klo dienen soll und ein Hocker, auf dem ein Teller mit breiiger Suppe, ein Apfel und ein Stück Brot steht, dazu wieder eine Flasche Wasser. Miguel legt sich erschöpft auf das Bett und schließt die Augen.

Als er mit seinem Vater und seinen Onkeln eingesperrt war, dachte er, er wäre in der Hölle gelandet, er seufzt leise auf, es war das Paradies im Gegensatz zu dem hier.

»Es freut mich, dass ihr wieder da seid. Zumindest ein Teil von euch. Die Geschäfte mit diesem Gallardo haben mir nicht gefallen, weshalb wir sie auch nicht mehr gemacht haben, und einen guten Ersatz hatten wir bisher auch nicht gefunden. Richtet auch den anderen aus, dass wir wieder zusammenarbeiten. Die Trez Puntos und die Les Surenas sind als Trez Surentos zurück, gefällt mir.«

Leandro schüttelt dem Mann, mit denen ihre Familia schon seit Ewigkeiten Geschäfte gemacht hatten, die Hand, danach gibt er auch Sami und Sanchez die Hand. »Ja und erzähl das ruhig weiter, wir sind wieder in Puerto Rico, das sollten alle mitbekommen.«

Die Männer, die ihnen gegenüber sitzen, lachen zufrieden. »Mein Cousin hat sich auch auf Waffen spezialisiert, er würde euch sicherlich auch einige Ladungen abnehmen wollen. Wann kann man mit neuen Lieferungen rechnen?« Es läuft besser als gedacht, sie werden überall freudig erwartet und die Nachfrage ist groß. Sie sind schon einiges losgeworden, dabei haben sie heute erst zwei alte Kunden besucht.

»Ich denke, nächsten Monat können wir euch neu versorgen. Sagt uns Bescheid, was ihr alles genau braucht und wie viel, wir kümmern uns darum.« Ihre Geschäftspartner werden etwas ernster. »Solltet ihr irgendetwas brauchen, sagt uns Bescheid, wir stehen voll und ganz hinter euren Familien.« Die drei Cousins stehen auf und geben den Männern noch einmal zum Abschied die Hände. Leandro schenkt ihnen ein zuversichtliches Grinsen. »Unsere Familias haben sich schon immer alleine um ihre Angelegenheiten gekümmert, trotzdem danke für das Angebot, wir wissen es zu schätzen.«

Als sie sich wieder in die Autos setzen, sind sie zufrieden, heute waren sie nur ein paar Städte weiter, übermorgen fahren sie in die Hauptstadt für den Rest der Waren und werden sich die Polizisten vorknöpfen, die ihre Väter verraten haben. »Lasst uns etwas essen und dann nach Hause.« Sanchez sitzt auf der Rückfahrt neben ihm, Sami fährt den anderen Wagen. »Warum so eilig? Die Sonne geht unter, deine Kleine wird sicherlich schon wieder zuhause sein.« Leandro lacht und Sanchez versteht seinen Seitenhieb. »Kann ja nicht jeder das Glück haben, seine Kleine neben sich im Zimmer zu haben.«

Nun vergeht Leandro das Lachen, er kann immer noch nicht sagen, was zwischen ihm und Dania ist, heute morgen sind sie früh losgefahren, aber er hat sie nicht mehr gesehen. Er hat es gestern die ganze Nacht bereut, sie nicht einfach geküsst zu haben, vielleicht hätte sie das mal einen Schritt weitergebracht und man wüsste jetzt zumindest, woran man ist.

»Sie ist nicht meine Kleine.« Es ist das Einzige, was Leandro seinem Cousin dazu zu sagen hat. »Jeder Blinde sieht, dass etwas zwischen euch läuft, gib es doch zu. Sie ist doch genau dein Geschmack, ich meine, sie ist Gallardos Tochter, aber es könnte schlimmer sein.«

Nun muss Leandro wieder grinsen, Sanchez hat von ihnen allen den fiesesten Humor. »Sagt derjenige, der es genießt, dass sich die Tochter der Ärztin vor ihm ständig auf die Nase legt.« Er zwinkert ihm zu als er sieht, wie Sanchez' Grinsen breiter wird. »So etwas habe ich noch nie gesehen, gestern dachte ich, sie fällt die Treppe runter, ich konnte sie gerade noch halten.« Leandro schüttelt den Kopf. »Du tust der Kleinen nicht gut und überhaupt, was willst du mit ihr? Sie ist überhaupt nicht dein Typ.« Sanchez zuckt die Schultern. »Es ist was Neues, ich mag ihre schüchterne Art.« Leandro schüttelt den Kopf. »Du solltest lieber die Finger davon lassen, such dir etwas anderes zum Spielen. Wenn du mit ihr fertig bist und sie sich bei ihrer Mama ausweint, haben wir die Ärztin sicherlich wegen dir verloren, aber wir brauchen sie noch.«

Sanchez ist deswegen nicht beunruhigt. »Ich fasse sie schon nicht an. Sag mal, was hat die Ärztin eigentlich mit unserer Familie zu tun? Kennst du die Geschichte?« Leandro hält vor dem Laden, wo sie am ersten Tag nach ihrer Ankunft in Sierra gegessen haben. Sie warten im Auto auf Sami, der etwas weiter zurückliegt. »Hat dir dein Vater nie davon erzählt? Celestine hat einen älteren Bruder, ich weiß nicht mehr wie der heißt, er ist schon lange woanders hingezogen. Er ist wohl um einiges älter als Celestine, er soll auch Arzt sein. Als er klein war, hatte er eine Nanny, da Frau Anoltzas in einer Klinik gearbeitet hat. Sie hatte noch nichts mit der Familia zu tun.

Irgendwann ist der Bruder der Nanny auf einem Spielplatz weggelaufen. Eine Gruppe soll ihn entführt haben, unsere Oma hat das damals mitbekommen und deinen Vater und Pepo losgeschickt, den Jungen suchen. Ich weiß nur, dass die Polizei gerade mal den Namen notiert und nichts weiter unternommen hat. Die Ärztin soll sich aus Sorge und Verzweiflung sogar die Haare ausgerissen haben.

Juan und Pepo haben ihn dann mit zwei anderen Kindern bei einer Bande gefunden. Ihnen war noch nichts passiert, doch die Bande hat Kinder verschleppt, um deren Organe teuer zu verkaufen. Natürlich war die Mutter überglücklich, ihr Kind wieder zu haben. Sie hatte so ein schlechtes Gewissen, dass sie nicht da war, als es passierte, dass sie aufgehört hat in der Klinik zu arbeiten. Sie war Juan und den anderen so dankbar, dass sie sich von da an um alle Verletzungen und alles andere gekümmert hat und sich nur noch um die Leute aus Sierra gesorgt hat. So ist es bis heute geblieben, das habe ich zumindest mal so gehört.« Sanchez ist so auf Leandro konzentriert, dass er zusammenschreckt, als es plötzlich laut an seiner Scheibe klopft und Sami sie auslacht. »Ihr seid solche Memmen!«

Als sie schließlich ins Cielo zurückkommen, ist es bereits mitten in der Nacht. Avilio ist wieder da, er wartet mit Nesto im Garten. Sie haben heute sein altes Haus wiederhergestellt und seine Familie schläft bereits wieder darin. Auch ihm geht es sichtlich besser.

Sie erzählen, wie erfolgreich sie heute waren und was die nächsten Schritte sind. Kasim hat den Arzt heute erreicht. Der hat ihnen erzählt, dass er zwar eine Weile nicht mehr im Gefängnis war, es aber so weit allen gut gehen soll. Sie trinken noch etwas zusammen und entspannen sich. Es läuft und sie sind auf dem richtigen Weg.

Bevor Leandro ins Bett geht, klopft er noch an Danias Tür. Nesto hat ihm erzählt, dass sie heute öfter gefragt hat, wann Leandro wiederkommt. Als sich im Zimmer nichts tut, geht er leise hinein. Ihm war klar, dass Dania bereits schläft. Es ist ihm sogar recht so. Oft weiß er nicht, was er zu ihr sagen soll, und wenn er sie jetzt in ihrem Bett liegend betrachtet, fällt es ihm leichter in ihrer Nähe zu sein. So kann er keinen Fehler machen, nichts falsches sagen.

Vorsichtig setzt er sich zu ihr ans Bett, nur das Licht einer Laterne von draußen leuchtet ins Zimmer. Er betrachtet ihr schönes Gesicht und streicht vorsichtig eine ihrer Locken weg. Wie kann sie daran zweifeln, dass sie schön ist? Er beugt sich vor und gibt ihr einen leichten Kuss auf ihre Wange.

Er liebt ihren Geruch. Dania bewegt sich und Leandro steht auf und verlässt das Zimmer, wenn auch nicht gerne. Er muss endlich einen Schritt mehr auf sie zugehen, damit er sieht, ob er überhaupt eine Chance hat, näher an sie heranzukommen.

Kapitel 6

Dania weiß nicht wohin mit ihrer Wut. Sie hält es in der Boutique kaum noch aus, es fällt ihr schwer, weiter freundlich zu den Kunden zu sein, doch sie bemüht sich. Sie braucht diese Arbeit, dass nun ausgerechnet diese zwei dummen Kühe aus der Uni vorbeikommen mussten, um ihr schlechte Laune zu machen, regt sie auf, das darf sich aber nicht auf ihre Arbeit auswirken.

Dania ist ihnen in der Uni bewusst aus dem Weg gegangen. Sie hat die neidischen Blicke der beiden ja auf sich gespürt, nachdem Leandro sie abgeholt hat und die beiden einfach hat stehen lassen. Sie wusste, dass sie ihnen Fragen beantworten muss, was sie einfach nicht kann. Sie mag Leandro, er ist nett zu ihr und kümmert sich um sie. Dania hatte noch nie einen Freund. Als Leandro sie auf die Stirn geküsst hat, war es das erste Mal überhaupt, dass sie einen Kuss von einem Mann bekommen hat. Alleine das beschämt sie schon. Sie ist achtzehn, sollte sie nicht etwas erfahrener sein?

Das war der Grund, weshalb sie nicht den Fragen der beiden ausgesetzt werden wollte. Gestern hat sie Leandro gar nicht gesehen, er war den ganzen Tag unterwegs, heute morgen hat er geschlafen. Sie ist zur Samstagsfrühmesse gegangen und dann in die Boutique zum Arbeiten. Als die beiden Mitstudentinnen dann hereinkamen, hatte sie sofort ein flaues Bauchgefühl.

Mitstudentinnen, anders kann sie die beiden nicht nennen. Dania hatte noch nie Freundinnen, sie weiß gar nicht wie es sich anfühlt, irgendjemandem vollkommen zu vertrauen. Bei Leandro hatte sie das Gefühl, sie könnte es vielleicht irgendwann, doch nun hat sich gezeigt, dass sie sich da getäuscht hat.

Die beiden Frauen haben genau zwei Minuten Interesse an den Kleidern vorgetäuscht, bevor sie sich an Dania gewandt haben. »Na, du bist ja gestern gar nicht in der Uni gewesen, Leandro kann schon ganz schön einnehmend sein, oder?« Eine der Frauen zwinkert ihr zu und Dania kann nur die Stirn runzeln, sie will überhaupt nicht darüber reden, gleichzeitig macht sie die versteckte Andeutung neugierig.

»Ich war gestern in der Uni, ich habe euch nur nicht gesehen.« Es fällt ihr schwer, sich ein verratendes Lachen zu verkneifen. »Und seht ihr euch wieder oder ist die Sache zwischen euch auch gegessen?«

Nun haben sie ihre ganze Aufmerksamkeit und das merken sie auch. »Natürlich sehe ich Leandro wieder, ich wohne zur Zeit bei ihm.« Dass sie ein eigenes Zimmer hat und dass er es einfach nur aus Mitleid mit ihr macht, muss sie ja dabei nicht erwähnen. Die Frauen scheinen beeindruckt. »Wirklich? Ich habe noch nie gehört, dass er eine Frau länger als ein paar Stunden bei sich behalten hat. Allerdings war er lange weg, vielleicht hat sich das inzwischen geändert.«

Dania kann nur die Schultern zucken, so naiv zu glauben, dass Leandro keine Erfahrungen mit Frauen hat, ist sie nicht. Sie ist auch nicht blind und sieht, was für eine Wirkung er auf alles Weibliche in seiner Nähe hat. All diese Männer der Familias wirken so, es ist die Macht, die sie ausstrahlen, die Selbstsicherheit und vielleicht auch ein bisschen der Nervenkitzel, den man bekommt, wenn man sich in diese Welt hineinbegibt. Bei Dania bleibt der Nervenkitzel aus, sie war in solch einer Welt und wollte nur noch da heraus.

»Also seid ihr ein Paar?« Nun kann sie ihnen nicht mehr ausweichen und Dania lügt nicht. Sie schüttelt den Kopf und sieht auf die Papiere vor sich. Kann jetzt nicht eine Horde von Kunden hereinstürmen und sie in Beschlag nehmen? »Nein, sind wir nicht, es ist nicht so … Es ist, ich weiß nicht, eigentlich nichts.« Zufrieden grinst die eine der beiden, die Dania schon immer bewundert hat. Sie ist wunderschön. Wunderschön auf eine Art, wie sie selbst es gerne wäre, wenn sie könnte. Sie trägt immer die neueste Mode, ihre Kleider heben ihre großartige Figur hervor, ihre Haare liegen in schönen Wellen auf ihren Schultern. Dania seufzt in sich hinein. Ihre störrischen Locken würden nicht einmal fünf Minuten tun was sie will. Einmal hat ihre Mutter versucht, ihr die Haare glatt zu bügeln.

Sie wollten auf eine Hochzeit. Dania war gerade mal vier Jahre alt und hat gesehen, wie sich alle Frauen zurechtgemacht haben und wollte sich auch schön machen. Sie hatten so etwas wie ein Glätteisen nicht und benutzten ihr Bügeleisen. Ihre Haare sahen sehr schön aus. Doch nach nicht einmal zwei Minuten sind alle Haarsträhnen wieder in die gewohnte Kringelform zurückgesprungen. Jeder Zopf, jede Frisur wird von ihren Locken gesprengt und wenn sie ihre Haare schneidet, ist nach ein paar Wochen wieder alles nachgewachsen. Ihre Haarmähne hat sie noch nie im Griff gehabt.

»Das ist gut, Leandro und ich sind uns, als er zurück nach Sierra gekommen ist, näher gekommen. Es war sehr heiß und ich glaube, es hat ihm auch etwas bedeutet. Ich will ihn nicht stören, ich habe gehört, dass sie viel zu tun haben. Aber da ich ja jetzt weiß, dass du … eher wie eine Schwester für ihn bist, könntest du ihn vielleicht von mir grüßen wenn ihr euch seht und ihm ausrichten, dass ich hoffe, dass wir uns bald wiedersehen.«

Dania muss aufpassen, dass sie den Mund wieder schließt. Wut baut sich in ihr auf. Er hat ihr gesagt, dass er die beiden nur flüchtig kennen würde, wieso lügt er sie an? Sie hasst es angelogen zu werden, er hat sie glauben lassen, sie wären nur Freunde, dabei hatte er etwas mit der einen, oder hat es immer noch, wie sie hofft. Die beiden Frauen sind rundum zufrieden und wollen den Laden verlassen, doch Dania atmet tief durch.

»Wie kommt ihr darauf, dass er mich nur als Schwester sehen würde? Es ist nichts zwischen uns, aber ich habe nicht gesagt, dass er mich wie eine Schwester sieht.« Die Frauen bleiben stehen und sehen sie verwundert an. »Wenn es nicht so wäre, würdest du es schon wissen. Leandro fackelt nicht lange herum und na ja … Wie gesagt, ich hatte etwas mit ihm, ich hoffe, daraus wird mehr und … Du bist halt eher so ein Schwesterntyp. Ich wollte mir nur sicher sein, damit ich mich da nicht in irgendetwas einmische.« Sie sehen Dania von oben bis unten an.

Natürlich, beschämt zieht sie ihr langes weißes Shirt etwas weiter herunter und sieht auf die lange schwarze Hose. Es sind draußen fast vierzig Grad und sie ist angezogen als wäre es Winter. Sie ist eher ein Schwesterntyp, gegen solche Frauen kommt sie nicht an.

Die Inhaberin des Ladens stellt sich neben Dania und legt den Arm um sie. In den zwei Tagen, in denen sie jetzt hier arbeitet, waren die beiden Schwestern so geduldig und lieb zu ihr. Es ist Dania unangenehm, dass sie diese Szene mitbekommt. »Nein, mach dir keine

Gedanken, du zerstörst nichts, da ist nichts.« Sie wendet sich ab und ordnet die Kleiderstangen neu, sie hört die Glocke der Tür und muss gegen die Tränen kämpfen.

Ist sie sauer wegen der Bemerkungen? Weil Leandro sie angelogen hat? Weil die Frauen recht haben und er kein Interesse hat und nie haben wird? Sie weiß ja selbst nicht einmal, ob sie an ihm interessiert ist, Dania tadelt sich selbst in ihren Gedanken. Wenn es nicht so wäre, würde sie keine Gefühle für Leandro haben, wieso kämpft sie jetzt gegen die Tränen? Dumme Dania, sehr dumme Dania, sie sollte ihr Herz nicht jemandem schenken, der seines jeder gibt, die daran interessiert ist.

Zwei Stunden ist es her, dass die beiden hier waren und noch immer ist Dania wütend, auf sich, auf Leandro, auf ihre dummen Gefühle, die sie gar nicht haben will, aber trotzdem nicht abstellen kann. Es ist kaum noch etwas los und sie schließen den Laden auch gleich. Während sie neue Ware einräumt, betrachtet Dania die kurzen Shorts und Kleider, sie würde gerne einmal so etwas tragen, doch sie kann es nicht. Ihr Blick fällt auf eine enge Hose, die bis zu den Knien reicht. Das würde gehen, darin würde niemand sehen, wie verkorkst ihr Leben bisher war.

»Du kannst dir gerne einige Sachen nehmen, es ist schön, wenn du Sachen aus unserem Laden trägst, wenn du hier arbeitest. Eine besse-re Werbung als das gibt es nicht.« Dania blickt zur Ladeninhaberin, die sie freundlich anlächelt. »Danke, das ist ganz lieb, aber ich brau-che das Geld für die Uni und ich kann keine kurzen Sachen tragen, so schön ich sie auch finde.«

Die Ladeninhaberin legt ihr Handy aus der Hand und kommt zu ihr. »Du brauchst als Mitarbeiterin die Sachen nicht zu bezahlen, wie gesagt, das ist die beste Werbung für uns. Wieso ziehst du nichts kur-zes an? Du hast eine wunderschöne Figur, du solltest selbstbewusster sein.«

Dania muss lächeln, sie weiß, dass sie eine gute Figur hat. »Das ist es nicht, es ist nur so, ich kann nicht viel Haut zeigen.« Ihre Chefin nickt. »Okay, aber die Hose geht?« Sie kramt einige Sachen hervor, die zwar lang sind und ihre Haut verdecken, trotzdem aber modisch und sexy wirken. Es ist Dania unangenehm die Sachen anzunehmen, doch ihre Chefin hat ein gutes Auge und gibt ihr einige schöne Sachen, die Dania auch tragen kann, mit.

Als sie dann kurze Zeit später mit der Tüte in der Hand in Richtung Cielo läuft, denkt sie kurz darüber nach, ob sie den Kampf gegen die anderen Frauen aufnehmen soll, doch belächelt sich dann selber. Selbst wenn sie sich äußerlich verändert, wird sie innerlich und unter den Klamotten die Gleiche bleiben. Zudem hat sie sich bei all den Kämpfen, die sie hat ansehen müssen, geschworen niemals zu kämpfen und das wird sie auch nicht. Auch nicht mit den Waffen einer Frau für einen Mann, sie wird sich gar nicht erst auf so einen Blödsinn einlassen.

Heute Morgen kam ihr der Weg noch nicht so lang vor. Jeder der Männer im Haus achtet auf sie und es hätte sich bestimmt einer gefunden, der sie heute morgen gefahren hätte, doch sie wollte laufen. Deswegen hat sie auch keines der Autos genommen, obwohl ihr Damian gezeigt hat, wo sie die Schlüssel findet und dass sie jederzeit einen nehmen kann, wenn sie möchte. Sie alle sind sehr nett zu ihr, wenn man bedenkt, was ihr Vater getan hat. Als Sami sie letztens zur Uni gebracht und sie ihm gedankt hat, hat er sie einen Moment betrachtet und ihr dann ernst gesagt, dass Leandro sie sehr zu mögen scheint.

Dania hat es nicht ganz verstanden, er hat sich benommen, als würde er ihr etwas Weltbewegendes verraten, sie mag Leandro ja auch. Was dabei nun aber so ein großes Gewicht haben soll, begreift sie nun, da sie weiß, dass er andere Frauen noch viel mehr mag, überhaupt nicht mehr.

Es dauert, bis Dania im Puntogebiet und am Cielo ankommt. Sie trifft auf Dine und zwei andere Männer in einem Garten, kurz vor dem Cielo. Sie haben ein weiteres Haus fertig bekommen. Dania freut sich, dass es hier langsam alles wieder gut aussieht. Zwei Häuser weiter hängt die Frau von Avilio schon Wäsche auf im Garten und nickt ihr zu.

Dania geht ins Cielo und bringt ihre Tüte in ihr Zimmer. Niemand ist hier, also geht sie die Straße weiter nach oben und findet in einem der Häuser Celestine, die Tochter der Ärztin mit einer anderen Frau vor. Sie putzen gerade die Fensterscheiben und auch dieses Haus sieht wieder bewohnbar aus.

Sie begrüßen Dania freundlich. Sie schnappt sich auch gleich ein paar Lappen, um zu helfen, sie hat Hunger, doch sie will den Leuten hier, die eh schon so viel für sie tun, nicht auch noch alles wegessen. Celestine fragt leise nach, wie es bei ihrer Arbeit war. Dania hat schon ein paar Mal mit dem ruhigen Mädchen geredet. Sie ist sehr nett und Dania erzählt ihr etwas von ihrer Arbeit.

Die andere Frau fällt mit ins Gespräch ein und nach ein paar Minuten lachen sie bei den Erzählungen der Frau, wie es dazu kam, dass die Boutique irgendwie mit zur Familia gehört. Sie ist eine Freundin von Sam und Bella, der Mutter von Rico und der Mutter von Leandro. Bereitwillig erzählt sie, wie Sam von Miko beschützt wurde und sich dabei mehr entwickelt hat. Dania lauscht ihr gespannt. Ob sie so eine schöne Geschichte auch mal zu erzählen hat?

Erst als Sanchez mit Nesto hereinkommt, wird ihr Gespräch unterbrochen und Celestine gerät auf ihrem Stuhl kurz ins Straucheln. Dania hält sie und sieht, wie Sanchez' Gesicht sich zu einem zufriedenen Grinsen verzieht. »Die Damen.« Er nickt ihnen zu, Nesto verdreht die Augen. »Dania, Leandro ist bei seinem Haus im Surena-Gebiet.«

Dania hebt trotzig das Kinn, sie hat nicht einmal nach ihm gefragt. »Schön für ihn.« Ein kehliges Lachen entrinnt Sanchez. »Habt ihr Streit?« Dania putzt ihre Scheibe weiter. »Nein, wieso sollten wir, worüber sollte ich mich mit ihm streiten? Ich bin ihm sehr dankbar für das, was er für mich tut.« Die Hand von Sanchez umfasst ihre und Dania dreht sich zu ihm um. Sanchez ist von allen hier am dunkelsten, er ist sehr breit und hat fast schwarze Augen, doch jedes Mal wenn er lacht, findet Dania, sieht er aus wie ein runder Teddybär. Sie weiß nicht, wie sie auf den Vergleich kommt, doch er hat so etwas an sich.

»Gut, wenn du nicht sauer auf ihn bist, dann kannst du ja die Lappen am Leben lassen.« Dania schnauft leise auf, sie hat selbst gemerkt, dass sie etwas grob geputzt hat, seit Leandro erwähnt wurde. »Ich verstehe langsam, wieso er dich mag.« Wieder dieser Spruch. Dania sieht den Cousin von Leandro herausfordernd an. »Ich denke, ich bin nicht die einzige Frau, die er mag, von daher wird es nicht schwer sein, er hat vielleicht nicht sehr hohe Ansprüche.«

Celestine neben ihr lacht leise und Sanchez' Blick fällt sofort auf sie, was sie verstummen lässt. Nesto tritt zu ihnen. »Komm schon, wir müssen los.« Er wendet sich an die Frau und an sie. »Wir fahren zum Einkaufszentrum, sollen wir jemanden von euch mitnehmen?« Celestine schüttelt den Kopf, doch die Frau, die das Ganze Hin und Her nur belächelt, legt die Lappen weg und sieht zur Uhr. »Ja, ich habe noch einen Termin, wenn ihr mich da raus lassen könnt, wäre das nett.« Nesto und die Frau gehen vor, doch er dreht sich noch einmal um. »Dania, du hast nicht nach Leandro gefragt, aber er hat vorhin nach dir gefragt. Wir sagen ihm, dass du hier bist.«

Sanchez, der noch immer vor ihr steht und ihre Hand festhält, lacht und lässt sie los. »Leandro ist mein zweites Ich, wir haben das gleiche Blut, ich kenne ihn besser als er sich selbst kennt und er mag dich. Leandro mag nicht jeden. Wenn du das denkst, kennst du ihn nicht.« Er zwinkert Dania noch einmal zu und nickt in Richtung Celestine. »Ladies, bis später. Wir grillen nachher, wollt ihr irgendetwas Besonderes?« Beide schütteln den Kopf und als Dania sieht, wie Celestine Sanchez hinterher schmachtet, wird sie noch wütender. Diese Männer hier sind wie ein Fluch.

Als sie weg sind, putzen Celestine und sie die letzte Scheibe zusammen. Noch immer sind die Wangen der Arzttochter gerötet. »Du magst Sanchez, nicht wahr?« Wer würde das nicht bemerken, Celestine errötet noch mehr. »Ich denke, dass er ein sehr netter junger Mann ist.«

Dania lächelt. »Kann sein, hattest du schon einmal einen Freund?« Celestine wirkt auf sie genauso unerfahren wie sie selber, vielleicht sind sich die beiden ja wirklich ähnlich. Auch Celestine kleidet sich eher unauffällig, trägt ihre Haare immer streng nach hinten gebunden und wirkt wie die perfekte Tochter, dazu wird sie noch Ärztin und kommt aus einer guten Familie. Na gut, vielleicht doch nicht so viele Ähnlichkeiten mit ihr.

»Na ja ...« Celestine legt den Putzlappen weg und sie beenden ihre Arbeit. »Ich war auf einem katholischen Mädcheninternat, ich bin erst vor zwei Monaten wieder hergekommen und warte jetzt hier auf einen Uniplatz.« Dania lächelt, sie ist nicht die Einzige, die keinerlei Erfahrungen in Liebesdingen hat. »Also hatte ich noch nicht die Gelegenheit viel Erfahrungen zu machen und dann nicht so gute. Ich hatte erst einen Freund und das war ein voller Reinfall.« Dania zieht die Augenbrauen hoch, langsam gehen sie zusammen aus dem Haus in Richtung Cielo. »Wie das auf einem katholischen Mädcheninternat?«

Celestine lacht. »Wir hatten genau neben uns ein Jungeninternat und die wussten natürlich, wie man sich zu uns schleicht, allerdings gehörte ich nicht gerade zu den beliebten Mädchen. Aber einer hat sich für mich interessiert ... Dachte ich zumindest.« Celestine bricht ab und Dania lächelt sie aufmunternd an. »Ich hatte noch nie einen Freund oder eine Freundin, vielleicht hilft das ja, ich hatte auch noch nicht viel Glück in meinem Leben.« Celestine scheint zu verstehen, Dania hat sich noch nie so offen mit einer anderen Frau ausgetauscht, sie mag Celestine. Vielleicht kann sie ihr so etwas wie eine Freundin sein.

»Weißt du, er kam fast jeden Tag zu mir, einmal war er sogar nachts da. Ich hätte wissen müssen, dass es ihm nur um etwas Spaß ging, ich habe ihm auch fast immer seine Aufgaben für die Schule gemacht, seine Referate vorbereitet. Er war sehr beliebt und ich war einfach nur glücklich, dass er viel Zeit mit mir verbracht hat. Jetzt im Nachhinein war ich einfach nur dumm, jetzt sehe ich es auch so, doch da wollte ich daran glauben, dass er sich auch in mich verliebt hatte.

Irgendwann habe ich mit ihm geschlafen, es tat weh und war nicht schön. Er kam dann jede Nacht, hat seine Aufgaben geholt und mit mir geschlafen. Zwei Wochen später hat er einen Freund mitgebracht und Alkohol. Er hat mich darum gebeten, und weil ich so verliebt und naiv war, habe ich es getan. Ich schäme mich so sehr dafür.«

Dania ist sprachlos, was alles in strengen Internaten vor sich geht. »Mach dir keine Gedanken, es ist sein Fehler, du warst verliebt und hast es aus vollem Herzen getan.« Celestine nickt und sieht weg. »Ja, aber ich habe dann auf sein Bitten auch mit seinem Freund geschlafen, ich weiß nicht, was damals in mich gefahren ist. Ich wollte nicht, dass er sauer oder enttäuscht ist, er hat mich so lange darum gebeten, bis ich nicht mehr nein sagen konnte. Beide hatten getrunken und es war das Ekligste, was man sich vorstellen kann. Nach dieser Nacht hat er mir nur noch Hallo gesagt, nach mir hat er sich meine damals beste Freundin genommen und fast das Gleiche getan und ich habe mir geschworen, die Finger von solchen Kerlen zu lassen.«

Dania seufzt traurig auf, ihr tut es leid, dass Celestine solche Erfahrungen hat machen müssen und gleichzeitig würde sie sie am liebsten wachrütteln, dass sie dann nicht einen Kerl wie Sanchez anschmachten soll. Zudem ist sie nun noch frustrierter, selbst Celestine hat mehr Erfahrungen als sie. Als hätte Celestine ihre Gedanken gehört, fährt sie leise fort. »Ich hoffe, du denkst jetzt nicht schlecht von mir, ich habe das noch nie jemandem erzählt, aber ich habe das Gefühl, dir kann man vertrauen. Ein Mann wie Sanchez zieht mich an, das ist mein Unglück, aber ich bin nicht noch einmal so dumm und falle auf so einen herein.«

Sie sind am Cielo und Dania lacht frustriert auf. »Ja, die Männer hier sind sehr beliebt und das wissen sie auch, deswegen sollten wir beide aufpassen und ich danke dir, dass du mir vertraut hast. Ich bin auch hin- und hergerissen und bin gerade so wütend, dass alles so kompliziert ist und die Männer alles mit einem Grinsen abtun.« Celestine nickt. »Sie nehmen nichts ernst was Frauen betrifft, was mit den Gefühlen ist, interessiert solche Kerle nicht. Was ist mit dir und diesem Leandro?«

Dania sieht auf das Cielo, dann zu Celestine und hebt den Kopf. »Es ist Samstag, hast du nicht Lust mit mir auszugehen? Die Männer denken, sie können tun was sie wollen, aber das können wir auch, lass uns etwas trinken gehen, ich erzähle dir alles.« Celestine ist sofort begeistert dabei und Dania sieht an ihnen beiden herunter.

»Aber vorher machen wir uns noch fertig, wir werden heute Abend Spaß haben, ohne unsere Gedanken an diese Männer zu verschwenden, so wie sie es auch nicht tun!«

Kapitel 7

Dania weiß nicht wer aufgeregter ist, Celestine oder sie. Sie hat die Tochter der Ärztin ganz anders eingeschätzt. Schnell schnappt sie sich einige der Klamotten, die sie heute bekommen hat. Und da sie über rein gar nichts hier verfügt, womit sie sich zurechtmachen könnten, fahren sie danach mit Celestines Auto zu ihr nach Hause. Bevor beide in das Auto steigen, fahren gerade Damian und Kasim in die Einfahrt. »Wohin die Damen?« Dania lächelt die beiden Männer zuckersüß an. »Wir gehen aus, macht euch einen schönen Abend.«

Sofort steht Damian vor ihnen, Dania blinzelt, wie hat er das geschafft? »Weiß Leandro davon?« Dania sieht ihn empört an. »Nein, wieso sollte er?« Der Cousin von Leandro sieht fragend auf sie herab. »Na ja, ich denke, er sollte es wissen.« Dania kann nur den Kopf schütteln und setzt sich zu Celestine ins Auto. »Das denke ich nicht, wir gehen jetzt aus. Viel Spaß beim Grillen später.« Als sie losfahren, kichert Celestine neben ihr. »Das war sehr gut von dir, du lässt dir nichts gefallen.« Dania sieht aus dem Fenster. Sie musste sich schon zu viel gefallen lassen, manchmal hat sie auch den Mut etwas dagegen zu sagen, doch leider nicht immer.

Im Haus der Ärztin ist es ruhig. Die Mutter von Celestine ist gerade auf Hausbesuch, wie ihre Tochter erklärt. Das Zimmer, in dem sie lebt, wirkt genauso wie es sich Dania vorgestellt hat. Ein rosa Zimmer, Kuscheltiere sind noch auf der Tagesdecke, alles ist aufgeräumt. Doch dann holt die Arzttochter unter dem Bett einen Koffer hervor, in dem sich Kosmetik befindet. Viel Kosmetik, das meiste unbenutzt. »Ich liebe es Schminke zu kaufen, auch wenn ich sie selten trage. Bedien dich.«

Während sich Celestine im Bad umzieht, sucht sich Dania ein paar schöne Farben heraus. Sie betont ihre Augen und legt etwas Rouge auf ihre Wangen. Dann entscheidet sie sich für einen roten Lippenstift, der als Farbkontrast alle Aufmerksamkeit auf sich zieht. »Wow, du kannst das ja richtig gut, bei mir sieht es immer so aus, als wäre ich irgendwo gegengelaufen, wenn ich mal probiere mich zu schminken.«

Celestine kommt aus dem Bad. Sie trägt einen Rock und ein enges Top, nicht zu aufreizend, aber immerhin zeigt sie etwas Haut.

Dania muss leise lachen. »Meine Stiefmutter war süchtig nach Schminke. Wenn sie zu faul war, musste ich sie schminken, auch wenn ich sie selbst nie benutzen durfte. Komm her, ich mache das.« Die Arzttochter setzt sich auf einen Stuhl und Dania schminkt sie. Sie betont ihre Augen, legt etwas Make-up auf, alles leicht und nicht zu viel, doch trotzdem sieht man sofort einen deutlichen Unterschied. Als sie fertig ist, öffnet sie ihren Dutt.« Hast du einen Lockenstab hier? Ich kann dir auch die Haare machen.«

In der Zeit, wo Celestine bei ihrer Mutter im Bad nach einem Lockenstab sucht, zieht Dania sich um. Es ist ungewohnt, als sie sich danach im Spiegel betrachtet. Kleidung kann so viel verändern. »Oh mein Gott, du hast so eine schöne Figur.« Celestine ist wieder da und Dania lacht. »Du doch auch, vor allem hast du so schöne Haut.« Dania blickt auf die makellose Haut von Celestine und seufzt leise, doch dann beschließt sie, nicht mehr darüber nachzudenken und beginnt ihr Locken zu drehen. Sie werden heute Spaß haben und alles andere vergessen.

Celestine ist kaum wiederzuerkennen, als Dania mit ihr fertig ist. »Was ist mit deinen Haaren?« Dania sieht auf ihre widerspenstigen Locken. »Ein hoffnungsloser Fall.« Celestine hält ein Glätteisen hoch. »Das hat meine Mutter über ihre Locken auch gedacht, es gibt ein Spray, was Wunder bewirkt, es hält sie vier Tage glatt. Warte.« Eine halbe Stunde später sehen sich beide zufrieden im Spiegel an. Danias Haare sind glatt, glänzen und gehen ihr bis tief in den Rücken, während sich nun um Celestines Gesicht viele wilde Kringellocken legen. Das Spray scheint zu wirken, sie lächelt Celestine zu. »Los geht's!«

Als sie losfahren, ist es schon recht spät. Sie fahren zu dem einzigen Club, den es hier in der Stadt gibt, wo sich aber die jungen Leute jedes Wochenende treffen. Kaum betreten sie den Laden, kribbelt es in Danias Bauch. Die Musik ist laut, das Licht ist gedämpft, es ist voll und alle amüsieren sich beim Tanzen. Dania hätte vor ein paar Wochen niemals gedacht, jemals in so einen Club gehen zu können.

Natürlich ziehen sie sofort einige Blicke auf sich, als sie versuchen sich durch die Menge den Weg zu bahnen. Dania merkt langsam die Veränderung. Als ihr Vater hier noch das Sagen hatte, haben sie entweder alle bewusst nicht beachtet oder waren gezwungenermaßen ängstlich freundlich. Nun bemerkt sie, dass sie immer mehr mit Hass betrachtet wird. Alles, was ihre Familie getan hat oder für was sie stand, spiegelt sich in den ihr zugeworfenen Blicken wieder.

Heute nicht, sie wird sich den Abend nicht verderben lassen, sie zieht Celestine mit in eine Sitzgruppe, die noch frei ist. Bevor sie sich etwas zum Trinken aussuchen können, setzen sich schon drei angetrunkene Männer zu ihnen. »Die Damen, wunderhübsche Frauen gibt es hier, dürfen wir euch zu einem Drink einladen?«, lallt einer von ihnen, doch sie sind nicht aufdringlich und unangenehm betrunken, sondern einfach nur gut drauf. Genau das braucht Dania jetzt und sie lassen sich einladen. Die Männer sind nur auf der Durchreise und deswegen verwundert es Dania auch nicht, dass sie die Einzigen sind, die ihnen hier keine bösen Blicke zuwerfen, sondern einfach nur alles dafür tun, um sie beide zum Lachen zu bringen, was ihnen auch gelingt.

Es wird eine Getränkerunde zu ihrem Tisch gebracht. Dania weiß überhaupt nicht, was sie da für einen Cocktail hat, er sieht einfach nur lecker und bunt aus. Sie isst das Obst, was auf das Glas gepiekst ist, dann nimmt sie das erste Mal in ihrem Leben einen Schluck Alkohol zu sich. Sie hätte erwartet es sofort zu merken, doch das Getränk schmeckt einfach nur lecker und süß, also genießt sie den Cocktail. Die Männer sind sehr nett und auch wenn sie angetrunken sind, überhaupt nicht aufdringlich. Danias Laune wird besser. Es stört sie auch nicht, als irgendwann zwei junge Männer an ihren Tisch kommen und sie fragen, was sie hier sucht und dass sie dachten, ihre ganze Familie wäre abgehauen.

Dania und Celestine sind nun schon bei ihrem zweiten Cocktail und sie ignoriert diese dummen Aussagen einfach, erst am Verhalten der Männer an ihrem Tisch merkt sie, dass es doch bedrohlicher ist, als es auf sie wirkt. Ein Junge kommt dazu, den Dania schon einmal gesehen hat, wenn sie ihn auch nicht ganz einordnen kann. »Ich denke, ihr solltet das besser lassen, sie gehört zu den Surenas und Puntos, ich habe sie zusammen gesehen.« Der Mann der sie angesprochen hat, lacht auf.

»Ich habe doch selbst gesehen, wie die das Haus ihrer Familie angezündet haben und die alle zum Teufel gejagt haben. Die kleine Schlampe haben sie sicher nur übersehen.« Er wendet sich wieder an Dania. »Deine Familie ist hier nicht mehr erwünscht!«

Genau in dem Moment kommt ein Mann und zieht die Männer weg, vielleicht der Chef des Ladens oder ein Aufpasser, der für Ruhe sorgt. Dania ist es egal, sie treffen die Worte des Mannes nicht, sie will Spaß haben und nichts anderes. Allerdings hat dieser Auftritt die Männer an ihrem Tisch erschreckt und sie suchen schnell das Weite.

Celestine und Dania bestellen ihren dritten Cocktail und lachen darüber. Sie wird sich diesen Abend nicht verderben lassen, von niemandem. Also zieht sie Celestine auf die Tanzfläche und sie lassen vergnügt ihre Hüften kreisen. Dania schließt einen Moment die Augen und fühlt sich einfach nur ... Frei.

Es ist das erste Mal, dass sie sich wirklich frei fühlt und sie will diesen Moment genießen. Sie tanzen und tanzen, Celestine kann gar nicht mehr aufhören zu lachen, doch plötzlich bemerkt Dania, dass, auch wenn sie stehen bleibt, sich alles weiterdreht. »Ich glaube, ich muss mal aufs Klo!« Celestine bleibt auch stehen. »Ne, oder? Nicht jetzt! Ich weiß nicht, wo hier das Klo ist.« Dania muss lachen, Celestine ist total betrunken, auch bei ihr dreht sich alles. »Komm schon, wir finden es. Los, du musst bis wir da sind sicherlich auch mal, also komm.«

Sie zieht Celestine von der Tanzfläche und merkt, dass sich wirklich alles in ihrem Kopf dreht. Es fällt ihr schwer, sich durch die immer größer werdende Menge ihren Weg zu bahnen, irgendwann sieht sie Hinweisschilder zu den Toiletten und atmet beruhigt auf. Als sie sich umdreht, bemerkt sie allerdings, dass Celestine nicht mehr da ist.

Dania muss zu dringend, sie wird sie danach suchen. Als sie dann endlich bei den Toiletten angekommen und an der Reihe ist, lehnt sie ihren Kopf an die Wand. Der Alkohol zeigt seine Wirkung. Doch auch wenn sich langsam alles dreht, fühlt sie sich gut. Sie ist frei, sie kann tun und lassen was sie will. Und wenn Leandro andere Frauen mehr mag als sie, soll er es doch. Sie wird sich bald eine eigene Wohnung nehmen und ist auf niemanden mehr angewiesen. Sie geht zum Waschbecken und sieht, dass ihr Make-up noch hält, auch ihre Haare sind noch glatt. Sie durfte sich den Lippenstift mitnehmen und zieht ihn sind jetzt nach. »Schöne Haare.« Eine Frau neben ihr lächelt sie an. »Dankeschön.« Sie ist frei und fühlt sich gut, also wird sie das noch weiter genießen.

Als Dania wieder in die Menschenmenge taucht, findet sie Celestine nicht wieder. Sie beschließt auf der Tanzfläche nachzusehen und trifft auf einen Kellner, der einige der leckeren Cocktails auf einem Tablett hat. »Ich nehme noch einen.« Der Kellner gibt ihr ein Glas und fordert sie gleichzeitig auf, die bisherigen Getränke zu bezahlen. Dania lächelt ihn zuckersüß an und vertröstet ihn auf später. Der nächste Schritt zur Freiheit, mit Celestine einen Plan entwickeln, wie sie hier herauskommen ohne die Rechnung zu zahlen. Sie braucht das Geld für die Uni und sie werden sicher einen Hinterausgang finden.

Dania grinst in sich herein und nippt an ihrem Drink. Kurz bevor sie an der Tanzfläche ankommt, entdeckt sie Celestine, umringt von drei Männern. Celestine lacht und genießt ihre Aufmerksamkeit. »Na Süße, wir können uns hier kaum verstehen, lass uns eine ruhige Ecke suchen, ich will gerne noch mehr von dir erfahren und meine Freunde auch.« Oh, egal wie sich ihr Kopf dreht, Dania merkt gleich, dass das keine gute Idee ist, sie wird nicht zulassen, dass Celestine noch einmal auf so einen Arsch hereinfällt. Celestine will mitgehen, doch Dania erreicht die vier noch rechtzeitig. »Komm, wir gehen tanzen, es ist keine gute Idee mit denen mitzugehen.«

Dania stört es gar nicht, dass die Männer das hören, sie achtet auch nicht weiter auf sie, sondern nimmt Celestine an der Hand, die den Männern zuwinkt. »Bye, bye.« Doch sehr weit kommen sie nicht, ihnen wird der Weg versperrt von dem Mann, der sie vorhin am Tisch schon so angegangen ist. »Du bist ja immer noch hier.« Dania verdreht die Augen, so langsam nervt er sie. »Nein, wir wollten gerade tanzen gehen.«

Celestine lacht laut auf und Dania will weiter, doch der Mann zieht sie unsanft zurück. »Hey!« Celestine will eingreifen, wird aber nur zur Seite gestoßen, während der Mann sich Danias Arm nimmt und ihn so fest umfasst, dass sie einen Aufschrei unterdrücken muss. »Hör zu du kleine Nutte, komm mir nicht so dumm, verschwinde hier und zwar jetzt. Die Stadt will dich und deine Familie nicht, also hau ab!«

Dania blickt in das Gesicht des Mannes und sieht darin nur Hass. Sie wird wütend, sein Griff, als sie nicht reagiert, stärker. Dania hört Celestine von hinten aufkeuchen. Sie kann aber nicht zu ihr sehen, der Mann versperrt ihr die Sicht. »Jetzt machst du deinen Mund auf, ja? Wo mein Vater noch hier war und seine Männer, wo warst du da? Warum bist du da nicht gekommen und hast sie weggejagt, wie du es jetzt versuchst? Erst nachdem sie weg sind, machst du deinen Mund auf und ich soll jetzt Angst vor dir haben?«

Dania spuckt ihm diese Worte förmlich ins Gesicht und er holt mit seiner freien Hand aus. Dania schließt reflexartig die Augen, doch seine Hand trifft nicht auf ihre Wange, der Mann wird weggezogen und sie mit, da er sie noch festhält. Da erst sieht sie, dass Leandro da ist, er steht hinter dem Mann und hat eingegriffen, bevor er sie schlagen konnte. Neben ihm sind Sanchez und Sami. Celestine ist wieder rot im Gesicht. »Was denkst du, was du hier tust? Lass sie sofort los!«

Leandro ist wütend, und im selben Augenblick lässt der Mann ihren Arm los. Dania zieht ihn an sich und reibt die Stelle, ihr Blick bleibt auf dem Mann fixiert, der jetzt unsicher zu Leandro sieht. »Sie ist von denen, von den Mara Nuestra, ich habe sie erkannt.« Leandro hält Dania seine Hand hin und sie nimmt diese, um aus dem Kreis der Männer zu kommen, die sich um sie versammelt haben. »Sie hat gar nicht so unrecht, auf einmal spielst du dich hier auf, nachdem wir die Mara Nuestra vertrieben haben? Willst du das jetzt an einer Frau auslassen?«

Der Mann sieht zu Boden, Sami tritt nun auch nach vorne. »Lasst es gut sein, sie gehört zu uns, alles andere hat euch nicht zu interessieren, also merkt euch das.« Leandros Cousin greift ein. Als Dania nun zu Leandro blickt, merkt sie auch warum. Er ist sehr wütend, es sieht so aus, als würde er dem Mann am liebsten den Hals umdrehen.

»Verschwindet jetzt!« Zum Glück hören die Männer auf Samis Worte und gehen weg. Zurück bleiben Sanchez, Sami, Leandro, Celestine und der Junge, der vorhin am Tisch schon eingegriffen hat. »Piedro, richtig?« Leandro wendet sich nun an ihn. Er nickt. »Ich hoffe, es ist nicht schlimm, dass ich den Padre nach deiner Nummer gefragt habe, aber ich dachte mir, dass das noch böse enden kann.« Sanchez legt den Arm um den Mann. »Nein, das war gut von dir, wir werden uns das merken.« Dann wendet er sich an die beiden. »Und was macht ihr hier eigentlich?« Dania atmet wieder durch. Celestine beginnt zu lachen und hebt ihren Cocktail hoch. »Wir feiern!«

Dania muss auch lachen. Auch wenn Celestine betrunken ist, bringt sie Sanchez' Anwesenheit dazu rot zu werden. Der legt den Kopf schief und sieht kopfschüttelnd zu ihnen. »Das haben wir gesehen, wie ihr feiert.« Sami nimmt Dania ihr Glas aus der Hand und genehmigt sich einen Schluck. »Wie viel von dem Zeug habt ihr getrunken?« Celestine hebt die Finger hoch. »Das war der vierte und jetzt kommt der fünfte«, trällert sie vergnügt und will in Richtung Bar, doch Sanchez hält sie auf.

Sami kann sich nicht mehr zurückhalten und lacht laut los, während Dania konsequent Leandros wütendem Blick ausweicht. Auch wenn sie beschwipst ist, hat sie nicht vergessen, weshalb sie sauer ist. »So kennen wir dich ja gar nicht, Celi.« Sami und Damian nennen die Arzttochter nur noch Celi. Er tanzt sie an und sie macht kichernd mit, bis Sanchez dazwischen geht und seinem Cousin in die Seite haut. »Lass den Scheiß, wir gehen jetzt. Die Party ist vorbei, ihr seid total betrunken.«

Während Dania überlegt, ob sie vier oder doch schon fünf Cocktails hatte, fällt ihr wieder ein, dass sie aus dem Hintereingang raus müssen und sie sieht zu Celestine. »Wir müssen noch einen Plan ausführen!« Die Arzttochter ist sofort dabei. »Okay super, das machen wir. Welchen?« Dania beachtet die drei Jungs gar nicht mehr und hakt sich bei Celestine ein. »Hier herauszukommen ohne zu bezahlen, ich denke wir probieren es zuerst bei den Toiletten, die Fenster sehen breit genug aus.«

Celestine nickt ernsthaft. »Das ist ein toller Plan und dann sollten wir uns noch Pizza besorgen. Ich habe noch gar nichts gegessen.« Sie wollen in Richtung Toiletten, doch Leandro lässt sie nicht. Er nimmt Dania an die Hand und Sanchez legt den Arm um Celestine, während Sami aus dem Lachen nicht mehr herauskommt. »Da haben sich ja zwei gefunden.«

Dania sieht zu Celestine, die aber viel zu fasziniert davon ist, dass Sanchez den Arm um sie hat und sie aus dem Club führt und ihre Wangen wieder diese Röte bekommen, um sich dagegen zu wehren. Doch sie dreht sich zu Leandro um. »Ich muss anders heraus, zerstöre nicht meinen tollen Plan. Ich will nicht bezahlen, weil ich das Geld brauche. Schon vergessen? Also ...« Leandros Blick lässt sie schweigen.

Ein Kellner kommt an ihnen vorbei und er drückt ihm einen Schein in die Hand. »Soeben ist dein Plan geändert worden und jetzt komm.« Sie bringen sie aus dem Club. Es wollen gerade einige Frauen herein, die den Männern ein Lächeln schenken und Dania wird daran erinnert, wieso sie so wütend auf Leandro war. Dazu merkt sie an der frischen Luft, wie sehr sich ihr Kopf dreht und sie hält an, kurz bevor sie die Autos erreichen.

»Du hast mich angelogen!« Dania bleibt stehen und hält sich den Kopf. Sanchez und Sami sind mit Celestine schon an ihrem Auto angekommen und reden auf sie ein, dass sie nicht mehr fahren kann. »Wieso habe ich dich angelogen?« Leandro mustert ihr Gesicht, er sieht jetzt nicht mehr ganz so wütend aus. Dania blickt direkt in seine grünen Augen. »Du hast mir gesagt, du kennst die Frauen aus der Uni nur so, du hast mir nicht gesagt, dass du mit der einen etwas hattest und dass ihr vielleicht mehr habt oder immer wieder oder was auch immer.« Sie versucht sich auf ihn zu konzentrieren, was ihr schwer fällt, da alles um sie herum zu wanken beginnt.

»Kommt ihr?« Sami steht neben dem Auto, Sanchez ist am Steuer und Celestine scheint neben ihm schon fast eingeschlafen zu sein. Leandro wendet sich um. »Bringt sie nach Hause, wir kommen nach.« Als er sie wieder ansieht, seufzt er leise, während die anderen losfahren. »Dania, du bist total betrunken, lass uns nach Hause fahren.«

Dania denkt nicht daran. »Ich bin nicht betrunken und du hast mich angelogen.« Sie will weiter, doch das ist keine gute Idee, alles dreht sich nur noch mehr und sie wankt. Würde Leandro nicht nach ihr greifen und sie festhalten, wäre sie umgekippt. »Lass mich, ich bin frei und kann alleine laufen.« Dania spürt selbst, wie sie ihre Nase etwas zu weit hochstreckt und Leandro lacht leise. »Und du kannst ganz tolle Pläne schmieden.«

»Ja, das kann ich und weißt du, was ich noch kann? Ich werde hier abhauen und zwar jetzt. Diese Stadt hasst mich und das wird sie immer tun. Ich werde woanders studieren und mir eine Wohnung suchen, und ich werde nur noch mit Männern reden, die mich nicht anlügen.« Wütend greift sie nach der Türklinke, aber das Auto ist noch verschlossen.

Leandro hält den Schlüssel in der Hand, vielmehr die Fernbedienung. Mit einem Knopf kann er die Tür öffnen, doch er denkt gar nicht daran, sondern kommt nur näher zu Dania. »Ich habe nicht gelogen, ich kenne die beiden nicht gut, ich hatte meinen Spaß mit ihnen und sie mit mir. Mir hat das nichts bedeutet, es war nur einmal und wird nie wieder passieren. Das ist alles. Wieso macht dich das so wütend?«

Das waren etwas zu viele Informationen, als dass Dania sie so schnell verarbeiten kann, sie hält sich den Kopf und Leandro öffnet die Tür. »Also bedeutet dir das alles nie etwas, du machst mit Frauen herum, bist nett zu ihnen, aber es bedeutet dir nichts?« Leandro kommt näher, greift an ihr vorbei und hält ihr die Tür auf.

»Sie haben mir nichts bedeutet, das heißt nicht, dass mir niemand etwas bedeutet. Steig ein, ich bringe dich nach Hause, du gehst nirgendwohin, du bleibst schön in meiner Nähe.« Er hat wieder dieses freche Grinsen im Gesicht und auch wenn Dania immer noch wütend ist, kann sie nicht darauf reagieren.

Sie setzt sich ins Auto, schließt die Augen und hofft nur, dass die Welt aufhört sich zu drehen.

Kapitel 8

Sanchez sieht zur Seite und muss schmunzeln, friedlich liegt Celestine neben ihm und ist eingeschlafen. Ihre Locken winden sich um ihr Gesicht, auf ihren Lippen liegt ein zufriedenes Lächeln. »Leandro hat es voll erwischt, ihm ist nicht mehr zu helfen.« Sami macht es sich auf der Rückbank bequem. »Dania ist hübsch und sie hat wirklich nicht viel mit den Mara Nuestra am Hut gehabt, auch wenn es ihre Familie ist. Es passt nur von der Zeit gerade nicht, wir müssen uns auf andere Sachen konzentrieren.« Sanchez macht sich schon die ganze Zeit Gedanken darüber.

»Da mache ich mir keine Sorgen, für Leandro zählt nur unsere Familie und die Familia, er wird sich schon nicht ablenken lassen.« Er hofft, dass Sami recht behält, Leandro hat sich noch nie so sehr um ein Mädchen gekümmert wie um Dania. Er war den ganzen Abend mies gelaunt, als Damian ihnen mitgeteilt hat, dass die beiden ausgegangen sind. Aber als der Anruf kam, war er sofort im Auto. Sanchez muss auch zugeben, dass er sich um Celestine gesorgt hat, irgendwie gefällt ihm die Arzttochter mit ihrer schüchternen Art. Umso überraschter war er, sie betrunken und in einem derartigen Outfit vorzufinden.

Als sie beim Haus der Ärztin ankommen, reißt ihn Sami aus seinen Gedanken. »Frau Anoltzas wird uns umbringen!« Sanchez flucht, als er auf die Uhr sieht, es ist bereits nach zwei Uhr nachts, er wendet sich an die schlafende Celestine und versucht sie aufzuwecken. Dabei rutscht ihr Rock nach oben und er wirft einen Blick auf ihre langen Beine. Es dauert, bis sie wenigstens etwas zu sich kommt. Zwar murrt sie herum und sieht ihn zerknittert an, doch es gelingt ihm, sie einigermaßen wachzubekommen.

»Wo ist dein Schlüssel?« Müde kramt Celestine in der Tasche, bis Sanchez sie ihr wegnimmt und den Schlüssel heraussucht. Dabei fragt er sich, warum Frauen soviel Zeug in ihren Taschen mit sich herumschleppen. Sami soll im Auto bleiben, Sanchez hilft ihr aus dem Wagen und stützt sie bis zur Haustür. »Hör zu, du gehst jetzt leise direkt ins Bett, kriegst du das hin?« Die Arzttochter legt ihren Kopf in den Nacken und blickt zu ihm nach oben. Obwohl er sich die letzten Tage einen Spaß daraus gemacht hat ihre Verlegenheit zu provozieren, waren sie sich noch nie so nah wie in diesem Augenblick.

Ihre Augen liegen neugierig und forschend auf ihm und dieses Mal ist es Sanchez, der etwas unsicher wird. Sie sucht offensichtlich Antworten in seinem Gesicht, nur kennt er die Fragen nicht. »Kriegst du das hin?« Er erinnert sie daran, in welcher Situation sie hier gerade sind. Wenn Frau Anoltzas sie jetzt vorfindet, gibt es garantiert eine Menge Ärger, aber sie sind momentan auf die Hilfe der Ärztin angewiesen, besonders bei all dem, was sie noch vorhaben. »Du gibst gerne Befehle, nicht wahr?« Auf Celestines Stirn bildet sich eine kleine Falte. Sanchez schüttelt leicht den Kopf. Sie ist noch total betrunken. »Und du denkst zuviel, tu mir einfach den Gefallen und komm ins Bett ohne dich zu verletzen oder das ganze Haus aufzuwecken.«

Nun lacht sie und salutiert vor ihm. »Ay ay, Sir, ich werde deine Befehle befolgen.« Sanchez hebt die Hand und streicht mit seinem Finger über die Falte auf ihrer Stirn, es ist eher ein Reflex, ohne sich darüber groß Gedanken zu machen, aber trotzdem färben sich ihre Wangen sofort wieder rot. Sanchez kann sich ein Grinsen nicht verkneifen. »Da ist ja meine kleine Arzttochter wieder.« Celestine stößt kurz und empört Luft aus. »Du schätzt mich ganz falsch ein und ich bin auch nicht klein.« Er liebt es sie zu ärgern, einfach nur, weil sie so schlecht ihre Reaktionen ihm gegenüber im Griff hat.

»Verrenk dir nicht deinen Hals beim Versuch mir in die Augen zu sehen.« Er zwinkert und will los, doch Celestine hält ihn am Arm fest. Er hasst es, jedem anderen würde er sofort die Hand wegschlagen, jeder weiß, dass er es nicht mag, festgehalten zu werden. Doch dieses Mal reißt er sich zusammen und wendet sich zu ihr um. »Ich muss das jetzt machen, ein anderes Mal werde ich mich nicht trauen.«

Es ist nicht mehr als ein Flüstern und er weiß, es ist der Alkohol, der Celestine ihre Hand auf seine Brust legen lässt. Sanchez ist im ersten Moment überrumpelt, als sie sich zu ihm nach oben beugt und ihre Lippen auf seine legt, zaghaft, als wisse sie nicht, was sie da tut. Er allerdings weiß genau was zu tun ist. Als sie ihren kurzen keuschen

Kuss beenden will, legt sich seine Hand um ihre Hüfte und er zieht sie enger an sich. Sie atmet erschrocken laut auf. »Wenn, dann musst du schon so mutig sein es richtig zu machen.«

Mit diesen Worten erobert er ihre Lippen, er ist bewusst nicht so behutsam wie Celestine es gerade war. Sie schmeckt süß, er schmeckt noch immer den Cocktail auf ihren Lippen. Celestine ist kurz wie versteinert, doch als Sanchez mit seiner Zunge ihre Lippen teilt, überrascht sie ihn ein zweites Mal in dieser Nacht. Nachdem sich ihre Zungen treffen und ein aufregendes Spiel beginnen, löst sich ihre Erstarrung auf und sie wird genauso fordernd. Ihre Hände wandern seinen Nacken hinauf und legen sich an seine Haare, womit sie ihn noch enger an sich zieht.

Sanchez gibt seinen letzten Widerstand auf, seine Hände rutschen unter ihr Top, um ihre weiche Haut zu spüren. Er streichelt ihren Rücken entlang und will gerade weiterwandern, da beendet sie den Kuss abrupt und lächelt ihn an. »Ich sage ja, dass du mich falsch einschätzt.« Mit diesen Worten dreht sie sich einfach um und versucht ihre Haustür aufzuschließen.

Sanchez muss Luft holen, dann geht er zu ihr und hilft ihr dabei, sie trifft nicht einmal annähernd das Schloss. Sobald die Tür offen ist, beugt er sich noch einmal zu ihrem Ohr herunter. »Du solltest mich lieber nicht falsch einschätzen!« Er knabbert eine Sekunde an ihrem Ohrläppchen, dann lässt er sie ins Haus gehen. Ein letzter Blick auf sie und ihre nun feurig roten Wangen, bevor er sich wieder zu Sami ins Auto begibt, der gelangweilt auf seinem Handy herumspielt. »Seit wir wieder in Sierra sind, dreht ihr alle ab!«

Sanchez ignoriert sein Kommentar und gibt Gas. Celestine wird sich morgen an nichts mehr erinnern, es war der Alkohol, der sie dazu gebracht hat, ihr sonst so prüdes Verhalten abzulegen. Doch falls sie selbst im betrunkenen Zustand dachte, sie könne mit ihm spielen, hat sie sich schwer getäuscht. Er kann nur hoffen, dass die Arzttochter sich seine, ihn betreffende, ernstgemeinte Warnung trotz allem in den Hinterkopf gebrannt hat.

Gleichmäßige dumpfe Schläge wecken Paco aus seinem Traum. Er hasst es, es ist die einzige Zeit, in der er sich frei bewegen kann. Wenigstens im Traum kann er machen was er will und es fällt ihm niemals leicht hier Schlaf zu finden. Sauer setzt er sich auf seiner unbequemen Liege auf und flucht leise. Seine Knochen tun ihm weh, er hat das Training mit Mano übertrieben, doch es tut gut, seine Wut wenigstens dort ablassen zu können.

Es ist verflucht heiß, also greift er erst einmal nach einer Wasserflasche, bevor er aus seiner Zelle tritt und den Grund für den Lärm entdeckt. Genau davor sitzt Ramon auf einem Stuhl und lässt einen Tennisball in immer gleichem Rhythmus gegen die Wand prallen, fängt ihn wieder auf und wirft ihn wieder. Er weiß, warum sein älterer Bruder genau vor seiner Zelle sitzt, mit dem Blick auf Rodriguez' Zelle. Er wird niemals aufhören auf seine Brüder aufzupassen, auch wenn sie selbst schon Familienväter sind und alles andere als seinen Schutz brauchen.

Seit Miguel weg ist, schweigt Ramon fast nur noch. Sein Bruder war niemals der Gesprächigste, doch das ist schon beängstigend. »Wieso schläfst du nicht?« Paco tritt neben seinen Stuhl und sieht über das Geländer auf den Hof. »Das Gleiche kann ich dich auch fragen.« Paco wendet sich um und sieht seinem Bruder grimmig ins Gesicht, verkneift sich aber seine Antwort und blickt zurück auf den Hof.

Wie er diesen Ausblick hasst, er weiß nicht, wie lange er es noch aushält, ohne komplett durchzudrehen. Doch jedes Mal, wenn er denkt es reicht, er hält es keinen Tag länger aus, geschieht etwas, was ihm wieder Hoffnung gibt.

Erst haben sie erfahren, dass sich ihre Söhne in Sierra befinden und wie es aussieht, die Stadt wieder in ihren Händen ist und jetzt ist Miguel rausgekommen. Also muss er sich zwingen es weiter auszuhalten.

»Ich habe kein gutes Gefühl wegen Miguel!« Ramon spricht das aus, was Paco schon die ganze Zeit denkt, Rodriguez und Juan haben ihm das ebenfalls gesagt, doch allein wegen ihrer unguten Gefühle jetzt etwas zu unternehmen ist zu riskant. »Hat er sich anders angehört am Telefon?« Ramon beginnt sein Ballspiel erneut und atmet tief aus.

»Nein, es war aber auch zu kurz. Ich hoffe, dass ich mich irre, es ist nur ein Gefühl.« Paco wird ihm nicht sagen, dass er das Gleiche spürt, es würde nichts bringen und seinen Bruder nur noch mehr fertig machen.

»Was ist aus uns geworden? Sieh uns an, wir können nicht einmal mehr unsere Kinder schützen. Nein, stattdessen warten wir darauf, dass sie uns zu Hilfe kommen.« Paco würde seinem Bruder nur zu gerne widersprechen, doch er hat recht. So schwer es ist, er hat recht. »Was wird das erste sein, was du machst, sollten wir herauskommen?« Paco malt sich das Ganze immer wieder in seinen Kopf aus, was ihm immer wieder beweist, dass er die Hoffnung niemals aufgegeben hat. Ramon lacht bitter auf. »Alle töten, die damit etwas zu tun haben, jeden Einzelnen und alle die zu ihnen gehören, dann stecke ich das verdammte Ding hier in Flammen, bevor wir zurück nach Puerto Rico fliegen. Bei Gott, wenn ich mir vorstelle, Sami, Jennifer … Sie alle wiederzusehen.«

Ein Schmerz durchfährt Paco, er versucht sich das wunderschöne Gesicht von Bella in die Erinnerung zu holen. Seit er hier ist, denkt er oft daran, wie schlimm das erste Mal war, als er sie fast verloren hätte. Wie sie für ihre Liebe beinahe gestorben wäre. Da hat er das erste Mal gespürt, dass sie für ihn das Wichtigste ist. Als sie im Krankenhaus um ihr Leben gekämpft hat und er nichts tun konnte, fühlte es sich fast genauso an, wie er sich jetzt fühlt. Er könnte losschreien vor Ohnmacht, nichts tun zu können, nicht zu ihr und zu den Kindern zu können.

Damals hat er schon die Macht ihrer Liebe gespürt. Es war ihm egal, mit seinen allergrößten Feinden auf ihr Erwachen zu warten, es war ihm alles egal, nur ihr Leben war wichtig. Es war noch einige Male danach, dass er Angst hatte sie zu verlieren, seine Familie zu verlieren und es bringt ihn jedes Mal um.

Paco muss lächeln bei dem Gedanken an den Tag, als er dieses ungewöhnliche Mädchen das erste Mal gesehen hat. Er wird diesen Tag in der Bibliothek niemals vergessen, niemals das Gefühl vergessen, was er sofort gespürt hat, als sich ihre ängstlichen und zugleich trotzdem mutigen Augen das erste Mal mit seinen getroffen haben.

Bella war für ihn von dem Augenblick an das Schönste in seinem Leben, das Kostbarste. Sie hat ihm seine anderen beiden Leben geschenkt, Leandro und Latizia und er schwört sich, was auch kommen mag, was auch passiert, sollte er zu ihnen zurückkommen, wird es nichts geben, nichts wird es wert sein, noch einmal von ihnen zu gehen. Er wird diesen Fehler nie wieder machen.

Als er sich zu seinem Bruder dreht, sieht er, dass auch er in seine Gedanken versunken ist. Er weiß, dass es ihm genauso geht. Als Paco an seinen Neffen Miguel denkt, spürt er wieder dieses ungute Gefühl in sich aufsteigen. Er liebt Miguel wie seinen eigenen Sohn. Er kann nur beten, dass Garcias nicht so dumm war und sich nicht an die Vereinbarung gehalten hat. Er müsste jetzt angekommen sein, ob in New York oder Puerto Rico. Mögen sie sich alle mit ihren Gefühlen täuschen.

Paco pfeift zweimal laut auf. Ramon fragt ihn, was das soll, doch er überhört ihn. Sofort fällt eine Taschenlampe auf ihn. Auch wenn sie sie nicht sehen, die Wachen sind immer da. »Ich muss mir irgendetwas eingefangen haben, mein Magen spielt verrückt. Der Arzt soll kommen, bevor es hier noch herumgeht.« Er weiß, dass er seinen Befehlston gegenüber den Wachen vielleicht manchmal ablegen sollte, immerhin sind sie auf ihre Stimmung angewiesen, doch er schafft es nicht. »Ich werde dem Arzt morgen Bescheid geben.« Die Taschenlampe geht wieder aus und Paco sieht seinen Bruder zufrieden an. Durch den Arzt können sie in Erfahrung bringen, ob Miguel angekommen ist. Gnade Gott allen, wenn dies nicht der Fall sein sollte.

Dania öffnet die Augen und bereut es sofort wieder. Ihr Kopf fühlt sich an, als hätte sie einen schweren Autounfall gehabt. Wenn sie die Augen geschlossen hält, geht es besser. Kaum wird ihr Verstand wach, kommen die Erinnerungen an den gestrigen Abend und sie stöhnt laut auf, wobei sie sich den Kopf hält. »Davon wird es auch nicht besser!« Blitzschnell öffnet sie die Augen wieder, nur um in Leandros belustigtes Gesicht zu sehen. Er sitzt neben ihr im Bett, nur mit einer Shorts bekleidet. Hat sie wirklich so viel vom gestrigen Abend vergessen?

»Was tust du hier? Haben wir?« Nun kann sich Leandro nicht mehr zurückhalten und lacht. »Nein, ich habe dich ins Bett getragen und bin dann hier geblieben, nachdem du mein Shirt nicht mehr losgelassen hast. Ich hatte das Gefühl, du wolltest, dass ich bleibe.« Dania öffnet ihren Mund und schließt ihn dann gleich wieder. »Das gestern war … Nicht so toll, oder?« Zumindest, wenn man die Kopfschmerzen bedenkt, die sie nun hat. Oh Gott. Dania erinnert sich, dass ihr nachts übel geworden ist und Leandro ihr geholfen hat ins Bad zu kommen. Sie schließt die Augen und hofft, sie nie wieder öffnen zu müssen.

Sie hört, wie das Bett raschelt und die Tür geöffnet wird, kurze Zeit später ist Leandro wieder am Bett. »Trink das.« Nun muss sie sich hinsetzen und nimmt das Glas mit dem aufgelösten Aspirin. »Das gestern war ziemlich gefährlich, außerdem warst du sehr streitlustig. Ich denke, wenn du vorhast, in Zukunft noch einmal Alkohol zu trinken, solltest du vorher Bescheid geben.« Dania leert das Glas und blickt zu ihm hoch.

Er steht vor dem Bett, noch immer nur in Boxershorts. Zum Glück trinkt sie gerade und man hört das Schlucken nicht, was ihr bei seinem Anblick entfährt. Sie hat Leandro schon ohne T-Shirt gesehen, doch dieser Anblick ist etwas ganz anderes. Nicht nur sein gesamter Oberkörper ist trainiert, auch seine Beine sind hart und breit. Wieder einmal fällt ihr Blick auf das Muttermal neben seiner Brustwarze, bevor sie ihn schnell senkt, da er sie genau beobachtet.

»Nach gestern wird es sicher etwas dauern, bis ich wieder weggehen möchte, ich war nicht angriffslustig, ich war wirklich sauer, dass du mir nicht die Wahrheit gesagt hast wegen der beiden Frauen aus der Uni. Sie haben mich wegen dir angesprochen und es hat sich keineswegs so angehört, als kennst du sie nur flüchtig.« Leandro setzt sich wieder zu ihr aufs Bett. Erleichtert stellt Dania fest, dass sie noch immer die Klamotten von gestern anhat und man nichts von ihrem Körper sieht. Neben seiner perfekten braunen Haut wäre das ein zu unschönes Bild.

»Ich habe dir gestern schon alles dazu gesagt, diese Frauen bedeuten mir nichts. Mehr gibt es dazu nicht zu sagen.« Dania nickt und steht auf, sie geht zu der Tüte aus der Boutique und sucht sich etwas heraus, dann aber entscheidet sie sich um. Heute ist Sonntag, sie zieht sich lieber etwas weites, bequemes an. »Ich habe es gestern schon verstanden. Frauen bedeuten dir nichts. Sie zu küssen und mit ihnen zu schlafen bedeutet dir nichts. Du bist zu allen nett, doch alles ohne jede Bedeutung, langsam verstehe ich. Ich gehe duschen.« Nach diesen Worten geht sie ins Badezimmer und schließt die Tür hinter sich.

Dania lässt sich Zeit, sie bindet sich extra die Haare hoch, damit sie noch weiterhin glatt bleiben, bevor sie sich endlich eine Dusche gönnt. Unter dem warmen Strahl bemerkt sie, dass es ihrem Kopf besser geht, ihre Muskeln entspannen sich und ihr schlechtes Gewissen kommt hoch. Wieso fährt sie Leandro so an? Er tut wirklich viel für sie, ohne ihn wäre das gestern nicht gut ausgegangen. Er war die ganze Nacht bei ihr, ohne einmal etwas zu sagen, es war sicherlich nicht angenehm für ihn. Und sie macht ihm Vorwürfe, kaum dass sie die Augen offen hat.

Dania lehnt ihren Kopf an die Fliese. Sie sieht an sich herunter und lässt einige Tränen, die sich schon lange angesammelt haben, ihren Weg aus den Augen, ihre Wange entlang fließen. Ihre Mutter hat ihr früher immer gesagt, dass man weinen muss, ansonsten wird das Herz gebrochen durch all die Schmerzen, wenn man nicht mal etwas davonfließen lässt. Deswegen ist es gut ab und zu zu weinen. Da sie aber niemals vor ihrem Vater und Jayime Schwäche zeigen wollte, hat sie immer nur unter der Dusche und im Regen geweint. Es fällt ihr leicht, jetzt ihren Gefühlen freien Lauf zu lassen.

Leandro ist ein guter Mensch, er kann nichts dafür, dass sie so kaputt ist, seelisch und körperlich. Er kann nichts dafür, dass sie vielleicht irgendwo in sich drinnen die Hoffnung gehabt hat, ihm etwas zu bedeuten und es sie deshalb so wütend gemacht hat, dass er alle Frauen so behandelt. Sie hasst es, dass sie niemals mit Frauen wie denen aus der Uni zu vergleichen ist, doch das kann sie nicht an ihm auslassen.

Sie wird sich bei ihm entschuldigen und dann wird sie so schnell wie nur möglich versuchen, ihm das Leben nicht noch schwerer zu machen als er es momentan eh schon hat. Sie muss sich eine eigene Wohnung suchen, Leandro und seine Cousins können solchen Ärger, den sie gerade bringt, nicht gebrauchen. Sie sieht in den Augen aller die hier sind den Schmerz und die Wut. Sie sieht wie entschlossen sie sind. Auch wenn er es versucht zu verstecken, sieht sie, wie Leandro jedes Mal, wenn es um seinen Vater geht, zusammenzuckt. Diese Männer hier haben andere Sachen im Kopf, als sich um etwas Kaputtes wie sie zu kümmern, auch wenn sie es aus Mitleid machen.

Dania hat lange gebraucht im Bad, umso erstaunter ist sie, als sie wieder herauskommt und Leandro noch immer auf ihrem Bett sitzt und ihr entgegensieht. Sie will gerade anfangen sich zu entschuldigen, da steht er schon auf und kommt ganz dicht vor sie. Sein Körper drückt ihren an die Badtür und sie weiß nicht mehr, was sie gerade sagen wollte. Seine Präsenz ist erdrückend, sein Geruch hüllt sie ein und seine grünen Augen halten sie fest. Es ist ihr unmöglich, sich noch einen Schritt zu bewegen und sie stellt mit Schrecken fest, dass ihr all das gefällt. Sie genießt es, ihm wieder so nah zu sein, wie in der Nacht, als sie überfallen wurden.

»Du hast mir gestern eine Frage nicht beantwortet. Wieso stört es dich so, was mit mir und den anderen Frauen ist?« Dania ist von seiner Nähe überrascht und von den Gefühlen, die diese Tatsache auslöst, doch sie hat noch immer ein schlechtes Gewissen. »Es tut mir leid, dass ich dich so angegangen bin.« Leandro schüttelt leicht den Kopf. »Das beantwortet immer noch nicht meine Frage.« Dania weiß nicht, was sie dazu sagen soll. Wie soll sie ihm erklären, dass sie dachte, es wäre etwas zwischen ihnen und es ihr wehgetan hat zu bemerken, dass da noch viel mehr zwischen ihm und anderen Frauen ist.

Deswegen schweigt sie, es hält sie aber nicht davon ab, seinen intensiven Blick zu erwidern. Genau in dem Moment fällt es ihr so leicht zu glauben, dass er Gefühle für sie hat. Sein Blick scheint es ihr zu verraten. Und doch hat sie sich darin getäuscht? Leandro legt seine Hand an ihre Wange und sie lässt es zu. Sie wäre gar nicht fähig dazu es nicht zu genießen, wie sein Daumen über ihre Wange streichelt.

»Okay, dann fragen wir anders. Hast du ein Problem damit, wenn ich jetzt etwas mit anderen Frauen hätte.« Dania will den Blick senken, ihre Antwort würde ihre Gefühle verraten, doch seine Hand hebt ihr Kinn wieder und sie muss seinem Blick standhalten.

»Hättest du etwas dagegen, wenn ich jetzt einen anderen Mann hätte?« Etwas Besseres fällt ihr nicht ein, sie weiß, wie dumm das klingt, doch bringt es Leandro zum Lächeln und sie muss auch schmunzeln. Ihre Hände, die sie die ganze Zeit hinter ihrem Rücken hatte, lösen sich und wie von selbst legt sich eine auf seine nackte Brust. Dania berührt das Muttermal, das sie die ganze Zeit schon fasziniert hat, seine Haut ist trotz all der Härte seiner Muskeln so schön weich.

Leandros Blick liegt noch immer auf ihrem Gesicht, als sie ihre Wimpern wieder hebt. »Ja, das hätte ich, es würde mir nicht gefallen, dich bei einem anderen Mann zu sehen.« Sie kann nicht verstehen, wie er sich trauen kann, so offen darüber zu reden. Dabei bemerkt sie erneut, wie unerfahren sie ist, also nimmt sie all ihren Mut zusammen. »Stört es dich, mich mit anderen Frauen zu sehen?« Dania nickt und Leandro nimmt nun ihr Gesicht in seine beiden Hände. Sie stehen jetzt so nah, dass sie seinen ganzen Körper an sich spürt und noch immer liegt ihre Hand auf seiner Brust. »Dann sollten wir beide ab jetzt darauf verzichten.«

Leandros Stimme wird leiser und rauer, er beugt sich vor und seine Lippen streifen über ihre. Dania bekommt sofort eine Gänsehaut, sie hat noch niemanden so nah an sich herangelassen und doch hält sie kurz ein. »Ich habe das noch nie getan.« Wie unangenehm es ihr auch ist, ihm das zuzuflüstern, sie muss es ihm sagen, denn neben den schönen Gefühlen, die all das in ihr auslösen, macht sich ein anderes Gefühl breit und das ist Angst. Angst vor dem, was sie nicht kennt und vor eben diesen neuen Gefühlen.

Leandro lächelt wieder, er küsst ihre Wange und dann wieder ihren Mund, dieses Mal erwidert sie den Kuss, wenn auch sehr zaghaft. Leandro lässt eine Sekunde ab, aber dann treffen sich ihre Lippen erneut, diesmal viel intensiver. Dania vergisst ihre Zweifel und gibt sich ganz diesem neuen Gefühl hin. Ihr Körper reagiert ungewohnt stark auf Leandro, auf seine Nähe, auf seine Lippen. Als er vorsichtig mit seiner Zunge ihre umschließt, kommt es ihr so natürlich vor und sie seufzt leise auf, so sehr genießt sie diese Nähe.

Als sie sich das erste Mal lösen, legt er seine Stirn an ihre. Für einen kurzen Moment schließt er seine Augen, dann finden sich ihre Lippen erneut und Dania spürt, dass sie das ewig machen könnte. Doch sie haben die anderen vergessen, denn als sie diesen süßen zweiten Kuss lösen, ruft Sami nach ihnen. »Leandro du Sack, komm jetzt, wir müssen die Ware verladen.« Leandro gibt ihr einen kurzen Kuss. »Ich bin abends wieder da, bleibst du zuhause?« Dania sieht, immer noch ganz benommen, auf die Uhr. Sie hat die Frühmesse am Sonntag verpasst, das ist ihr noch nie passiert. »Ich gehe noch in die Kirche.« Leandro nickt und geht aus dem Zimmer. Als er wiederkommt, legt er ihr ein Handy in die Hand.

Dania hatte schon eines, doch das hat sie im Haus gelassen, es ist mit ihrer Vergangenheit verbrannt. Leandro erklärt es ihr kurz. Als er dann gehen will, beißt Dania sich auf die Unterlippe, als sie ihn am Arm zurückhält und ihm noch einen kurzen Kuss gibt, doch das muss sein. Sie liebt seinen Geschmack und Leandro gefällt ihr Entgegenkommen so sehr, dass er den Kuss solange ausdehnt, bis Sami im Türrahmen auftaucht und ihm ein paar Klamotten an den Kopf wirft. Leandros Cousin scheint es nicht zu wundern, sie beide hier so vorzufinden, doch Dania sieht beschämt weg, während Leandro nur lacht.

Als die Männer, alle bis auf Nesto, der sein Bein noch so gut es geht schonen soll, weg sind, frühstückt Dania erst einmal in Ruhe. Nesto leistet ihr Gesellschaft und speichert alle wichtigen Nummern in ihr neues Handy. Als sie ihm sagt, dass sie zur Kirche will, begleitet er sie. Erst hat sie das Gefühl, Leandro hätte ihn auf sie angesetzt, doch dann murmelt er, dass sie den Beistand von oben für die nächste Zeit gut gebrauchen können. Bei dem Gedanken, was die Männer noch alles vorhaben, wird Dania flau im Magen.

Sie fahren zusammen zur Kirche und das erste Mal seit sie denken kann, betet sie nicht nur für ihre verstorbene Mutter, sondern auch für die Trez Puntos, die Les Surenas sowie die neue Generation, die

Trez Surentos und dass sie alles heil überstehen, was ihnen jetzt noch bevorsteht.

Kapitel 9

Miguel wacht auf von dem nagenden Geräusch der Ratten, an den Baracken. Sie sind überall hier. Jetzt nach zwei Tagen weiß er, dass er wirklich in der Hölle angekommen ist.

»Hey Puerto Rico, isst du das noch?« Miguel sieht in seine Nachbarzelle, der Mann scheint nur darauf gewartet zu haben, dass er aufsteht. Gestern war er so kaputt von der Arbeit, dass er das Essen nicht einmal angerührt hat. Er nimmt das Brot und reicht es dem Mann hin.

Seit er hier ist, hatte er keine Gelegenheit mit Jakup zu sprechen, sie werden streng getrennt gehalten. Die Männer, mit denen er sich hier die Zellen teilt, kommen alle aus Venezuela, fast jeder von ihnen hat ihm dieselbe Geschichte erzählt.

In Venezuela hatten sie nichts, konnten ihre Familien nicht ernähren. Sie haben ihr letztes Geld zusammengekratzt und einen Schlepper bezahlt, der sie über die Grenze nach Kolumbien gebracht hat, wo auf jeden von ihnen Garcias wartete und sie getrennt hat. Die Kinder und Frauen sind weggebracht worden und jeder Mann, der kräftig genug war, hierher. Einige sind seit über einem Jahr hier, sie haben nichts anderes gesehen als diese Drogenfarm. Keiner von ihnen weiß, wie es den Frauen und Kindern geht und wo sie sind. Es kommen immer wieder Neue, da die Arbeit so hart ist, dass es jede Woche mindestens einen erwischt, oder er wird am Abend vom Arzt aussortiert und erschossen.

Am längsten ist der Mann hier, der sie alle bewacht, die Männer in seiner Baracke nennen ihn Monkey. Er ist einer von ihnen, doch er hat insoweit das Vertrauen von Roan, dass er nicht mehr auf dem Feld arbeiten muss, sondern nur noch als Wache eingesetzt wird. Zudem bekommt er etwas besseres Essen und hat die Aufgabe, ihnen allen jeden Morgen und jeden Abend das Essen zu bringen. Er wirkt auf Miguel zwar sehr ängstlich, trotzdem hat er immer ein aufmunterndes Wort für jeden der Männer.

Miguel steht auf und geht zu einem der wenigen Fenster, das sich zum Glück in seiner Zelle befindet. Die Sonne geht gerade auf, was bedeutet, dass sie gleich raus müssen. Das geht jeden Tag so, von Sonnenaufgang bis zum Sonnenuntergang. Einen Tag hatten sie mittags eine Stunde Pause, gestern nicht. Das hängt von den Wachen und deren Laune ab, wurde ihm erklärt. Miguel sieht zu dem Stück Zaun, der in seinem Blickfeld ist.

Von hier aus erkennt er, dass es sogar Löcher im Zaun gibt, an den Stellen, wo das alte Eisentor mit Stacheldrahtzaun ausgebessert wurde. Er könnte sofort da durch, es ist fast schon lachhaft, es sind nicht einmal zehn Schritte und er ist hier weg. Doch diese zehn Schritte kann man nicht gehen, man kann hier keinen Schritt gehen, ohne eine Waffe im Rücken zu haben.

»Hat es noch niemand geschafft zu fliehen?« Er braucht sich nicht umzusehen, er weiß, dass immer jemand wach ist und ihn hört. »Versucht haben es viele, geschafft noch keiner.« Miguel bemerkt, dass aus dem riesigen, schlossartigen Haus mehrere Personen heraustreten. Er erkennt diesen Roan und ein paar Männer, die mit Koffern aus dem Haus kommen. Ein schwarzes Auto wird vorgefahren. Dann sieht er da noch jemanden stehen, in einen dicken schwarzen Mantel gehüllt, mit Kapuze auf dem Kopf, gegen den morgendlichen Tau. Die Person wirkt jedoch viel zu zart für einen Mann. Roan gibt der Person einen Kuss und setzt sich mit den Männern ins Auto.

»Hat Roan eine Frau?« Er hört seinen Nachbarn auch zum Fenster gehen. »Ja Sarita, wie es aussieht, geht er wieder auf Reisen. Er ist nie länger als zwei Wochen hier und dann wieder einen Monat weg. Jetzt hat einer der Männer wieder Glück, mal sehen, wen sie sich aussucht.« Die Frau kehrt zurück ins Haus und Miguel sieht, wie die Wachen zu ihnen an die Baracken kommen. »Wieso Glück?« Der Mann nickt zu einem der Jüngeren, der noch schläft.

»Er war das letzte Mal dran. Sobald ihr Mann weg ist, sucht sie sich einen Mann aus, den sie sich hin und wieder kommen lässt, um ihren Spaß zu haben. Ihm hat es gefallen.« Der Mann lacht.

Die Wachen klopfen an die Baracke, das Zeichen, dass nun alle aufstehen müssen. »Hat sie keine Angst, dass ihr Mann das erfährt?« Sein

Nachbar zuckt die Schultern. »Solange ich hier bin, hat sie es immer gemacht. Ich glaube, selbst die Wachen sind ab und zu dabei, deswegen erfährt ihr Mann es nicht. Einmal wollte es ihm einer ihrer Liebhaber sagen und Roan hat ihn erschossen, bevor er überhaupt alles erzählen konnte, nur weil er ihren Namen in den Mund genommen hat. Ich bezweifle, dass hier jemand etwas sagen wird.«

Die Wachen öffnen die Tür und die Zellen, sie treten alle heraus. Sein Nachbar steht hinter ihm und wendet sich zu den anderen um. »Habt ihr gehört, Roan ist weggefahren, duscht euch heute gründlich, vielleicht seid ihr an der Reihe.« Sie werden aufs Feld geführt, auf dem Weg dahin bekommt jeder ein Stück Brot und eine Wasserflasche. Jakup ist schon auf dem Feld. Als Miguel seinem Blick begegnet, sieht er, dass Jakup ihm etwas sagen will, doch hat er keine Ahnung, wie er das anstellen soll.

Die Wachen ermahnen sie, sofort mit der Arbeit zu beginnen. Miguel bemerkt allerdings, dass die Wachen heute nicht so genau aufpassen, sie quatschen viel, was sicherlich an Roans Abwesenheit liegt. Vielleicht ist das ihre Chance, je unaufmerksamer die Wachen sind, desto wachsamer müssen sie werden.

Miguel spürt einen Blick auf sich und sieht hoch zu einem der Fenster des Hauses. Wieder schließt sich eine Gardine, bevor er einen Blick auf die Person werfen kann, wie schon an dem Tag, an dem sie angekommen sind.

Sanchez, Dine, Rico und Kasim sind bereits am späten Nachmittag auf dem Weg zurück ins Cielo. Heute hatten sie sich aufgeteilt und die Waren an Geschäftspartner verteilt, die noch in der Nähe leben, morgen geht es dann für alle in die Hauptstadt.

Sanchez kann es nicht erwarten, die Polizisten, die für den Hinterhalt an ihren Vätern verantwortlich sind, in die Hände zu bekommen. Sie sind mit drei Wagen unterwegs, Dine sitzt neben ihm. »Könnten wir kurz anhalten?« Sanchez sieht auf die Uhr und hält am Wegrand, sie sind kurz vor Sierra. Er seufzt innerlich auf, doch keiner von ihnen sagt etwas, wenn Dine seine Zeit zum Beten braucht.

Der Mann hat zwar seine Macken, doch auf eine komische Art passt er auch zu ihnen. Rico fährt ihm fast in sein Auto und Sanchez wirft ihm beim Aussteigen einen bösen Blick zu. »Was soll der Scheiß, ich hab Hunger.« Sanchez deutet mit seinen Augen zu Dine, der sich mit einer Wasserflasche wäscht und im Gras seinen Teppich ausrollt. Kasim hält ebenfalls und zündet sich eine Zigarette beim Aussteigen an.

»Lasst uns, bevor wir ins Cielo fahren, beim Padre vorbeifahren.« Sanchez muss lachen und nimmt Kasim die Kippe weg. Sie alle bekommen jedes Mal ein schlechtes Gewissen, wenn Dine betet, vielleicht ist das der Grund, warum er zu ihnen passt, um sie daran zu erinnern, öfter in die Kirche zu gehen.

Rico ruft die Anderen an, die noch nicht so weit sind und erst am Abend zurück sein werden. Als er auflegt, hebt er eine Frucht von einer der vielen Brotfruchtpflanzen auf, die hier überall wachsen und wirft sie Sanchez an den Kopf. »Lass den Scheiß!« Er dreht sich zu Kasim um und in dem Moment kriegt er die zweite an den Nacken. Als sie jünger waren, haben sie sich mit den Kernen des Baumes bekriegt. Er wollte nie mitspielen und hat genau deshalb immer die meisten an den Kopf bekommen.

Kasim erinnert sich anscheinend auch und hebt die beiden Kerne auf, um sie gezielt an Ricos Rücken zu platzieren, der daraufhin abhaut. Sanchez ergreift ebenfalls eine Frucht und trifft genau Ricos Kopf. Er ist der beste Schütze von ihnen, auch wenn er das Spiel nie gemocht hat. Deswegen bleibt er auch am Auto stehen, während Kasim und Rico sich über die Wiese jagen.

Dine kehrt zurück und sieht verwundert zu den beiden. »Mach dir um die keine Gedanken, die brauchen ein paar Minuten.« Dine nickt und gemeinsam sehen sie der kleinen Schlacht zu. »Ich mache mir Sorgen wegen Dania, ich kann mir nicht vorstellen, dass ihr Vater sie so einfach bei uns lässt.« Wegen Leandro hat er diese Gedanken noch nie laut ausgesprochen, doch er weiß, dass Dine diese Familie am besten einschätzen kann.

»Dania bedeutet Gallardo nichts, niemand außer er selbst bedeutet ihm etwas. Selbst Jayime, für die er soviel riskiert hat, war ihm irgendwann egal. Er wird sich keine Gedanken um seine Tochter machen, es sei denn, er braucht sie für irgendetwas. Wenn er es schafft, sich woanders etwas aufzubauen, sodass er seine Geldsucht befriedigen kann, muss man sich darum keine Sorgen machen. Erst wenn er sie braucht, könnte etwas passieren, wobei ich mir nicht vorstellen kann, dass er sich noch einmal hierher trauen würde.« Sanchez nickt. »Hoffen wir, dass du recht hast.«

Er muss den ganzen Rückweg über die roten Flecken im Gesicht von Kasim und Rico lachen. Sie konnten es ja nicht sein lassen und nun sehen sie aus, als wären sie in eine wilde Schlägerei verwickelt gewesen. Sie fahren beim Padre vorbei und Sanchez nimmt sich einige Minuten Zeit, um in Ruhe ein Gebet zu sprechen. Jedes Mal wenn er so in sich gekehrt ist, sieht er das Gesicht seines Vaters vor sich.

Er fehlt ihm, wie gerne würde er ihn jetzt fragen, ob sie alles richtig machen, sehen, ob er zufrieden mit ihnen ist. Seine Meinung und das er stolz auf ihn ist, war ihm schon immer sehr wichtig. Er vermisst auch seine Mutter und muss sogar zugeben, dass ihm sein kleiner Bruder Ciro fehlt.

Er kann sich vorstellen, dass er zuhause ausgerastet ist, als er erfahren hat, was sie tun und weil sie ihn nicht mitgenommen haben. Sanchez hätte es ihm zugetraut, Ciro ist so weit, er ist vielleicht weiter als einige andere, aber er hat dabei an seine Mutter gedacht. Keiner von ihnen weiß, was noch passieren wird, ob sie es wirklich schaffen und seine Mutter soll wenigstens einen von ihnen bei sich haben.

Als sie dann ins Cielo kommen, verteilen sie die mitgebrachte Pizza an die Frauen, die in den Häusern arbeiten. Es ist ihnen unangenehm, all diese Hilfe zu bekommen, doch wenn sie ehrlich sind, können sie diese gerade gut gebrauchen.

Im Punto-Haus findet er Dania und Celestine vor. Beide sehen nach gestern noch etwas mitgenommen aus. Und als Sanchez der Arzttochter in die Augen sieht, weiß er, dass sie sich sehr wohl noch an alles erinnern kann. Sie weicht seinem Blick gleich knallrot aus, als er ihnen eine Schachtel mit Pizza hinstellt.

»Na, haben eure Köpfe die Nacht überstanden?« Dania lächelt, Sami hat ihnen allen natürlich gleich gesteckt, dass sie und Leandro sich näher gekommen sind. Sein Cousin hat das erste Mal dazu auch nicht den typischen 'da ist nichts, ich hatte nur etwas Spaß' Spruch abgelassen, was Sanchez zeigt, dass Dania Leandro wirklich etwas bedeutet. Und wenn das so ist, gehört sie in Sanchez' Augen automatisch zu ihnen.

Leandros neuer Liebling bemüht sich etwas zu unauffällig, sie beide alleine zu lassen. »Ich gehe mal rüber, Getränke holen.« Celestine wirft ihr einen flehenden Blick zu, doch Dania zwinkert Sanchez nur zu und verlässt das Haus. Das bedeutet, Celestine hat ihr von dem Kuss erzählt. Wieso muss sie sich daran überhaupt erinnern? Sanchez hätte es einfach als kleine nette Erinnerung im Hinterkopf behalten, sie sollten daraus keine große Sache machen.

Er kann es allerdings nicht lassen, sich auf das Sofa zu setzen und Celestine dabei zu beobachten, wie sie verlegen einen Lappen nimmt und die Küche zu schrubben beginnt, statt ihre Pizza zu essen. »Gibt es irgendetwas, was du von gestern Nacht bereust?« Er liebt es sie aufzuziehen, die Arzttochter blickt sich nicht einmal um. »Nein!«

Sanchez lacht leise auf. »Du warst gestern anders, lockerer, ich dachte, du würdest das heute bereuen.« Plötzlich dreht sich Celestine zu ihm um. »Ich bereue nur, mich mit Personen zu umgeben, die mich betrunken mehr mögen als im normalen Zustand.« Sie lächelt ihn an und wendet sich wieder dem garantiert schon blitzblanken Küchentisch zu.

Sanchez ist baff, er muss diese Antwort wirklich erst einmal ein paar Sekunden verdauen. Hat ihn die Arzttochter, die normalerweise bei seiner Anwesenheit kaum einen Ton herausbekommt, gerade angezickt? Grinsend steht er auf, er mag diese andere Art an ihr, genauso wie er das Schüchterne an ihr mag.

Sanchez stellt sich genau hinter sie, Celestine kann so taff tun wie sie möchte, er sieht wie ihre schlanken Finger leicht zittern, als er ihr so nah kommt. »Ich für meinen Teil mag beide Seiten an dir, allerdings stellt sich immer noch die Frage, ob es etwas gibt, was du gestern lieber nicht getan hättest?«

Er weiß genau, dass es falsch ist, was er hier gerade tut, er sollte nicht so herumspielen, doch diese Situation reizt ihn viel zu sehr.

Celestine atmet einmal tief durch, als müsste sie all ihren Mut zusammennehmen, dann wendet sie sich zu ihm um. »Ich bin schon ein großes Mädchen, es gibt nichts, was ich bereuen müsste.« Ihre Worte hören sich so selbstsicher an, doch ihre Augen sprechen eine andere Sprache. Sanchez studiert ihre braunen Augen, versucht darin zu lesen, doch scheitert kläglich. Dann beugt er sich vor, er stützt seine beiden Hände am Tisch ab, so dass sie wie in einem kleinen Käfig vor ihm gefangen ist.

»Ich hätte darauf getippt, dass du es mittlerweile schwer bereust, einen so bösen Mann geküsst zu haben, hat man dir nicht beigebracht, um jemanden wie mich einen großen Bogen zu machen?« Sofort sieht er eine Reaktion in ihrem Gesicht und lacht leise. »Natürlich hat man das!« Es soll eine Warnung sein, Sanchez beugt sich so weit zu ihr herunter, dass sich ihre Lippen fast streifen. »Du solltest auf die Leute hören!«

Wieder überrascht ihn Celestine, sie beißt sich ungeduldig auf ihre Unterlippe. Sanchez hört, wie ihr Atem schneller wird. Und dieses Mal ist er es, der am ganzen Körper auf die kleine Arzttochter reagiert, er will sie. »Vielleicht will ich nicht auf sie hören.« Das war alles, was Sanchez hören musste. Er erobert ihre Lippen und statt ihn zurückzustoßen, was eine normale Reaktion wäre, seufzt sie leise auf und öffnet ihren Mund freiwillig für ihn.

Sie versucht nicht seinem Käfig zu entkommen, sondern zieht ihn mit ihren Händen, die sich in seinen Haaren verlieren, noch enger an sich, sodass Sanchez nichts anderes übrig bleibt, als es ihr gleich zu tun und sie zu umfassen. Der Kuss wird immer fordernder, Sanchez löst ihn und fährt mit seinen Lippen ihren Hals entlang. Celestine keucht auf. Er kann sich nicht daran erinnern, schon jemals eine Frau so sehr gewollt zu haben wie sie. Ungeduldig hebt sie seinen Kopf wieder zu ihren Lippen, wobei er dieser Aufforderung nur zu gerne nachkommt, bis sie Schritte zum Haus kommen hören und sie sich beide so schnell voneinander trennen, als wären sie plötzlich wieder klar bei Verstand.

Dania kommt mit Getränken herein. Sanchez dreht sich um und geht ohne ein weiteres Wort und unter dem verwunderten Blick von

Dania aus dem Haus. Auf dem Weg zurück ins Cielo kommt er aus dem Fluchen nicht mehr heraus. Das war was anderes, man kann es nicht mehr mit zuviel Alkohol entschuldigen, das war ein bewusster Fehler, und wenn er auf seinen Herzschlag und auf seinen Körper hört, wird er sich quälen müssen, damit es bei diesem Fehler bleibt.

Miguel behält recht, die Wachen sind heute nicht so aufmerksam, sie bekommen sogar eine Stunde Pause am Mittag. Miguel und Jakup setzen sich erschöpft zusammen. Miguel erzählt ihm leise von dem unsicheren Zaun und wie leicht es wäre ihn zu überbrücken und Jakup berichtet, dass ihm ein anderer Mann in der Zelle erzählt hat, dass die Wachen, wenn Roan nicht da ist, nicht mehr so sehr aufpassen. Je länger er wegbleibt, desto weniger wachsam werden sie. Vielleicht sind damit auch nachts nicht mehr so viele von ihnen bei den Baracken.

Sie beschließen einige Tage zu warten und dann einen Fluchtversuch zu starten, eine andere Möglichkeit haben sie nicht. Selbst wenn es Sami und den anderen gelingt ihre Väter zu befreien, werden sie nicht wissen, wo sie sind. Sie müssen es hier selbst herausschaffen, und zwar lebend, allein um sich an Garcias zu rächen. Sie sollten es am besten schaffen ihn zu finden, bevor ihn die anderen in die Finger bekommen und nicht mehr viel von ihm übrig ist.

Die Sonne scheint heute wohl besonders stark, als sie vom Feld gepfiffen werden, tut Miguel alles weh. Er hat das Gefühl, dass sie länger unter der Dusche stehen dürfen. Als er sich danach eine der grauen Jogginghosen, die sie alle außerhalb des Feldes tragen, anzieht und sich das weiße Unterhemd um die Schulter legt, kommt eine der Wachen herein. »Du, komm mit!« Miguel folgt ihm, doch sie gehen nicht zu den Baracken, sondern in Richtung des Hauses.

»Was soll das werden?« Der Mann dreht sich nicht um. »Die Chefin will dich sehen, wenn ihr Mann nicht da ist, will sie den Arbeitern etwas Gutes tun und lässt immer jemanden bei sich essen, damit er Kraft bekommt.« Er lacht leise auf. So nennt man das also höflich umschrieben, also war sie es, die ihn vom Fenster beobachtet und sich doch vor ihm versteckt hat. Er kann gut und gerne darauf verzichten. Wer weiß, wer ihn da jetzt erwartet, doch was für eine Wahl hat er, als die Wache ihm die Tür öffnet und ihm die Waffe vors Gesicht hält?

Das Haus wirkt von innen nicht viel gemütlicher als von außen, es ist alles aus Stein. Es stehen zwar Möbel herum, die sehr teuer ausse-hen, doch alles ist altmodisch und kalt. Ein langer roter Teppich liegt aus, er führt in mehrere Räume, die im Erdgeschoss abgehen und an einer Treppe nach oben. »Señora, der Arbeiter ist da.«

Keine zehn Sekunden später erscheint eine Frau auf der Treppe und Miguel muss leise schlucken.

Kapitel 10

Miguel hat sich so einiges unter Roans Frau vorgestellt, aber sicherlich nicht das, was ihn jetzt von oben herab ansieht. Braune Augen blicken ihm entgegen aus einem Gesicht, was wie gemalt wirkt. Sie ist schön. Jedoch erkennt man schon aus dieser Entfernung, dass dies vor allem dem Make-up zu verdanken ist, was sie reichlich aufgetragen hat. Zudem wirkt sie jung, vielleicht Anfang zwanzig und neben einem Mann, der sicherlich auf die sechzig zugeht, eher wie seine Tochter. Sie hat rote glatte Haare, die ihr auf die überdimensional großen Brüste fallen. »Danke, ich rufe sie, wenn ich sie brauche!« Diese Anweisung ging an den Wachmann, der neben ihm steht und der sich jetzt respektvoll aus dem Haus entfernt.

Miguel blickt zufrieden hinter ihm her. Wenn er hier mit ihr alleine ist, kann er sicher die Chance nutzen und fliehen. Er könnte sie als Geisel benutzen. Als hätte Roans Frau seine Gedanken gehört, lächelt sie ihn an, während sie in ihrem langen schwarzen Abendkleid die Treppen herunterkommt. »Falls du die Hoffnung hast, du könntest hier ausbrechen, lass diese Gedanken. Dein Leben ist hier nichts wert und meines auch nicht, du würdest nicht weit kommen.« Es hört sich so beiläufig aus ihrem Mund an, als hätte sie ihm gerade vom Wetter erzählt.

Als sie genau vor ihm steht, reicht sie ihm die Hand. »Sarita.« Miguel gibt ihr die Hand und stellt sich vor. »Sarita, als Frau von Roan hast du sicherlich einigen Wert hier!« Er versucht es nebensächlich klingen zu lassen. »Ich bin nicht seine Frau, die sitzt zuhause mit seinen Kindern und er ist jetzt auch da. Von diesem Grundstück hat er noch drei weitere, die er alle paar Wochen besucht und überall hält er sich eine Geliebte. Also nein, wir wären beide sofort tot und ich wollte dir nur ein nettes Essen ermöglichen und sehen, wen es da Neues zu uns verschlagen hat, also folge mir, das Essen ist bereits fertig.«

Miguel folgt ihr, dabei flucht er innerlich vor sich hin, natürlich kann er nicht einfach mal Glück haben. Sie gehen zwei Räume weiter, vorbei an einem Wohnzimmer und in einen riesigen Raum, wo einzig ein großer Esstisch mit goldenen verzierten Stühlen und ein Kamin stehen. Es wirkt wie in einem alten Schloss. »Dein Einrichtungsstil?«

Sarita deutet ihm, an einem Ende des Tisches Platz zu nehmen, während sie an das andere Ende geht. Miguel sieht auf ihren kräftigen Hintern, der gar nicht zu ihrer schmalen Taille passt. »Roan liebt alte Rittergeschichten, alles was damit zu tun hat.« Als sie sich setzt und ihn auffordernd ansieht, blickt Miguel an sich herunter. Sie sieht aus, als würde sie gleich einen König treffen, während er in Turnschuhen und Jogginghose dasteht. Er zieht sich wenigstens sein Unterhemd über und setzt sich dann. Sie wusste ja, wen sie sich an ihren Tisch holt.

Es kostet ihn alles an Überwindung, in dem Moment, wo die Tür aufgeht und zwei Angestellte Tabletts mit Braten und Beilagen zu ihnen bringen, nicht alles an sich zu reißen und zu verschlingen. Diese paar Tage haben ihn hungrig werden lassen. Beschämt denkt er an die Männer, die jetzt verschwitzt in den Baracken sitzen und vielleicht schon Monate oder Jahre diesen Hunger verspüren. Das Brot und die Suppe füllt ihren Magen, aber es sättigt sie nicht.

Plötzlich kann er nicht mehr so viel Positives darin sehen, hier in dem klimatisierten Raum zu sitzen und zuzusehen, wie der Tisch vor ihm immer mehr gefüllt wird. Sarita deutet ihm an zu essen und schneidet sich selbst elegant von ihrem Fleisch ab. Miguel lehnt sich zurück. »Wenn du mir etwas Gutes mit dem Essen tun möchtest, dann nimm meinen Teil und verteile es an die Männer draußen.« Sarita nimmt ihren Bissen von ihrer Gabel und legt das Besteck zurück auf den Tisch.

Sie sieht ihn lange an und schweigt, dann ruft sie einen der Bediensteten zu sich. »Bring auch den Gefangenen etwas von dem Essen, es ist sicherlich genug in der Küche und lege für jeden Obst dazu!« Der Mann sieht sie etwas verwundert an, nickt dann aber und verschwindet wieder. »Noch niemals hat einer an die anderen Männer gedacht.« Auch wenn sie es gleichgültig sagt, hört Miguel doch etwas Erstaunen in ihrer Aussage. »Nun kannst du essen.« Mit dem Gewissen, dass die anderen nicht hungern, langt Miguel kräftig zu. Ihnen wird immer wieder Wein nachgegossen und Sarita fragt ihn über sein bisheriges Leben aus.

Sie wusste schon, dass sie aus Puerto Rico kommen, doch als Miguel ihr jetzt genau sagt, wer sie sind und wieso sie hier sind, ist sie doch sehr erstaunt. Sie hatte wahrscheinlich damit gerechnet, dass Jakup und er ebenfalls Flüchtlinge sind, doch dass sie zu einer mächtigen Familia gehören, die ihren Mann normalerweise, ohne mit der Wimper zu zucken, in einer Minute aus dem Weg räumen können, erstaunt sie wirklich. Miguel redet offen darüber, er hat keinen Grund zu verschweigen, wer er ist.

Als Miguel dann nach ihrer Geschichte fragt, wird sie schon etwas ruhiger, doch sie erwähnt mit knappen Worten, dass sie aus einem kleinen Dorf kommt. Es wurde ihr dort zu langweilig und sie ist abgehauen. Ihre Familie war sehr streng und sie wusste, dass, wenn sie geht, sie nicht mehr zurückkommen konnte. Also ging sie in die Hauptstadt und arbeitete dort in einem Café, später in einem Nobel-Restaurant, wo sie eines Abends Roan entdeckte.

Er zeigte ihr die ganze Welt, hat sie verwöhnt und ihr das Leben geboten, was sie schon immer wollte, nun lebt sie hier und ist glücklich. Mit einem selbstgefälligen Lächeln unterstreicht sie ihre Erzählungen. Miguel ist mehr als satt, trinkt noch einen Schluck Wein und schenkt ihr ein ebenso gespieltes Lächeln. Wie soll sie glücklich sein, wenn ihr Mann gerade bei seiner Frau ist und sie sich fremde Männer fürs Bett einlädt?

»Möchtest du noch Nachtisch?« Sarita lehnt sich zurück und deutet auf eine Schüssel mit Erdbeeren. Miguel kann sich nur zu gut vorstellen, wie alle anderen Männer sich hier benommen haben. Er kennt Frauen, so wie sie sich ihm hier anbietet, ihn immer wieder einen Blick in ihr Dekolleté werfen lässt, lasziv an ihrem Weinglas spielt, wenn er jetzt zu ihr hinübergeht, kann er sie haben, sofort. Es ist zugegebenermaßen schwer für ihn zu widerstehen, sie ist hübsch, er hatte viel zu lange keinen Sex, keinen Kontakt zu Frauen, doch trotz allem lehnt er sich zufrieden zurück.

»Nein danke. Ich bin satt!« Sarita sieht ihn etwas überrascht an, sie denkt offenbar, dass er nicht verstanden hat, worauf das hinauslaufen soll und steht schnell auf. »Komm, ich zeige dir noch das Haus.« Miguel lächelt zufrieden in sich hinein, als er ihr in das obere Stockwerk folgt. Er irritiert sie und das ist gut. Sie zeigt ihm Badezimmer, Gästezimmer, alle teuer und altmodisch eingerichtet. Dann bringt sie ihn zu einem Hauskino und danach in das Zimmer, was wohl eigentlich ihr Ziel gewesen ist.

Die ganze Zeit streift sie ihn unauffällig, berührt ihn an empfindlichen Stellen, als wäre es ein Versehen und es kostet ihn immer mehr Überwindung nicht schwach zu werden. Sarita öffnet die Tür und sie treten in einen roten Raum. Alle Wände sind rot gestrichen. Es steht ein riesiges, rundes rotes Bett inmitten des Raumes, alles hier schreit einfach nur nach Sex. Sarita geht vor und setzt sich auf das Bett. »Hier ist die Spielwiese.« Miguel blickt zu einer Dusche, die im Raum steht, allerdings ohne Vorhänge oder sonstiges, hier zeigt sich jemand gerne.

»Nett!« Er erkundet den Raum weiter, es gibt einen mittelalterlichen Tisch, der auch in rot überlackiert wurde. Auf dem Tisch sind Handfesseln angebracht und Miguel kann sich gut vorstellen, was man hier alles machen kann.

»Hat Roan nichts dagegen, wenn du hier andere Männer herbringst?« Miguel ist es egal, ob es sich frech anhört, er will wissen, ob ihr Mann von den Spielen seiner Frau weiß. »Die Frau von Roan hat irgendwann erfahren, dass er sich einige Geliebte hält. Seitdem kann er nicht mehr, wie er es gerne möchte. Er denkt, sie hat ihn mit einem Fluch belegt. Er selber kann keinen Sex mehr mit mir haben, deswegen bringt er oft Männer oder Frauen mit, er findet Befriedigung, uns dabei zuzusehen. Er duldet es zwar nicht, dass ich mir selbst aussuche mit wem, aber das übergehe ich einfach manchmal.«

Miguel ist alles andere als prüde, doch soviel Offenheit wollte er dann auch wieder nicht. »Traurig für euch.« Er sieht, dass eine Tür von dem Zimmer abgeht und öffnet sie. »Nicht, das ist mein ...« Neben dem Spielzimmer findet er ein gemütlich eingerichtetes Schlafzimmer. Alles ist hell, mit normalen Couchmöbeln, Teppichen, ganz anderes als der Rest des Hauses.

»Das ist dann wohl dein Schlafzimmer, wenn du nicht in der Spielwiese bist?« Sarita wirkt langsam genervt, er sieht aus dem Augenwinkel, wie sie ihre Pumps auszieht und sich auf das Bett legt, doch Miguel ist es egal. Er steuert ein Foto an, was ihm sofort ins Auge springt.

Er muss zweimal hingucken, um Sarita darauf zu erkennen. Ein junges Mädchen lächelt ihm entgegen, im Arm von Roan. Sie hat schwarze Haare, trägt kein Make-up und ist eher zierlich gebaut, kein Vergleich zu dem Vamp, der auf dem Bett im Nebenzimmer liegt. Die Frau auf dem Bild zieht ihn viel mehr an als das, was auf dem Bett liegt und auf ihn wartet.

»Was ist passiert?« Er hält das Bild hoch und geht zu Sarita. Die lacht nur und zeigt stolz an ihrem Körper herunter. »Die wahrhaftige Fantasie der Männer. Roan hat seinen Traum an mir ausgelebt.«

Miguel legt das Bild weg und sieht auf sie herab, noch immer ist sie dominant und denkt, sie kann über ihn verfügen. Miguel kniet sich auf das Bett und beugt sich langsam zu ihr hinunter. Das war es, worauf Sarita gewartet hat. Ihre Hand will sich auf seine Arme legen, doch er hält sie fest und drückt sie auf die Matratze. Dann streicht er mit seinen Daumen ihren Lippenstift weg. »Ich wette, unter all dem steckt immer noch die Frau von früher.«

Sarita hört gar nicht richtig hin, seine grobe Art scheint sie nicht abzuschrecken, im Gegenteil. Sie befreit sich und umfasst seine Arme. »Du bist wirklich anders als die anderen Männer, du strahlst Macht aus.« Miguel lächelt bitter. Er streift mit seinen Lippen ihr Kinn.

»Merk dir eins, ich habe Macht, ich strahle sie nicht aus. Auch wenn hier meine Hände etwas gebunden sind, habe ich mehr Macht als alle Männer hier zusammen. Mach nie den Fehler zu denken, ich wäre wie sie.« Damit lässt er sie abrupt los und steht auf. Sarita sieht ihn sauer an, als hätte man ihr das liebste Spielzeug geklaut. »Hier bekomme ich aber was ich will!« Wütend steht sie nun ebenfalls auf. Miguel wirft noch einen Blick zu ihr, bevor er geht.

»Wenn du mich das nächste Mal einlädst, will ich dich natürlich, dann erst werde ich wiederkommen.« Miguel geht und neben ihm fliegt etwas an die Wand, was wahrscheinlich eine Vase war und in tausend Scherben zerbricht. Unbeeindruckt geht er weiter und die Treppe hinab. Er hört, wie Sarita ans Geländer kommt. »Du denkst doch nicht, dass ich dich noch einmal einladen werde, ich kann jeden dieser Männer haben, egal wen ich will!«

Miguel geht zur Tür, wo ihn gleich eine Wache in Empfang nimmt, um ihn zur Baracke zurückzubringen. Er lächelt Sarita noch einmal wissend an. Sie kann haben wen sie will, doch nicht ihn, nicht so. Und genau das wird der Grund sein, warum sie ihn haben will, er spürt es.

Miguel wird ihr nicht die Macht über ihn geben, niemals. Das nächste Mal, wenn er dieses Haus betritt, wird er die Macht über sie haben und er kann es nicht erwarten, bis es soweit ist.

Dania sitzt unruhig auf dem Bett in ihrem Zimmer im Cielo und versucht sich auf ihre Unibücher zu konzentrieren. Sie hat gehört, dass nun auch Leandro und die Anderen zurück sind. Sanchez, Kasim, Rico und Dine sind schon früher zurückgekommen und als sie vorhin angefangen haben, sich über den Tag morgen und ihre Pläne zu unterhalten, ist Dania schlecht geworden. Sie stellen sich das so einfach vor, sie haben nicht nur vor, die meisten ihrer Waren loszuwerden, sie suchen auch nach den Polizisten, die ihre Familien hereingelegt haben.

Es sind Polizisten. Dania kann sich nicht vorstellen, dass sie da so ohne Weiteres an die beiden herankommen. Sie hat Sanchez gefragt, ob denn, falls sie sich die beiden schnappen können, so nicht alle wissen, dass sie wieder da sind und damit auch die Leute in Kolumbien gewarnt werden? Wäre das der Fall, wären ihre Väter sicherlich in Gefahr. Das Grinsen der Männer und die Antwort machen Dania Bauchschmerzen und lässt sie seitdem an nichts anderes mehr denken. Sie haben nicht vor, die Männer zu verschonen. Wenn sie mit ihnen fertig sind, werden sie keine Möglichkeit haben, Garcias zu erzählen, dass sie auf der Suche nach ihm sind.

Jetzt hat sie sich in ihr Zimmer zurückgezogen, sie will den Männern nicht zeigen, dass ihr Vorhaben sie nervös macht und sie sich Sorgen macht. Zudem wusste sie auch nicht, wie sie vor allen reagieren sollte, wenn Leandro zurückkommt. Was bedeuten diese Küsse für sie? Sind sie jetzt etwas wie ein Paar? Dania ist so unerfahren, für sie bedeuten die kleinen Zärtlichkeiten, die sie ausgetauscht haben, schon alles, noch immer spürt sie seine Lippen auf ihren. Nur beim Gedanken daran kribbelt alles in ihr, doch weiß sie auch, dass es für Leandro nichts Besonderes ist. Dania will gar nicht darüber nachdenken, wie viele Frauen er schon geküsst hat.

Deswegen wartet sie jetzt im Zimmer, um all dem zu entgehen und zu gucken wie Leandro reagiert, sie hört wie die Männer sich begrüßen und sich erzählen wie es gelaufen ist. Dania versucht all das auszublenden und sich auf die Bücher zu konzentrieren, natürlich mit überhaupt keinem Erfolg. In dem Moment, als ihre Zimmertür leise aufgeht, macht ihr Herz mehrere freudige Hüpfer hintereinander.

Leandro tritt ein, er sieht etwas erschöpft aus, doch als er sie erblickt, beginnt er zu lächeln. »Hey, hier bist du also.« Dania weiß nicht wie sie reagieren soll, am liebsten würde sie ihm um den Hals fallen, es tut gut ihn wiederzusehen, auch wenn er nur ein paar Stunden weg war, doch sie bleibt einfach sitzen und lächelt zurück, während sie das Buch in ihrer Hand hochhält. Leandro setzt sich aufs Bett und gibt ihr einen Kuss auf den Mund. »Wie ist es gelaufen? Hat alles geklappt, wie ihr es gehofft habt?«

Leandro nickt müde und Dania gibt ihre zurückhaltende Art auf, sie folgt dem, was ihr Herz ihr rät. Sie legt das Buch weg und setzt sich neben ihn. Dania streichelt über seine Wange. »Du bist müde, war es so anstrengend?« Leandro lässt sich nach hinten aufs Bett fallen und zieht Dania mit sich. Sie muss lachen. Er zieht sie fest in seine Arme und beginnt mit ihren Haaren zu spielen. »Es war nicht anstrengend, ich mache mir nur viele Gedanken und das belastet mich mehr als alles andere. Wo sind deine Locken?«

Dania stützt sich auf ihren Arm, immer bedacht darauf, dass ihre Haut von ihrem Shirt bedeckt bleibt, sie will ihm in die Augen sehen, gleichzeitig lässt sie ihn weiter mit ihrer Strähne spielen. »Worüber denkst du nach?« Leandros Hand lässt ihre Strähne los und geht um ihren Hals an ihren Nacken. »Ich überlege mir, wer hier bei euch bleibt, wie viele wir brauchen um zu verhindern, dass hier wieder jemand versucht an die Macht zu kommen, während wir unterwegs sind.« Dania wünschte, sie könnte ihm helfen, doch sie weiß dafür keine Antwort, sie kennt sich mit alldem zuwenig aus. Vielleicht kommt auch niemand mehr her, aber woher soll man das genau wissen.

»Wieso trägst du deine Haare glatt?« Sie legt ihre Hand auf seine Brust, auch wenn er ein Shirt trägt, spürt sie die Wärme seiner Haut. »Ich hasse meine Locken, ich bin froh endlich etwas gefunden zu haben, was sie in den Griff bekommt.« Leandro sieht sie empört an. »Ich liebe deine Locken!« Dania muss lachen. »Nein, tust du nicht, sie sind schrecklich.« Leandro bleibt ernst, mit der Hand in ihrem Nacken zieht er sie an sich. Kurz bevor sich ihre Lippen treffen, murmelt er ein leises, »doch, ich liebe sie.« Dania achtet aber nicht mehr auf seine Worte, da seine Lippen die ihren in diesem Moment zu einem süßen Spiel verführen.

Es fühlt sich schon viel vertrauter an, einfach nur schön. Dania rückt so nah an ihn heran, dass sie fast auf ihm liegt. Plötzlich löst Leandro den Kuss und seine Lippen gehen ihren Hals entlang. Ihr wird heiß. Aber dieses Mal nicht, weil sie unsicher ist und sie nicht weiß was sie tun soll, sondern weil Leandro diese Gefühle in ihr auslöst, die sie noch nie zuvor verspürt hat.

Als er sie ganz auf seinen Schoß zieht, spürt sie in ihrer Mitte seine Erregung und schreckt leicht zurück. Sie will ihn aber nicht von sich stoßen und küsst ihn erneut, davon kann sie niemals genug bekommen.

Als sie sich dann lösen, bedeckt er ihre Wangen mit Küssen. »Ich gehe duschen, hast du etwas dagegen, wenn ich heute Nacht wieder bei dir bleibe? Ich weiß, dass das alles neu für dich ist, ich will einfach nur wieder neben dir schlafen.« Dania lächelt und gibt ihm einen kurzen Kuss, bevor sie aufsteht und ihn wieder freilässt. »Ich bestehe darauf.« Allerdings bereut sie ihre Worte schnell wieder.

Sobald er weg ist, springt sie unter die Dusche, und dieses Mal achtet sie nicht so sehr auf ihre Haare, die sich durch die Feuchtigkeit wieder leicht zu kräuseln beginnen. Als sie dann ein langes Shirt und eine weite Pyjamahose anzieht, guckt sie, ob auch alles von ihrem Körper bedeckt ist und könnte anfangen zu heulen. Was denkt sie sich? Wie lange kann sie sich wohl komplett vor ihm verstecken?

Natürlich sieht er sie verwundert an, als er kurz danach wieder ins Zimmer zurückkommt. Es sind draußen noch um die 30 Grad und er steht nur in Shorts da, während sie warm eingepackt ist. Sie hat sich schon eine passende Ausrede einfallen lassen, darin ist sie mittlerweile sehr gut. Wie oft wurde sie in der Uni wegen ihrer Klamotten ange-sprochen, doch Leandro ist anders als alle Menschen, die sie bisher kennengelernt hat. Dania legt sich ins Bett und zieht sich die Decke über den Körper, immer noch auf seine Frage wartend und die pas-sende Antwort parat.

Leandro kommt zum Bett und zieht ihr die Decke weg. »Zeig es mir!« Dania spürt, wie sie rot wird und wütend. Was bildet er sich ein? So war das nicht geplant. »Was soll ich dir zeigen?« Sie will sich die Decke wieder hochziehen, aber Leandro hindert sie daran und setzt sich aufs Bett. »Zeig mir, was du die ganze Zeit vor mir versteckst, was du vor allen versteckst.« Er greift nach ihrem Shirt und Dania weicht zurück. »Lass das Leandro, dazu hast du kein Recht!« Sie spürt, wie Panik in ihr aufkeimt und ihr die Tränen kommen.

»Du sollst dich nicht vor mir verstecken, du hast keinen Grund dazu.« Schneller als sie reagieren kann, zieht er den Ärmel ihres Shirts hoch und Dania sieht sofort weg. Nun laufen ihr die Tränen die Wan-ge herunter, sie hört sein Aufzischen und spürt, wie sein Daumen über ihre Narben streicht. »Wieso hast du das getan?« Dania ist tief getroffen und wütend, sie schämt sich und sieht ihn nicht einmal an. »Geh bitte!« Leandro kommt näher und noch immer hält er ihren Arm in der Hand. »Wieso zur Hölle hast du das getan, Dania? Machst du das immer noch?«

Jetzt ist eh schon alles egal, er hat einen Teil ihrer kaputten Seele gesehen, also kann sie ihm auch alles zeigen. Sie entzieht ihm den Arm und zieht sich ihr Shirt aus, darunter trägt sie ein Trägertop, was sie so weit hochkrempelt, dass er einen genauen Blick auf ihren Bauch hat. Sie sieht ihn nicht an, aber es kommt auch keine hörbare Reaktion mehr von ihm, so wie beim ersten Blick auf ihren Arm.

Dania zieht ihre Pyjamahose aus und lässt ihn ihre Beine sehen, dann sieht sie ihm fest in die Augen, auch wenn sie ihre Tränen nicht zurückhalten kann. »Weil ich kaputt bin, Leandro. Ich bin komplett kaputt und jetzt geh!« Sie zieht die Decke wieder über sich und wendet sich ab.

Diesen Anblick, den sie ihm gewährt hat, will sie sich selbst nie lange antun. Niemals sieht sie sich lange im Spiegel an, wenn sie nicht alles am Körper bedeckt hat. »Red keinen Unsinn, ich gehe nirgendwohin.« Warme Arme legen sich um sie und ziehen ihren Körper an seinen. Es fühlt sich seltsam an, ihre Haut an seiner zu spüren. »Sieh mich an Dania, bitte!« Dieser Mann ist merkwürdig, sie muss ihn doch abstoßen, sie selbst erträgt sich nicht, doch sie wendet sich zu ihm um. Sobald seine grünen Augen auf ihr Gesicht gerichtet sind, wischt er ihr die Tränen weg.

»Es tut mir leid, ich will nur nicht, dass du dich vor mir versteckst, nicht jetzt und nicht in Zukunft. Was ist passiert?« Er gibt ihr einen Kuss und Dania erzählt ihm die Geschichte, nun ist eh schon alles egal.

Sie war damals dreizehn oder vierzehn und hat die Windpocken bekommen. Die Kleinen haben sie angesteckt. Sie hatte diese Blasen am ganzen Körper. Jayime hat sie immer wegen ihrer Figur beschimpft, sie hat alles an Dania gehasst. Während die Kleinen eine Salbe bekommen haben, hat Jayime Dania etwas anderes auf die Haut geschmiert, was das Jucken nur verschlimmert hat. Es war die Hölle, fast zwei Wochen lang hat Dania mit Fieber im Bett verbracht. Ihre Haut hat jede Sekunde gebrannt, sie hat sich blutig gekratzt und konnte nicht schlafen. Zurückgeblieben sind die kleinen kreisförmigen Narben am ganzen Körper. Besonders schlimm auf ihrem Bauch und ihren Oberschenkeln.

Leandro nickt. »Und was sind das für Narben an deinen Handgelenken, wieso hast du dich selbst geschnitten? Und ich habe auch die tieferen gesehen.« Ist das so schwer zu verstehen? »Ich wollte sterben, Leandro, mehr als einmal und wenn nicht das, so hat es mich beruhigt, wenn ich geblutet habe.« Leandro verschränkt ihre Finger mit seinen und hebt ihren Arm hoch. Er betrachtet die Narben, die sie so

114

sehr hasst, dann sieht er ihr wieder in die Augen. »Wann hast du das das letzte Mal getan?« Dania weiß es gar nicht mehr so genau. »Vielleicht einen Monat, bevor ihr zurückgekommen seid.«

Leandros Hand lässt ihre los, er streichelt über ihren Arm und über ihren Bauch. »Tu mir einen Gefallen. Wenn du noch einmal das Gefühl hast das tun zu müssen, rede mit mir und verstecke dich nicht vor mir, ich will dich sehen, alles von dir.« Dania kann nicht glauben, was er da sagt. »Wie kannst du mich so ansehen, ich selbst ertrage es nicht.« Leandro lächelt mild. »Du hast gelernt dich selbst zu hassen, du siehst nicht wie schön du bist, ich will alles an dir sehen, deine Fehler, deine Narben und dass du dich nicht vor mir versteckst.«

Dania rückt noch näher an ihn und er umschließt sie mit seinen Armen. Wenn sie jetzt schon so ehrlich sind, will sie ihm sagen, wie sie sich wirklich fühlt. »Ich habe Angst wegen morgen, ich habe dich gerade erst gefunden, ich will dich nicht wieder verlieren.« Leandro küsst sie sanft. Sie spürt, dass ihn ihre Worte überraschen, ist sie sonst zu kühl zu ihm? Sie will das ändern.

»Das wirst du nicht, versprochen. Ich komme wieder.« Dania legt ihre Wange auf seine Brust, während seine Hand über ihren Arm streicht und sie seinem Herzschlag lauscht und langsam dabei einschläft. Sie betet, dass er wiederkommt, sie weiß nicht, womit sie einen Menschen wie ihn verdient hat, doch sie will ihn nicht wieder verlieren. Das erste Mal spürt sie fremde Haut an ihrer und dass sie so akzeptiert wird, wie sie ist.

Dania hätte sich niemals träumen lassen, dass sie dieses Gefühl einmal spüren wird.

Kapitel 11

Miguel muss zugeben, dass er schon den ganzen Tag nach Sarita Ausschau hält. Er ist gespannt, wie sie auf seine nächtliche Aktion reagieren wird. Er ist sich sicher, es wird eine Reaktion kommen. Sie ist keine Frau, die so etwas auf sich sitzen lässt.

Doch als dann gegen Mittag eine Reaktion kommt, ist er doch etwas überrascht. Er dachte, sie würde sich still und heimlich rächen, doch plötzlich öffnen sich mit einem lauten Krach die Rollläden zu einem der Balkons, die vom Haus zu der Seite des Feldes abgehen und sie tritt heraus.

Sarita trägt nichts bis auf einen roten Bikini, rote High-Heels und eine schwarze Sonnenbrille. Sie muss sich irgendwo gesonnt haben und sieht nun zu ihnen herunter. »Guten Morgen die Herren, wie ich sehe, seid ihr alle schon schön fleißig.« Trotz ihrer Sonnenbrille sieht Miguel, dass sie ihn anguckt, während sie genüsslich an einem Glas Eistee nippt. Jeder Mann hier auf den Platz, seien es die Wachen oder die Arbeiter, hören augenblicklich mit ihrer Tätigkeit auf und starren sie an. Miguel wischt sich den Schweiß ab und sieht belustigt nach oben.

Wenn sie denkt, dass es ihn beeindruckt, wie sie die Männer hier zum Sabbern bringt, schätzt sie ihn vollkommen falsch ein. Sie ruft nach den Wärtern. »Kommt und holt Eistee für die Männer aus der Küche, sie können eine Abkühlung gut gebrauchen. Bei mir im Haus sind ein paar Reparaturen zu erledigen, ich brauche einen Mann, der sich damit gut auskennt.« Sarita dreht sich um und geht wieder ins Haus. Dabei sieht Miguel den Po, den er gestern schon betrachtet hat, noch genauer und hört leises anerkennendes Pfeifen einiger Männer hier.

Sarita ist nicht dumm, das muss man ihr lassen. Während die Wachen den Männern Eistee einschenken, fragen sie, wer handwerk-lich begabt ist. Natürlich ist es jeder hier, doch wenn sie dachte, er würde sich dafür zur Verfügung stellen, hat sie sich getäuscht. Miguel nutzt die Pause und dass sie zusammenstehen und klärt Jakup über gestern Abend auf. Sein Freund fragt ihn leise, ob er bescheuert ist, er soll an der Frau dran bleiben, sie ist die beste Chance zur Flucht. Jakup meldet sich nun ebenfalls freiwillig, um im Haus den Handwerker zu spielen, doch obwohl Miguel der Einzige ist, der sich nicht gemeldet hat, zeigt einer der Wachen auf ihn. »Du siehst aus, als könntest du das, komm mit!«

Es verwundert Miguel überhaupt nicht, auch Jakup lacht leise und mahnt ihn, die Chance nicht ungenutzt zu lassen. Die Wachen bringen ihn wie am Abend zuvor nur ins Haus und gehen dann wieder, während ihn Sarita in einem lauten Befehlston nach oben ruft. Als er sie auf dem Flur im ersten Stock antrifft, sieht sie ihn mit hochgezogenen Augenbrauen an. »Oh, du also.« Miguel zwinkert ihr zu. »Welch Zufall, oder?« Sarita wendet sich ab, betont langsam geht sie auf einen großen Balkon und legt sich lasziv auf eine Liege, von der sie jedoch ins Haus sehen kann. Miguel muss sich eingestehen, dass sie sich zu bewegen weiß, sein Körper reagiert sofort auf sie, auch wenn er es mit all seiner Willenskraft zu verbergen versucht.

Sie deutet zu der Wand, wohin sie gestern die Vase geworfen hat, doch Miguel hebt die Hand. Diese Spiele, die sie treibt, kann er schon lange. »Du willst sicher nicht, dass ich hier so vollgeschwitzt diese wertvollen Sachen anfasse, ich dusche erst einmal!« Ohne eine Antwort abzuwarten geht Miguel in die sogenannte Spielwiese. Sarita sagt kein Wort mehr, sie könnte es ihm verbieten, doch er weiß, dass sie das nicht tun wird.

Miguel lässt die Tür auf, sich ihres Blickes auf sich wohl bewusst und zieht die Shorts aus. Er stellt sich unter das Wasser und genießt eine ausgiebige Dusche. Er spürt ihren Blick auf sich und sieht bewusst zu ihr. Er war schon immer stolz auf seinen Körper und die letzten Monate hat er ihn in Topform gebracht. Soll sie sich genau angucken, was sie nicht so leicht haben kann, so wie sie versucht, ihn mit ihrem Körper zu betören. Langsam trocknet er sich ab, er lässt sich viel Zeit und greift in eine Schüssel mit Obst, um sich einen Apfel zu nehmen, dann erst geht er wieder auf den Flur und sieht zu Sarita. »Was muss gemacht werden?«

Miguel soll sich um die kleinen Unebenheiten in der Wand kümmern, die Sarita mit dem Vasenwurf verursacht hat, einen tropfenden Wasserhahn reparieren und dann findet Sarita auch noch ein paar Glühbirnen, die ausgewechselt werden sollen. Ihm soll es nur recht sein, besser als auf dem Feld zu stehen und er lässt sich auch dabei viel Zeit. Als er von der Leiter steigt und die letzte Glühbirne eingeschraubt hat, kommt Sarita zu ihm. Sie hat ihn die ganze Zeit im Auge behalten, auch wenn sie sich dabei gesonnt, die Haare geglättet und sich stundenlang die Nägel lackiert hat. Sie scheint nicht wirklich viel zu tun zu haben.

»Zufrieden?« Sarita grinst ihn frech an und das erste Mal wirkt es natürlich. »Ja, nur dass mein Wasserhahn jetzt überhaupt nicht mehr funktioniert.« Nun muss auch Miguel lachen und zuckt die Schultern. »Ich habe nie behauptet, dass ich das gut kann.« Er sieht, dass die Sonne untergeht, somit kann er gleich in die Baracke und schlafen. »Gibt es noch etwas?« Miguel sieht auf sie herunter. Sie scheint nun friedlicher eingestellt zu sein. »Nein, du kannst gehen, es gibt allerdings Essen, falls du noch Hunger hast?«

Etwas überrumpelt von ihrer plötzlich so anderen Art und weil er dem auch nicht ganz traut, winkt er ab. »Du weißt, ich kann das Essen so nicht genießen, es ist schon nicht richtig, dass ich heute hier drinnen verbracht habe, während die anderen, vor allem mein Freund, draußen geschwitzt haben.« Sarita begleitet ihn mit einem gewissen Abstand zur Tür. »Das ist eine ehrenvolle Einstellung, gute Nacht.« Mit diesen Worten wendet sie sich ab. Miguel sieht ihr noch kurz hinterher, bis er sich wieder in die Hände der Wachen begibt. Sie irritiert ihn gerade etwas, aber er bezweifelt, dass sie ihm außer mit ihrem Körper auf irgendeine Weise gefährlich werden könnte.

In der Baracke muss er den anderen Gefangenen gleich nach dem Duschen Bericht erstatten, keiner von ihnen glaubt ihm, dass nichts zwischen ihm und Roans Frau passiert ist und er wirklich nur Glühbirnen eingeschraubt hat. Es dauert länger als sonst, bis heute das Essen gebracht wird. Als sie dann einen Teller mit Reis und einer Fleischsoße bekommen und dazu jeder etwas Obst, muss Miguel lächeln. Er isst und bevor er schlafen geht, sieht er noch einmal aus dem Fenster hoch zum Haus. Er sieht Sarita am Fenster stehen und auf die Baracken herabschauen.

Leandro sieht sich vor der Lagerhalle um. Es ist das erste Mal, dass sie Geschäftspartner ihrer Familias treffen, die keiner von ihnen kennt. Zwar wusste Leandro von ihnen und auch von den Treffen, zu denen sein Vater immer gefahren ist, aber weder er noch einer seiner Cousins waren jemals dabei. Es sieht ruhig aus und sie halten. Leandro streckt seine Knochen bis sie knacken, als er aussteigt. Die Strecke in die Hauptstadt hat es in sich. Sie sind extra sehr früh losgefahren, außerdem hat er die Nacht auch nicht besonders gut geschlafen.

Er hat Dania beim Schlafen beobachtet. Er hofft, sie hat es nicht bemerkt, aber was er gestern gesehen und erfahren hat, hat ihn geschockt. Die ganze Zeit musste er darüber nachdenken, weshalb sie sich so vor ihm versteckt, doch bei allen Vorstellungen hat er niemals mit dem gerechnet, was er dann zu Gesicht bekommen hat. Ihre Narben sind böse, ihre schöne Haut ist übersät von vielen kleinen, hellen Punkten, aber am schlimmsten findet er die Narben der Schnitte, die sie sich selbst zugefügt hat.

Während sie geschlafen hat, hat er versucht sie zu zählen, doch es nicht zu Ende gebracht. Es ist für ihn unvorstellbar, wie verzweifelt man sein muss, um sich so etwas anzutun. Dania, sie ist so gläubig und dennoch war sie so am Ende, dass sie sich selbst das Leben nehmen wollte, mehr als einmal. Er weiß, dass sie viel durchgemacht hat, aber das hat ihm gezeigt, wie kaputt sie wirklich ist. Wäre es nicht sie, die diese Narben trägt, hätte ihn das abgeschreckt.

Doch während sie geschlafen hat, musste er feststellen, dass es ihn bei ihr nicht abschreckt. Trotzdem trifft es ihn, diese Wahrheit so gesehen zu haben. Er hat ihre Haut gestreichelt und sich gefragt, ob ihr überhaupt zu helfen ist. Kann er es? Kann er ihr helfen, wobei sein Leben doch gerade selbst das allerschlimmste Chaos ist? Wird ihr seine Art und sein Leben nicht noch mehr Narben zufügen?

Er hat noch keine Antwort darauf. Alles was er weiß ist, dass es schön war, als er dann doch endlich Schlaf gefunden hat, neben ihr aufzuwachen. Ihr zerknittertes Gesicht nach dem Aufstehen zu sehen und wie sie ihn angelächelt hat, er hat sich nie vorstellen können, dass es ihm einmal so gefallen könnte, das mit einer Frau zu haben.

Er liebt es sie zu küssen, sie bei sich zu haben, er hat Dania zur Uni gebracht und in ihren Hörsaal. Dort hat er sie noch einmal verabschiedet und sie extra lange geküsst, damit es keine Fragen mehr gibt, weder von den Frauen noch von den Männern, die nun hoffentlich nicht auf falsche Gedanken kommen, wenn es um Dania geht. Auch wenn seine Cousins ihn aufziehen, wie, als er wieder zurück ins Auto gekommen ist, es ist leicht zu zeigen, dass Dania von nun an zu ihm gehört, weil es sich vom Herzen so anfühlt. Es fühlt sich richtig an, aber sobald er anfängt darüber nachzudenken, zweifelt er, ob er in seiner Situation wirklich das Richtige für sie ist.

»Bereit?« Auch die anderen drei Wagen sind nun vor die Lagerhalle gefahren und sie alle nehmen ihre Waffen aus dem Hosenbund. Leandro zieht sein Cap zur Seite um besser sehen zu können. Im Auto hat es als Sonnenschutz gedient, jetzt braucht er freie Sicht auf das, was sie erwartet.

Als sie auf die Lagerhalle zugehen, wird das Tor hochgefahren. In der Halle sind mindestens zwanzig Männer. Es steht ein kleines Flugzeug in der Halle, auf einer Couch sitzen drei Männer an einem Tisch. Alle anderen stehen herum, sie tragen alle Waffen und betrachten sie misstrauisch. Sie alle kennen sich nicht, die Situation ist mehr als angespannt.

Leandro, Sanchez und Sami gehen voran. Alle Männer hier sind älter als sie. Auf der Couch sitzen zwei farbige Männer und ein Mann, der wie ein puertoricanischer Boxer aussieht, wenn seine Narben nicht verraten würden, dass er einen anderen Beruf ausübt. Leandro fixiert sein Gesicht, eine riesige wulstige, rote Narbe geht von seiner rechten Schläfe über die Nase bis an seinen Hals. Der Mann verzieht seine Lippen zu einem schiefen Grinsen, als er Leandros Blick spürt, doch Leandro beeindruckt es nicht.

Das war eine Sache, die ihm sein Vater von klein auf eingetrichtert hat. Er darf vor nichts und niemandem Angst haben, sich von keiner Macht oder Person beeindrucken lassen, denn das würde zu seinem größten Feind werden. Seine eigene Angst darf er nie über sich herrschen lassen und er sieht, dass auch Sanchez und Sami nach diesem Motto vorgehen. Keiner von ihnen zeigt irgendeine Reaktion darauf, dass sie in einem Raum von Männern sind, die zahlen-, waffen- und altersmäßig total überlegen sind.

»Die Trez Puntos und Surenas in jung, wie erfreulich zu sehen, dass es Familias gibt, die sich nicht so leicht unterkriegen lassen. Wo sind eure Väter?« Sami deutet mit der Hand, dass die anderen stehen bleiben sollen, sie drei gehen alleine zu den Männern am Tisch. »Verhindert! Wer von euch ist Gabo?« Der Mann mit der Narbe hebt die Hände in die Höhe und lacht in die Runde. »Das wäre dann wohl ich!«

Gabo steht auf und kommt um den Tisch herum, wobei er jeden Einzelnen von ihnen abschätzig mustert. »Nun gut, also seid ihr gekommen, um eure Väter zu vertreten. Was sagt mir jetzt, dass die Ware genauso gut ist und ich nicht einfach meine Geschäfte mit anderen abschließen soll?« Sami deutet nach hinten, Leandro nervt diese herablassende Art von dem Mann ihnen gegenüber. »Geh und sieh dir die Ware an!« Der Mann verschränkt die Arme vor der Brust. »Nein, ich möchte von euch wissen, warum ich die Geschäfte mit euch weiterführen soll.«

Leandro reicht es. Denkt er etwa, sie sind Scheiß-Versicherungsvertreter, die jetzt Werbung für ihre Ware machen? Sie haben diesen langen Weg umsonst gemacht und er ist kurz davor auszuflippen. Ohne zu zögern geht er die zwei Schritte zu dem Mann und hält ihm seine Waffe an den Kopf. Es sind zwei Sekunden, die die Stimmung in der eh schon geladenen Atmosphäre zum Kochen bringt. Er hält die Waffe Gabo an den Kopf, im gleichen Augenblick hat er zwei Waffen an den Schläfen, von den Männern, die auf dem Sofa saßen und sofort aufgesprungen sind, die wiederum sofort die Waffen von Sami und Sanchez im Gesicht haben. Man hört in diesen zwei Sekunden nur einen heftigen Fluch von Damian.

»Hör mir zu du Wichser, es interessiert unsere Familia nicht, ob du unsere Ware nimmst oder nicht, aber verplempere nicht noch einmal unsere Zeit, hast du verstanden?« Gabo deutet seinen Männern mit den Händen ruhig zu bleiben, dann sieht er Leandro in die Augen und beginnt laut zu lachen. »Pacos Sohn, der Apfel fällt nicht weit vom Stamm, me gusta!« Leandro lässt die Waffe sinken und Gabo nimmt sein Gesicht in seine Hände um ihm zwei Küsse auf die Wangen zugeben, so wie es Onkel bei ihren Neffen machen. Jeder in der Halle bis auf Leandro und Gabo atmen tief durch.

»Mach das nie wieder!« Auch die beiden farbigen Männer atmen durch und Gabo macht eine Handbewegung, die alle ruhig werden lässt. »Doch genau so muss es sein, er ist wie sein Vater, obwohl ich bei ihm vielleicht schon eine Kugel im Kopf gehabt hätte.« Als wäre nichts gewesen setzt er sich nun an den Schreibtisch und weist einige seiner Männer an, die Ware aus dem Auto zu holen, Kasim und Rico begleiten sie. Sami wirft Leandro einen Blick zu, der besagt, dass er ihn am liebsten erschießen würde, doch Leandro ignoriert ihn.

»Erzählt mal, habt ihr Sierra wieder unter Kontrolle? Ich konnte Paco nicht mehr erreichen und plötzlich meldet sich ein Gallardo und will mir Ware bringen. Ich habe ihm gesagt, sollte er einen Fuß in die Hauptstadt setzen, setzt er keinen wieder heraus. Kann man jetzt wieder regelmäßig mit euren Lieferungen rechnen?«

Leandro blickt zu Dine, der nickt. Er muss wissen, ob das der Wahrheit entspricht. Dieser Gabo scheint wirklich einer der wenigen gewesen zu sein, der ihrer Familia nicht in den Rücken gefallen ist und Leandro wird langsam wieder ruhiger. »Die Familia ist wieder da und alles läuft weiter wie bisher.« Gabo ist zufrieden. »Und übernehmt ihr jetzt die Geschäfte oder sehe ich deinen Vater auch mal wieder?« Es ist noch einiges zu tun, aber Leandro spürt, dass seine folgenden Worte wahr werden. »Das nächste Mal kommen wir zusammen!«

Die Ware wird gebracht. Gabo betrachtet sie flüchtig und lässt sie danach direkt ins Flugzeug einladen. Er überreicht ihnen mehrere Taschen mit dem Geld. Nun sind alle entspannter. Sie erfahren, dass Gabo immer zwischen Jamaika und Puerto Rico pendelt und dass er mit den Surenas schon vom ersten Tag an Geschäfte gemacht hat. Sie erzählen ihm, was er noch nicht wusste, wie ihre Familia in einen Hinterhalt gelockt wurde.

Zwar haben sie noch keine Namen der beiden Polizeiagenten, da sie sich als andere Personen ausgegeben haben, doch sie beschreiben ihnen die beiden. Da Gabo sich in der Hauptstadt gut auskennt, verspricht er sich umzuhören und ihnen morgen Bescheid zu geben. Leandro ermahnt ihn, nicht zuviel Aufsehen mit seinen Recherchen zu machen, da davon abhängt, dass Garcias noch nichts von ihnen weiß, was zu gefährlich für alle wäre, die in Kolumbien sind.

Gabo verspricht es, er erzählt nichts Genaues, doch er ist der Meinung, seinem Vater noch einen Gefallen schuldig zu sein. Als er davon spricht, dass dieser ihm einmal den Arsch gerettet hat, fasst er sich unbewusst an die Narbe. Leandro kann sich vorstellen, um was es ging.

Sie verabschieden sich für heute. Es ist schon spät und sie hätten die Agenten sowieso erst morgen gesucht, deswegen können sie auch noch auf Gabo warten und gucken, ob er schneller an Informationen herankommt. Leandro kann nur hoffen, dass die beiden überhaupt in der Hauptstadt sind und sie nicht mit der Aushändigung der Familias so viel Geld gemacht haben, dass sie irgendwo in der Hängematte schaukeln. Gabo verabschiedet sich ebenfalls. »Eure Väter können stolz auf euch sein, ich wünschte mir, ich hätte auch solche Söhne, aber ich habe nur fünf Töchter von vier Frauen und sie alle sind nur hinter meinem Geld her, wie alle Frauen.« Nun gibt er jedem von ihnen eine kurze Umarmung zum Abschied. Wenn man bedenkt wie sie angekommen sind und wie sie nun wieder wegfahren, war das Treffen erfolgreich.

Sobald sie unter sich sind, schlägt Sami Leandro in den Nacken. »Wenn du das nächste Mal ausrastet, warne uns vorher!« Auch wenn er ihn grinsend ermahnt, weiß Leandro, dass er ihnen allen einen kleinen Schock verpasst hat.

Das Treffen ist gut verlaufen, wenn man die vielen Geldscheine bedenkt, die sie noch bei der Bank vorbeifahren, bevor sie sich in ein Hotel einchecken. Hier in Puerto Rico wundert sich kein Bankangestellter, wenn 500.000 Dollar bar eingezahlt werden. Auch wenn das meiste Geld ihrer Familien noch in Amerika ist, geht es ihnen nun auch hier wieder gut und sie nehmen sich die besten Zimmer im besten Hotel. Bevor sie sich morgen die Agenten zur Brust nehmen, wollen sie heute Abend etwas feiern gehen. Es läuft gut und sie haben bald ihr Ziel Kolumbien erreicht.

Nachdem Leandro geduscht hat, legt er sich aufs Bett und ruft bei Dania an, die heute bei Celestine schlafen wird. Sie sind nur eine Nacht weg, nur Avilio ist in Sierra geblieben. Wenn sie aber nach Kolumbien fahren, wissen sie nicht wie lange sie wegbleiben und Leandro weiß noch nicht, ob sie es schon riskieren können, Sierra wieder so lange zu verlassen, ohne dass eine andere Familia kommt, doch sie brauchen auch jeden Mann in Kolumbien.

Sobald er mit Dania spricht, vergisst er für einige Minuten seine Sorgen. Sie fragt, ob es ihnen allen gut geht und ob alles geklappt hat, dann erzählt sie etwas von ihrem Tag. Leandro würde gerne weiter mit ihr reden, doch Damian klopft und sagt, dass alle bereits warten. Er verspricht sich morgen wieder zu melden. Leandro hört, wie Dania sich von Celestine entfernt, leise flüstert sie, dass es komisch für sie sein wird, heute ohne ihn einzuschlafen. Leandro muss zugeben, dass es das auch für ihn wird, auch wenn sie erst zwei Nächte nebeneinander verbracht haben, fühlte es sich richtig und gut an.

Sie gehen etwas essen. Es ist lustig und man merkt jedem an, dass sie so einen Abend mal wieder gebraucht haben. Es werden alte Geschichten erzählt und man spürt, dass jeder Einzelne die Zeit vermisst, bevor ihre Väter und Onkel nach Kolumbien aufgebrochen sind. Nach dem Essen gehen einige zurück ins Hotel, doch Leandro und seine Cousins wollen noch etwas unternehmen. Sie trinken und besorgen sich etwas zum Rauchen.

Leandro verträgt das Zeug nicht besonders, doch er nimmt auch einige Züge, dann führt sie Damian in eine Bar, von der er schon viel gehört hat. Es soll die beste Bar in Puerto Rico sein und als sie ankommen, besteht kein Zweifel mehr, dass dies so ist. Man weiß gar nicht, wohin man zuerst gucken soll, bei all den schönen Frauen. Kaum dass sie eingetreten sind, sind sie der Mittelpunkt.

Es ist eine Stripbar und genau in der Mitte ihres Tisches ist eine Stange angebracht, an der sich zwei Schönheiten räkeln. Die beiden Frauen wissen wie man sich bewegt und auch wie sie sich zusammen bewegen müssen, um allen Männern hier den Kopf zu verdrehen.

Es dauert nicht lange und all seine Cousins sind in einem separaten Raum verschwunden, in denen man privat einen Tanz genießen kann, bis auf Sami, der es auf eine der beiden Frauen an der Stange abgesehen hat. »Ich nehme die Helle, du kannst die Dunkle haben, sie ist genau dein Typ.« Sami sieht nicht eine Sekunde von den Frauen weg, die nun beide mit den Stöckelschuhen die Stange herabrutschen und sie dabei anlächeln.

Leandro sieht auf den Körper der Dunklen, er sieht auf die perfekten Formen und die perfekte Haut und nickt.

Kapitel 12

Leandro folgt der Dunkelhaarigen in eine Kabine, wo er sich auf einen gemütlichen Sessel setzt, während sie erneut beginnt, lasziv vor ihm zu tanzen. Sie beherrscht es perfekt, sie trägt nur einen kurzen Rock und einen BH. Es dauert auch nicht lange, bis sie alles entfernt, sodass sie sich nur noch in einem zarten Höschen vor ihm bewegt.

Doch Leandro verspürt gar nichts, wie gebannt starrt er auf ihren perfekten Körper, ihre makellose Haut und alles, woran er denken kann, ist Dania und wie sie sich ihm gezeigt hat. Verletzt und zerstört. Sie hat solche Komplexe, dass sie niemanden einen Blick auf ihren Körper werfen lässt.

Als die Frau ihn nun direkt antanzt und sich auf seinen Schoß setzen will, schüttelt Leandro leicht den Kopf. Er kann das nicht, er sollte das nicht tun, es fühlt sich falsch an. Wie schön die Frau auch sein mag, seine Gedanken sind bei Dania, vielleicht auch genau deswegen. Leandro hat sich noch nie Gedanken darum gemacht, jemandem treu sein zu wollen, er sieht sich auch nicht in einer Beziehung mit Dania, zumindest noch nicht so fest. Allerdings fühlt er sich schlecht, jetzt diese Frau auf dem Schoß zu haben und es hat bei ihm nicht die Wirkung, die es haben sollte, deswegen steckt er ihr ein paar Scheine zu und geht wieder zurück zu dem Tisch, wo sie am Anfang gesessen haben.

Als erstes von seinen Cousins kommt Sanchez wieder. Er sieht mies gelaunt aus, obwohl er sicherlich gerade ein paar entspannte Minuten hatte. »Hast du dir keine genommen?« Leandro nimmt einen Schluck aus seinem Glas. »Nein!« Sanchez lehnt sich zurück und lacht bitter. »Wir sind am Arsch, Frauen bringen nur Probleme.« Leandro muss auch lachen und sie stoßen zusammen auf diese Weisheit an. »Zumindest wird es anstrengend, wenn man anfängt eine ernst zunehmen.«

Nesto steht hinter ihnen, er ist gerade dazugestoßen und hat ihr Gespräch noch halb mitbekommen. »Was bist du auch so dumm und lässt dich schon so früh auf so etwas ein? Du bist noch zu jung für eine feste Beziehung.« Leandro wirft ihm einen abschätzigen Blick zu.

»Für was? Ihr tut so, als wäre ich bereits verheiratet. Ich mag Dania, ich weiß nicht was daraus wird, aber ich habe mir doch nicht ausgesucht sie jetzt zu treffen.«

Sanchez bestellt noch eine Runde Getränke. »Dania ist hübsch und nett, aber versuch dich noch nicht zu fest darauf einzulassen, solange wir noch nicht alles wieder in Ordnung gebracht haben, wir wissen noch nicht, wie das alles endet. Genau jetzt musst du deinen Kopf frei behalten.« Dazu kann Leandro nichts mehr sagen, da ihm klar ist, dass sein Cousin recht hat.

Nach und nach treffen sie alle wieder ein und lassen den Abend ruhig ausklingen. Bevor sie aber gehen, spricht Leandro etwas an, was ihm wichtig ist. Mit niemand anderem sonst würde er darüber sprechen, doch das hier sind seine Cousins, sie sind alle wie seine Brüder. Enger als sie kann man nicht zusammen aufgewachsen sein und er vertraut jedem von ihnen blind. Auch wenn sie sonst immer ihre blöden Sprüche reißen und sich gegenseitig auf den Arm nehmen, sind alle ruhig, als er ihnen von Danias Narben erzählt und warum sie das alles vor ihnen versteckt.

»Wie gesagt, ich mag Dania. Ich will, dass sie mir und euch vertraut und dass sie sich nicht vor uns schämt. Wenn sie sich in Zukunft vielleicht mal ein T-Shirt anzieht, möchte ich, dass ihr ihre Narben nicht beachtet oder sie deswegen ansprecht.« Damian bringt es auf den Punkt. »Was für eine kranke Familie, nur gut, dass sie da raus ist. Du musst dir wegen uns keine Gedanken machen. Wenn sie zu dir gehört, gehört sie zu uns und wir werden sie so behandeln.«

Bella schläft die Nacht schlecht, wie so viele Nächte in den letzten Monaten, doch seitdem Leandro und ihre Neffen weg sind, kriegt sie kaum noch ein Auge zu. Lando, der neben ihr liegt, brabbelt vor sich hin und greift nach ihren Haaren. Es macht sie wahnsinnig hier zu warten, sie warten schon so lange und können nichts tun. Die Jungs haben ihr erzählt, dass ihre Häuser wieder hergerichtet werden. Allein als sie die Namen gehört hat, all ihre Freunde, ihre Arbeitskolleginnen, die mithelfen, sie hält es nicht mehr aus tatenlos hier herumzusitzen.

Bella hört Latizia aus ihrem Zimmer kommen und geht in den Flur. Ihre Tochter war schon immer zart gebaut, als sie sie jetzt in ihren Jeans und einem Shirt sieht, schüttelt sie den Kopf. »Latizia, so geht das nicht weiter, du musst wieder normal essen, wir alle machen uns Sorgen, doch es bringt auch nichts, wenn du jetzt krank wirst.« Latizia widerspricht selten und möchte niemandem Probleme machen. So war ihr Engel schon immer, auch jetzt gibt sie ihrer Mutter nur einen Kuss und nimmt dann ihren Bruder auf den Arm.

»Du sollst nicht auch noch wegen mir Sorgen haben. Ich versuche nicht so viel daran zu denken, aber es ist ein Loch in mir, was immer da ist und jedes Mal wenn das Telefon klingelt, denke ich, es ist etwas Schlimmes passiert.« Bella legt den Arm um Latizia und sie gehen in die Küche hinunter. In dem Moment kommt ihre Mutter mit Sara ins Haus, sie waren einkaufen. Sara ist gerade am Handy und brüllt ihren Sohn an. »Ciro, ich meine es ernst. Es ist mir egal wie erwachsen du dich fühlst, wenn du noch einmal nachts nicht nach Hause kommst, erlebst du dein blaues Wunder. Weißt du, was für Sorgen ich mir gemacht habe? Du kannst so etwas nicht machen. Nicht hier! Nicht jetzt!« Mit diesen Worten legt sie auf.

»Es gerät alles immer mehr außer Kontrolle.« Bellas Mutter bekreuzigt sich. Latizia nimmt ihrer Oma und Sara die Einkäufe ab, um sie in den Schränken zu verstauen. Adriana kommt mit Melissa und Dilara zu ihnen herunter. Sie wohnen einen Stock über ihnen. Zwar haben sie alle hier große Wohnungen über zwei Etagen, doch es erstickt sie alle. Keiner von ihnen kann so leben, dazu kommen noch die ständigen Sorgen.

Dilara geht zu Latizia in die Küche, seitdem die Kinder nicht mehr zur Schule gehen, sind die Cousinen nur noch zusammen. Im gleichen Moment, als sie erfahren haben, dass die älteren Cousins in Sierra sind, haben sich alle geweigert weiter zur Schule zu gehen. Sie wollen zurück, alle. Adriana hat Bella sogar erzählt, dass sich Omar mit seinen sieben Jahren schon einen Spielzeugkoffer gepackt hat mit den Sachen, die er mit nach Sierra nehmen will.

»Wo ist Jennifer?« Um ihre Schwägerin machen sich alle am meisten Sorgen. Ihr Mann und ihr ältester Sohn sitzen im Gefängnis, ihr jüngster Sohn ist hinterher, um sie zu befreien. Wenigstens haben sie alle noch ein oder zwei Kinder hier, für die sie stark sein müssen und nicht die Nerven verlieren dürfen, doch als sie das mit Sami erfahren hat, war Jennifer am Boden zerstört. Sie kümmern sich um sie, versuchen sie aufzubauen, doch besonders die letzten Tage, sagt sie immer wieder, dass etwas Schreckliches passieren wird, sie spürt es. Bella kann nur beten, dass sie sich täuscht.

»Sam ist mit ihr, Elena und Abelia unterwegs, sie wollten einige neue Sachen für sie und Marina besorgen.« Bella nickt, sie ist müde, all das hier erschöpft sie, der tägliche Kampf nicht durchzudrehen. Als das Handy im Wohnzimmer klingelt, drehen sich alle Köpfe dahin. Es ist das Handy, was immer bei ihnen ist, das Handy, was ihr einziger Kontakt zu den Männern ist. Das Handy, das bei jedem Klingeln ihrer aller Herzen zum Stillstand bringt. Bella eilt hin und als sie die Nummer des Arztes erkennt, atmet sie tief durch, bevor sie mit brüchiger Stimme abnimmt.

Der fremde Mann, der sich aus Mitleid und mit einem guten Herzen in die Gefahr begibt und Kontakt zu ihren Männern für sie hält, ist jedes Mal am Telefon sehr vorsichtig und mitfühlend. Er erklärt Bella, dass er gestern im Gefängnis war und es den Männern gut geht. Er berichtet, dass Garcias einige Männer gehen lassen hat und fragt, ob diese bereits bei ihnen angekommen sind. Bellas Herz schlägt schneller. Wieso sollte Garcias plötzlich einige Männer freilassen? Sie setzt sich, ein ungutes Gefühl macht sich breit, auch wenn sie versucht, es sich nicht anmerken zu lassen. Unnötige Panik bringt niemandem etwas. Sie erklärt verwirrt, dass bei ihnen niemand angekommen ist, sie weiß aber nicht, ob die Männer vielleicht in Puerto Rico sind.

Als der Arzt fragt, ob er das so weitergeben soll, sagt sie schnell, dass er das noch nicht tun soll, erst muss sie in Erfahrung bringen, ob die Männer in Puerto Rico sind, bevor man im Gefängnis die Nerven verliert. Bella fragt nach, ob der Arzt wüsste, um welche oder wie viele Männer es sich handelt, doch er verneint dies. Es sei sehr schwer gewesen, überhaupt allein mit ihrem Mann Paco zu reden.

Schon als der Arzt seinen Namen ausspricht, schließt Bella die Augen und beginnt zu weinen, sie zerbricht an dem Schmerz, von ihm getrennt zu sein. Die Wachen werden immer vorsichtiger und er konnte ihm nur schnell die paar Worte zuflüstern, als er ihn allein vor den Augen der Wachen untersucht hat. Der Arzt weiß auch noch nicht wie er es schaffen soll, ihnen die Antwort darauf ins Gefängnis zu geben, aber wenn er von Bella Bescheid bekommen hat, wird er sich etwas einfallen lassen.

Bella dankt dem Mann tausendmal, sie will sich gar nicht vorstellen, was er alles für Risiken eingeht, um ihnen so zu helfen. Als sie auflegen, sieht sie kurz zu den anderen, sie schalten immer den Lautsprecher an, sie muss die Worte des Arztes nicht wiederholen. »Ich rufe die Jungs an!« Melissa reagiert als Erste und wählt die Nummern. Doch sie können niemanden erreichen, sie sind sicherlich gerade beschäftigt, fragt sich nur womit. »Es ist zum Verrückt werden.« Bellas Mutter lässt sich müde neben ihr auf dem Sofa nieder und küsst ihre noch immer weinende Tochter auf die Wange. Doch Bellas Schweigen ist keine Ohnmacht, sondern das Überdenken eines Entschlusses, den sie schon viel früher hätte machen sollen.

»Es reicht, wir können nicht mehr hier herumsitzen und von Weitem zusehen.« Allein diese Worte auszusprechen befreit in ihr soviel, dass sie sich gleich viel leichter ums Herz fühlt. »Meine Rede!« Melissa und Sam haben schon öfter gesagt, dass sie New York verlassen sollen. »Ist es nicht zu unsicher?« Bellas Mutter schüttelt den Kopf.

»Es ist egal, ob wir hier sitzen oder in Sierra sind und dort mithelfen alles wieder herzurichten. Sierra ist unsere Heimat, wir gehören dahin und es ist keine andere Familie mehr da, die uns gefährlich sein könnte. Wir müssen runter und genauso wie unsere Söhne dafür sorgen, dass alles wieder in Ordnung kommt, sonst drehen wir hier durch.«

Es folgt ein kurzes Schweigen, alle gehen diesen Plan in ihrem Kopf durch. »Wir können nicht alle zusammen fliegen, ich würde vorschlagen, es fliegen zuerst Bella, Sam, Jennifer, Melissa, Sara, Elena und Gabriella runter. Die anderen bleiben mit den Kleineren hier. Dilara, Latizia, Ciro, Marina und Abelia fliegen mit.« Dilara unterbricht ihre Tante Adriana. »PJ und Saul werden auf jeden Fall auch mitkommen wollen, sie und Ciro sind eh schon sauer, dass sie jetzt nicht mit Damian und den anderen unten sind.«

Bella nickt und nimmt Lando auf den Arm, den das alles wenig beeindruckt und der verbissen versucht, einen Ball in sein selbst erstelltes Tor zu schießen. »Sobald wir unten sind und uns einen Überblick verschafft haben, dass es wirklich sicher genug ist, kommen die anderen eine Woche später nach.« Dilara hantiert an ihrem Smartphone herum. »Wir könnten in drei Tagen noch Plätze in einem Flugzeug bekommen.«

Auch wenn das bedeutet, dass Bella ihren kleinen Liebling für ein paar Tage bei ihrer Mutter lassen muss, es ist sicherer, dass sie sich erst einmal ansehen, was wirklich in Sierra los ist.

»Es ist unser Land, unsere Stadt, es sind unsere Männer und unsere Söhne, wir haben uns hier lange genug versteckt. Es wird Zeit, dass alle sehen, was es heißt eine Familie zu sein!« Bella muss nicht nachfragen, ob alle einverstanden sind, sie sieht es in den Gesichtern und das erste Mal seit Langem sieht sie Latizia wieder lächeln.

Als Miguel am nächsten Tag auf dem Feld steht, spürt er die ganze Zeit eine aufregende Spannung. Die Arbeit ist wieder sehr hart, es ist heißer als die Tage zuvor und er fragt sich, ob er Hitze schon mal in solch einem Ausmaß gefühlt hat wie hier in diesen vielen Stunden auf dem Feld. Doch das ist es nicht, was ihn diese Spannung in sich tragen lässt, sein Blick wandert immer wieder zu den Fenstern des Hauses in der Erwartung, ob das Spiel zwischen Sarita und ihm in die zweite Runde geht. Erst gegen Mittag öffnet sich eine Gardine und Miguel erkennt, dass es in ihrem privaten Schlafzimmer ist.

Er fühlt sich dabei ertappt, die ganze Zeit nur auf sie gewartet zu haben, als sich sofort ihre Blicke treffen. Miguel zieht die Augenbrauen hoch bei ihrem Anblick. Sarita ist gerade erst aufgestanden und hatte sicher nicht geplant, sofort am Fenster gesehen zu werden, doch genauso wie sie jetzt zu ihm guckt, will er sie. Ihre Haare sind zerzaust, sie trägt keine Schminke, nur ein einfaches Shirt und einen Slip. Sie lächelt, als sie seinen Blick deutet und sieht dann ohne Scham auf seine Hose. Es ist offensichtlich, dass er auf sie reagiert.

Zufrieden hebt sie ihren Kopf, dreht sich um, sodass er noch einen guten Blick auf ihr Hinterteil bekommen kann und schließt die Gardine wieder. Miguel arbeitet weiter. Er fragt sich, ob er dabei ist ihr gemeinsames Spiel zu gewinnen oder ob sie die Fäden in der Hand hält. Aber es ist ihm eigentlich egal, das Spiel reizt ihn, genau jetzt kann er es nicht erwarten ihr das zu geben, was sie schon am ersten Abend haben wollte.

Miguel erwartet jede Minute von den Wachen zu ihr beordert zu werden, seine Erregung in der Hose schmerzt ihn immer stärker, je mehr er sich vorstellt, was er mit ihr anstellen wird. Es ist schon zu lange her, dass er eine Frau hatte. Miguel hat noch nie auf Blümchensex gestanden und Sarita scheint genau seine Kragenweite zu sein. Zudem tut ihm jede Sekunde Ablenkung von diesem Feld gut.

Doch es kommt keine Wache. Miguel wird wütend, sie hat noch nicht vor, dieses Spiel zu beenden. Erst nach ihrer Pause, die heute nur zehn Minuten gedauert hat, kommt eine Wache zu ihm. Miguel blickt ans Fenster und sieht, dass sie in immer noch dem gleichen Outfit auf ihn wartet. Ihr belustigtes Lächeln verrät ihm, dass sie ihren Triumph genießt und als der Mann ihm sagt, dass noch einige Reparaturen zu machen sind und er mitkommen soll, schüttelt er den Kopf.

»Ich bin heute noch nicht weit gekommen und bin gerade gut drinnen. Sag ihr, ich bin in zwei Stunden so weit, oder sie muss einen der anderen Arbeiter nehmen.« Der Mann sieht ihn an als wäre er verrückt geworden. Man widerspricht ihnen nicht und schon gar nicht Sarita, doch Miguel lässt ihn gar nicht zu Wort kommen. »Sag es ihr!« Der Wachmann denkt eine Sekunde nach, er wägt sicherlich ab, ob er ihm sofort eine Kugel geben soll oder es Sarita überlassen soll, doch dann ist er klug genug sich abzuwenden, er geht zurück ins Haus. Weder kommt die Wache noch einmal heraus um ihn eine Kugel zu verpassen, noch kommt Sarita ans Fenster, also hat er das Spiel wieder in der Hand.

Erst als die Sonne schon fast wieder untergeht, kommt Sarita zu ihnen nach draußen. Miguel wollte sich doch erst nach dem Duschen zu ihr bringen lassen, um sie noch länger dafür zu bestrafen, dass sie ihn vorhin hat warten lassen. Seine Hand hat heute Morgen geblutet und er musste sie sich mit dem Unterhemd notdürftig verbinden. Das ewige Halten des Messers und die immer gleiche Bewegung haben seine Hände rau und hart werden lassen, so rau, dass sich blutende Risse gebildet haben. Und wenn er sich einige Männer und deren Hände hier ansieht, steht ihm noch Schlimmeres bevor.

Sarita trägt zwar ein anderes Shirt, doch das ist noch weiter und länger, sodass man ihren Slip nicht sieht, jeder aber weiß, dass sie nichts weiter anhat. Dazu trägt sie einfache Flip-Flops und noch immer keine Schminke, sie hat sich einen unordentlichen Zopf gebunden. Miguel ist sich sicher, dass noch niemand sie hier so zu Gesicht bekommen hat, doch er liebt es, wahrscheinlich auch nur deshalb, weil sie es seinetwegen tut. »Mal sehen, wie fleißig die Männer hier sind.«

Alle sind verkrampft, als Sarita zu ihnen tritt und ihnen kurz über die Schulter guckt. Sie geht zu jedem Mann auf dem Feld. Miguel weiß, dass er seinen Blick nicht von der Arbeit nehmen darf, doch er spürt ihren Blick immer wieder auf sich gerichtet. Als sie bei ihm ankommt, stellt sie sich bewusst eng vor ihn. Miguel spürt ihren Hintern an seiner Erregung und er reagiert sofort. »Hier sind aber besonders schöne Blüten dran, schön aufpassen damit.« Miguel will etwas erwidern, doch in dem Moment streckt sie ihre Finger nach hinten. Da sie vor ihm steht, kann niemand sehen, was sie da treibt und wie ihre Finger ihn umfassen.

Miguel beißt die Zähne zusammen, um nicht zu stöhnen, als sie seine Erektion umfasst und durch die Hose streichelt. So schnell wie ihre Hand da war, ist sie auch wieder weg. Sarita will weiter. »Dafür wirst du büßen!« Miguel kann nur flüstern und streift mit seiner Hand kurz ihren Po. »Ich freue mich drauf.« Noch einmal kommt sie zurück vor ihn und lässt einen Fächer, den sie die ganze Zeit in der Hand hatte, fallen. Als sie sich beugt, um ihn aufzuheben sieht Miguel, wie ihr Shirt hochrutscht. Er lässt den Blick schweifen und sieht, dass niemand sie beobachtet. Blitzschnell geht seine Hand in ihr Höschen und als er zwischen ihre Spalte gleitet und spürt wie bereit sie für ihn ist, flucht er leise auf.

Sarita stellt sich wieder gerade hin, er ist aber noch nicht in der Lage, seine Hand da wieder herauszunehmen. Sie lehnt kurz ihren Kopf an ihn und stöhnt. Er muss sich ihr entziehen und gibt nach. »Ich denke, ich kann ihnen jetzt bei den Reparaturen helfen.«

Miguel folgt ihr ins Haus, dabei trifft er auf Jakups Blick, der zufrieden nickt. Im Haus will er sie sofort nehmen, doch als sie sich zu ihm umdreht, tritt ein Angestellter zu ihnen. »Sie müssen noch das Menü fürs Essen bestimmen.« Sarita nickt und lächelt Miguel siegessicher an. »Gehen sie schon mal nach oben, wo sie gestern aufgehört haben.« Dabei streift sie seine Erregung, die ihn umbringen wird, wenn nicht bald etwas dagegen unternommen wird.

Ohne ein weiteres Wort zu verlieren, geht Miguel in die Spielwiesen, zieht sich aus und bindet sich das Unterhemd von der Hand. Er stellt sich unter die Dusche und schließt die Augen, bis Sarita durch die Tür kommt und sie hinter sich schließt. Miguel deutet ihr an zu ihm zu kommen und sie gehorcht ihm. Ohne dass er etwas sagen muss, kniet sie sich vor ihn nieder und nimmt ihn in den Mund. Miguel legt seinen Kopf in den Nacken, er gibt sich ganz dem Gefühl des Wassers auf seiner Haut und den gierigen Lippen an seinen Hüften hin.

Sarita ist nicht behutsam, doch Miguel stört das nicht, im Gegenteil. Als er kurz davor ist ganz die Beherrschung zu verlieren, entzieht er sich ihr. Er geht auch auf die Knie und zieht ihr das Shirt aus. Nun ist sie ebenfalls unter der Dusche. Miguel sieht zufrieden auf sie. Natürlich, ihre geröteten Wangen und ihr ungeschminktes Gesicht scheinen ihn fast anzubetteln weiter zu machen. Doch er lässt den Blick weiter schweifen, ihr Körper ist der Traum eines jeden Mannes, er umfasst ihre vollen Brüste und sie stöhnt auf. Miguel erobert ihren Mund, fordernd. Das zwischen ihnen hat nichts Zärtliches, aber es stört keinen von ihnen. Schon bei dem Kuss öffnet sie ihre Beine für ihn, doch er hat noch nicht vergessen, wie sie ihn quälen wollte. Er entzieht sich ihrem Mund und bearbeitet diese perfekten Brüste und gleitet dann mit seinem Mund weiter hinunter.

Als er angekommen ist, schreit sie auf vor Lust und ihre Hände krallen sich in seinen Haaren fest, drängen ihn weiter zu machen, während sie sich ganz hinlegt und der Strahl der Dusche auf ihren Bauch regnet.

Schnell hat er ihren Rhythmus gelernt und jedes Mal, kurz bevor sie kommt, zieht er sich zurück bis sie wimmert, dass er weitermachen soll. »Das nächste Mal lässt du mich nicht warten!« Das ist seine Strafe an sie. Er zieht sie auf die Beine und sie erobert seine Lippen gierig.

Miguel hebt sie hoch. Wie anstrengend die Arbeit auf dem Feld auch war, sie ist wie eine Feder in seinen Armen und er kann jetzt mit ihr machen was er will. Er bringt sie zu dem alten Schreibtisch, löst sich von ihr und dreht sie so herum, dass ihm ihr üppiger Hintern entgegengestreckt wird. Er braucht die Fesseln auf dem Schreibtisch nicht, er greift fest auf ihre prallen Backen und sie spreizt ihre Beine weit für ihn. Als er tief in sie eindringt, stöhnen sie beide laut auf.

Miguel fixiert ihre Hände mit seinen, sodass sie sich nicht bewegen kann, doch außer dass sie bei jedem weiteren Stoß von ihm um mehr bittet, ergibt sie sich ihm und Miguel weiß, er hat das Spiel gewonnen, sodass er ihnen beiden erlaubt endlich zu kommen. Und wie sie das tun. Egal wer im Haus ist, sie müssen gehört worden sein. Doch als sie beide danach erschöpft aber zufrieden einhalten, ist es ihm egal, wer sie gehört haben könnte.

Sarita dreht sich zufrieden um und lächelt. Miguel beugt sich vor und küsst sie, dieses Mal nicht ganz so fordernd, doch das ändert sich schnell, als er merkt, dass sie noch lange nicht fertig ist.

Dieses Mal sieht sich Leandro nicht mehr auf dem Gelände der Lagerhalle um, als sie aus den Wagen steigen. Sie vertrauen Gabo, der sie alle vorhin aus dem Bett geklingelt und gesagt hat, sie sollen zur Halle kommen, er hätte eine Überraschung für sie. Durch ihre gestrige Feier ist es allerdings eh schon Nachmittag und sie hätten schon längst unterwegs sein sollen. Gabo wollte nicht sagen, was genau er will, er hat nur darauf gedrängt, dass sie schnell kommen sollen.

Also gehen sie direkt hinein, als das Tor hochgefahren wird. In dem Moment klingelt Leandros Handy, Melissa versucht ihn zu erreichen. Wie die anderen schaltet er das Handy aus, das muss warten. Der

Anblick, der sie erwartet, lässt Leandros Herz schneller schlagen. Auf zwei Stühlen neben dem grinsenden Gabo sitzen festgebunden die beiden Männer, die damals zu ihnen gekommen sind und ihren Vätern das Angebot für den Job in Kolumbien gemacht haben.

Gabo und seine Männer haben sie schon begrüßt, beide haben Wunden in ihren Gesichtern, doch jeder von ihnen erkennt sie sofort wieder. Wie oft hat Leandro diese Gesichter vor sich gesehen und diesen Augenblick herbeigesehnt. Dine neben ihm versteift sich und Leandro hält einen Augenblick ein. Er geht mit Dine ein paar Schritte zurück, zum Anfang der Halle.

Leandro respektiert, dass der Mann nicht kämpfen will. Als er sein Leben schützen musste, hat er sich verteidigt, doch Leandro weiß, dass dies hier etwas anderes ist. Es ist nicht die übliche Art ihrer Familia, doch in der Situation ist es etwas anderes. »Hör zu Dine, du solltest dir das nicht antun. Warte draußen auf uns, wir respektieren das, es ist unsere Rache.«

Dine nickt und Leandro sieht in seinen Augen, er möchte es zwar nicht sehen, aber Dine versteht ihr Vorhaben trotzdem. Er lässt das Tor hinter Dine herunterfahren, sobald er die Lagerhalle verlassen hat und dreht sich zu den Männern um, die es gewagt haben ihre Familien und Familias auseinanderzureißen.

Kapitel 13

Tausend Erinnerungen und Gedanken prasseln auf Leandro ein, als er zu den beiden gefesselten Männern geht. Er sieht in ihre Gesichter und erinnert sich an den Tag im Punto-Haus, als sie ihnen ihre Geschäftsidee präsentiert haben. Er erinnert sich daran, wie sein Vater sich von ihnen verabschiedet hat, wie seine Mutter zusammengebrochen ist, als sie erfahren haben, was mit den Männern passiert ist, wie viele Tränen sie und seine Schwester, seine Tanten, alle geweint haben. Lando kommt ihm vors innere Auge, der seinen Vater dank dieser Männer noch niemals gesehen hat.

Es kostet ihn alle Überwindung, nicht sofort seine Waffe zu ziehen, den anderen geht es genauso, jeder von ihnen muss sich zusammenreißen. Leandro fällt es so schwer, dass er froh ist, als Sami seine Waffe zieht und als erster reagiert. »Hier passt das Sprichwort, man sieht sich immer zweimal im Leben, oder? Als ihr euren tollen Plan mit Garcias gemacht habt, hat sicher keiner von euch damit gerechnet, dass wir uns noch einmal über den Weg laufen.«

Die Männer sehen verängstigt zu ihnen, Leandro spuckt auf den Boden. »Habt ihr damit gerechnet, dass ihr uns noch einmal wiederseht oder nicht?« Samis Schreien hallt laut von den Wänden wider. Selbst Gabo zieht sich jetzt respektvoll mit seinen Männern zurück. Jeder spürt, dies ist kein Geschäft, es ist etwas Persönliches, das ihnen allen bis aufs Blut geht. Einer der Männer schüttelt schnell den Kopf. »Nein, das haben wir nicht.« Sami lacht bitter. »Wisst ihr wie viele Menschen unsere Familias schon dummerweise unterschätzt haben? Das ist ein dummer Fehler, keiner von denen ist mehr am Leben!«

Nun sieht der kräftigere der beiden Männer ihnen in die Augen. »Wir wussten nicht genau was Garcias vorhatte, er hat uns einfach dafür bezahlt sie auszuliefern, mehr nicht.« Nun geht auch Sanchez nach vorne. Es hat sich eingespielt, dass Sanchez der Anführer der Puntos ist, als erster Sohn von Juan. Sami ist der Anführer der Surenas. Leandro ist aber derjenige, auf den sie alle am Ende hören, er ist der Vertreter der neuen Generation, der Anführer der Les Surenas und der Trez Puntos, der Trez Surentos. Es ist schweigend passiert, sie haben darüber nicht gesprochen, doch man hat es bei allem, was sie die letzten Wochen durchgemacht haben, gespürt.

Leandro weiß noch nicht, ob ihm diese Rolle als Anführer gerecht wird, es bringt auch schwere Lasten mit sich, doch darüber konnte er sich auch noch nicht viele Gedanken machen. Sie müssen handeln, zum Grübeln haben sie irgendwann mal Zeit. »Nein, ihr habt sie nicht einfach nur übergeben. Ihr habt sie in eine Falle gelockt, ihr wart in unserem Haus und habt uns verarscht und Lügen aufgetischt und das Allerschlimmste, ihr habt euch für Geld als Puertoricaner an die Kolumbianer verkauft.«

Der kräftigere Mann scheint zu denken, dass er hier noch irgendetwas herumreißen kann. »Wir haben dem Mann schon gesagt«, er deutet mit dem Kopf zu Gabo, »dass wir selbst nicht wissen, was genau mit den Männern passiert ist.« Garcias hat uns das Geld gegeben und wir haben nie wieder etwas von ihm gehört. Wir wissen nur, wo das Gefängnis ist, wo sie hingebracht wurden.« Gabo hält einen Zettel hoch und gibt ihn Leandro. Auf dem Zettel steht eine Adresse und die Nummer von Garcias. »Ich habe aber schon öfter probiert auf der Nummer anzurufen, sie geht nicht mehr.«

Sami läuft um die beiden herum. »Wieso wolltest du Garcias erreichen? Hattet ihr ein paar neue Leute gefunden, die ihr ihm für Geld vermitteln wolltet?« Als der Mann schweigt, ist das Antwort genug. Sami hebt seine Waffe und drückt ab, ohne mit der Wimper zu zucken. Als sein Kollege neben ihm zusammensackt, wird der kräftigere Mann neben ihm panisch. Leandro tritt vor und alle anderen zurück. »Bitte, ich schwöre, dass ich kein Wort zu irgendjemandem darüber verliere, ich bitte euch, ich habe ...« Leandros Kugel stoppt seinen Redeschwall. »Daran hättest du denken sollen, bevor du versucht hast unsere Familie zu zerstören.«

Sie alle sehen noch einige Sekunden auf die Männer. »Das reicht noch nicht, es ist viel zu wenig für das, was sie alles gemacht haben.« Damian ist wütend, doch Leandro beschwichtigt seinen Cousin. »Das war noch nicht alles, wenigstens haben wir jetzt schon mal die Adresse. Ich denke auch nicht, dass die Nummer funktionieren wird.«

Gabo geht an den Männern vorbei zu ihnen, dabei zieht er anerkennend die Augenbrauen hoch. »Ihr habt euren Standpunkt klargemacht. Die Nummer geht nicht, ich habe sie zurückverfolgen lassen, sie ist von so einer Prepaidkarte, die jeder kaufen kann, keine Namen, nichts.«

Leandro umarmt den Freund seines Vaters. »Danke für deine Hilfe, wir wissen das zu schätzen.« Gabo lacht. »Kein Problem, wenn ihr noch Hilfe braucht, sagt Bescheid. Und ich hoffe, du hältst dein Wort und das nächste Mal kommst du mit deinem Vater zusammen. Er kann stolz auf dich sein, du bist wie eine jüngere Ausgabe von ihm. Wie der Vater so der Sohn.« Leandro lächelt, knickt den Zettel und steckt ihn sich in die Hosentasche. Er hofft es auch und sie sind dem einen Schritt näher.

Miguel lässt seinen Kopf kreisen und seine Knochen knacken, gestern mit Sarita hat er seine letzte Kraft verbraucht, bereuen kann er das allerdings nicht. Sie hatten zweimal Sex und haben dann zusammen gegessen. Miguel kann nicht behaupten, er hätte das gestern nicht genossen. Als er dann aber in die Baracke zurückkam, ist ihm wieder klar geworden, dass er hier nur ein Gefangener ist und es war nicht mehr so befriedigend. Zudem hat er nur wenig Schlaf bekommen, was sich jetzt bemerkbar macht. Die Hitze ist erbarmungslos, auch wenn die Sonne heute nicht herunter scheint, sondern der Himmel komplett bedeckt ist.

Als er noch im Gefängnis war, fiel ihm schon auf, dass hier in Kolumbien oft die Sonne einige Tage erbarmungslos scheint und danach für ein paar Tage sintflutartig Regen vom Himmel herabfällt, was die Hitze aber nicht mindert. Es ist nur schwüler und die Insekten kommen von überall. Noch nie hatte er so viele Mückenstiche wie hier in Kolumbien. Auch die anderen Männer sind heute mehr damit beschäftigt, sich die lästigen Biester vom Körper zu schlagen als zu arbeiten.

Er hat heute noch nicht darauf geachtet, ob Sarita irgendwo auftaucht, ihr Spiel ist nun vorbei, vielleicht sucht sie sich einen neuen Spielgefährten aus. In dem Moment fallen ihm die ersten Tropfen auf das Gesicht und gleich danach regnet es so stark, dass sie alle innerhalb weniger Augenblicke klitschnass sind. »Holt die Planen!« Es dauert nur ein paar Minuten und mehrere riesige Planen schützen die Blumen vor dem heftigen Regen. »Heißt das, wir sind für heute befreit?« Jakup steht neben ihm und fragt Monkey, der wie sie auf das abgedeckte Feld sieht. »Ja, sie können es nicht riskieren, dass die Pflanzen zerstört werden. Solange der Regen so stark ist, könnt ihr euch ausruhen. Nutzt die Zeit, danach wird doppelt so viel gearbeitet, die Zeit muss eingeholt werden, das ist immer so.«

Natürlich kennen die Arbeiter das schon, nach der Dusche fallen sie alle sofort auf ihre Liegen, auch Miguel will nur noch die Augen schließen und den Schlaf nachholen, den er die letzte Nacht verpasst hat. Jakup hat ihm seine Wunden an den Händen gezeigt, sie haben sich bei ihm entzündet. Er hat Miguel ernst angesehen und gesagt, dass er hier nicht verrecken will, das kann noch nicht ihr Ende gewesen sein. Doch es wird nicht so einfach wie Miguel es gedacht hat, diese Arbeit erschöpft sie so sehr, dass sie gar nicht in der Lage sind, irgendetwas zu planen.

Vielleicht hält der Regen an und Jakup kann seine Hände so lange schonen bis sie etwas abgeheilt sind, in der Zwischenzeit wird er nach einer Lösung suchen. Miguel ist gerade am Wegdämmern, da geht die Tür zur Baracke auf. »Du, mitkommen!« Er setzt sich auf. »Wieso?« Die Wache hält ihm die Waffe vors Gesicht. »Weil ich es sage.« Miguel spuckt auf den Boden, steht aber auf und folgt ihm. Ohne ein Wort führt er ihn in das Haus und geht wieder.

Natürlich, die Herrin hat nach ihm gerufen. Miguel ist wütend und müde, als er den Geräuschen zur Spielwiese folgt. Falls sie dachte, dass sie ihn wie einen Hund bestellen kann wann sie will, hat sie sich getäuscht.

Doch Sarita ist nicht in dem roten Raum, der einfach nur nach purem Sex aussieht. Die Geräusche kommen aus dem Schlafzimmer daneben. Miguel findet die Frau von Roan auf ihrem großen weichen Bett vor, in der Hand eine Schüssel und mehrere DVDs vor sich. »Hey, ich wollte mir einen Film ansehen und dachte, du hast vielleicht auch Lust?« Miguel sieht sie fassungslos an, sie muss wirklich einsam sein und hat offenbar Gefallen daran, dass sie sich bei ihm nicht zurecht machen muss wie bei ihrem Mann. Mit den kurzen Shorts und dem Top, dem unordentlichen Dutt auf ihrem Kopf und ohne all die Schminke wirkt sie fast wieder wie das Mädchen auf dem Bild, was auf der Kommode steht.

Miguels Wut verfliegt etwas, er setzt sich zu ihr an den Bettrand. »Eine Frage, wie kannst du so leben? Ich meine, tun dir diese Männer da unten nicht leid, die hier gefangen gehalten werden?« Sarita legt die Schüssel weg. »Denkst du, ich bin ein gefühlloses Monster? Natürlich tun sie mir leid, aber was soll ich dagegen tun? Denkst du, wenn ich Roan bitte, lässt er sie gehen und verzichtet auf seine Arbeiter?« Miguel nimmt die Schüssel und ein paar Popcorn. »Nein, aber es gibt auch andere Wege ihnen zu helfen.«

Sarita krabbelt über das Bett zu ihm hinüber und sieht ihn ernst an. »Weißt du wie ich hergekommen bin? Als wir uns kennenlernten, hat er mir die Welt gezeigt, doch irgendwann musste er zurück, ich wusste da schon, dass er eine Frau hat. Er hat mich gefragt, ob ich hier herkommen würde, er wollte so oft es geht hierher fahren und bei mir sein. Ich war einverstanden, es ist zwar etwas abseits, aber ich habe alle Freiheiten die ich will. Wenn ich irgendwo hin möchte, werde ich gefahren, ich kann mich frei bewegen.

Als wir hier ankamen, ist mir sofort das Kreuz im Boden aufgefallen, vielleicht hast du es gesehen, es ist direkt am Eingang zum Gelände.« Miguel verneint, er hat kein Kreuz gesehen, seine Gedanken waren an diesem Tag auch bei ganz anderen Sachen. »Roan hat mir sofort erzählt, dass da seine frühere Freundin vergraben liegt. Sie war dabei erwischt worden, wie sie zwei Mitarbeitern zur Flucht verhelfen wollte. Sie sei Roan in den Rücken gefallen und hat dafür bezahlt. Versteh mich nicht falsch, Roan ist fantastisch zu mir, er behandelt mich wie einen kostbaren Schatz, aber es ist so, als wäre dieses Kreuz eine Warnung an mich und ich habe mich immer an diese Warnung gehalten.«

Sarita hält kurz inne und fährt dann fort. »Ich sorge dafür, dass sie untersucht werden, den Arzt gibt es in anderen Anlagen von Roan nicht und hier dürfen sie jeden Tag duschen. Dass ich ihnen Essen und Trinken zukommen lasse, habe ich mich noch nie getraut und es auch nur gemacht, weil diese und die nächste Woche Wachen da sind, wo ich mir sicher bin, dass sie Roan nichts sagen, danach kann ich das auch nicht mehr tun.«

Miguel lächelt und streichelt mit dem Daumen über Saritas Wange, sie lebt in einen goldenen Käfig, aber ihr scheint es zu gefallen. »Hast du Medikamente hier?« Sarita sieht ihn verwundert an, zeigt ihm aber einen Schrank, wo er eine Salbe und Verbandszeug findet. »Wenn du den Männern heute besseres Essen zukommen lässt, lass dies zu meinem Freund Jakup bringen, er braucht das dringend.« Sarita nickt und geht hinunter in die Küche, von allein hätte sie sicher nicht an das Essen gedacht und so kann Miguel wenigstens etwas tun, damit es Jakup besser geht.

Als sie wieder da ist, hat es sich Miguel schon auf dem Bett bequem gemacht. Was für ein Gefühl, wieder in einem weichen Bett zu schlafen. Sarita gefällt der Anblick scheinbar, sie legt sich zu ihm und küsst seine nackte Brust. »Was für einen Film willst du sehen?« Miguel hebt müde seine Augenlider. »Mir egal, entscheide du.« Er wird diese Zeit hier nur nutzen um sich auszuruhen. Sie steht auf und legt eine DVD ein, dann kommt sie zurück zu ihm und legt ihren Kopf auf seine Brust. Miguel kommt gerade noch dazu ihren Dutt zu öffnen, dann gibt er seinem müden Körper endlich den Schlaf, den er braucht.

Das nächste Mal als er die Augen öffnet, flackert nur noch ein Abspann über den Bildschirm, eine Uhr an der Wand zeigt ihm, dass es mitten in der Nacht ist und fest an ihn gekuschelt schläft Sarita. Ihr Atem streicht seine Brust.

Miguel will seine Augen wieder schließen, da sieht er, dass ihr Top verrutscht ist und ihre Brust so weit frei liegt, dass ihn ihre rosa Brustwarze förmlich anlächelt. Miguels Finger verselbstständigen sich und streichen darüber. Auch wenn sie schläft, reagiert Sarita und sie wird unter seiner Hand hart. Ihr Atem geht schneller und Miguel wird wacher. Seinem Finger folgt sein Mund und er legt sie auf den Rücken, um sie besser erreichen zu können.

Sarita öffnet langsam die Augen, als er beginnt sie zu kosten und ihren Körper dieses Mal langsam und in Ruhe kennenzulernen. Auch wenn sie noch schlafgetrunken ist, reagiert sie mit leisem Stöhnen. Und als er sich zurücklegt und sie auf sich zieht, lächelt sie ihn bereits an. »Viel schöner als der Traum.«

Sie bleiben noch die Nacht in der Hauptstadt und fahren am nächsten Tag zurück nach Sierra. Gestern haben sie mit ihren Müttern telefoniert, die ihnen von dem Anruf des Arztes erzählt haben. Weder bei ihnen noch in New York sind Männer angekommen und Leandro ist sich ganz sicher, dass, wo sie auch sind, sollten Männer freigelassen worden sein, sie hätten sich mit Sierra und ihnen in Verbindung gesetzt. Sie haben ihre Mütter versucht zu beruhigen, auch wenn sich ihnen selbst der Magen umgedreht hat und sie beschworen, erst noch nichts zu dem Arzt zu sagen und auch ansonsten einfach ruhig zu bleiben.

Leandro hat gemerkt, dass die Frauen aufgebrachter waren als sonst und kann nur hoffen, dass sie auf ihre Bitten hören. Für sie war sofort klar, dass irgendetwas nicht stimmt, sie verstehen nicht was da unten los ist, aber es hört sich nicht gut an. Sie müssen handeln und zwar jetzt. Und dazu ist es wichtig, dass weder ihre Väter und Onkel noch ihre Mütter irgendwelche Reaktionen zeigen, sondern dass alles so ruhig und unauffällig wie nur möglich passiert.

Er hat die Frauen darum gebeten Ruhe zu bewahren, natürlich konnte er ihnen nicht sagen, dass sie sich sofort auf den Weg zum Flughafen gemacht haben, um Flugtickets zu besorgen. Wüssten die Frauen, dass es jetzt losgeht, dass sie nun nach Kolumbien aufbrechen, würden sie durchdrehen, doch sie müssen so schnell wie möglich dorthin.

Bei dem unguten Bauchgefühl, was Leandro hat, ist jede Stunde schon zu lang. Sie sind direkt nach dem Treffen zum Flughafen und haben den ganzen Weg herumdiskutiert, was da unten los sein könnte. Wieso hat sein Vater dem Arzt gesagt, es seien Männer freigelassen worden, wenn keine Männer frei sind? Egal was ist, jeder der freigekommen ist, würde sich bei ihnen melden. Das bedeutet, dass sie denken, die Männer wären frei, aber sie sind nie freigekommen. Wer weiß, was Garcias mit ihnen gemacht hat.

Leandro ist schlecht bei dem Gedanken, was alles passiert sein könnte. Haben sie sich zu viel Zeit gelassen? Hätten sie das alles nur einen Monat früher gemacht, vielleicht wären dann alle schon frei. Wird es ihnen überhaupt gelingen ins Gefängnis vorzudringen? Alles andere ist ihnen gelungen, aber wenn er jetzt an das ihnen Bevorstehende denkt, dreht sich alles in ihm. Dieser Schritt, wenn sie versuchen seinen Vater und alle anderen aus dem Gefängnis zu holen, kann alles ändern. Wenn sie hier scheitern, sind sie verloren. Alle. Für immer.

Am Flughafen erwarten sie die nächsten Probleme, es gibt die nächsten Tage nicht genug Plätze nach Kolumbien. Zudem wüssten sie nicht, wie sie die benötigten Waffen transportieren sollten, also fragen sie nach einem Privatflug für die nächste Zeit. Aber als die Frau ihre Ausweise sehen will, merken sie, dass sie sich etwas anderes einfallen lassen müssen. Selbst wenn sie viel Geld hier lassen, sie haben nicht alle gefälschte Ausweise. Es bleibt keine Zeit das jetzt nachzuholen und sie brauchen die Papiere, da sie ein Einreiseverbot nach Kolumbien haben.

Leandro wählt noch einmal die Nummer von Gabo. Nun muss er doch schneller als ihm lieb ist seine angebotene Hilfe einfordern. Sie treffen ihn noch einmal in der Lagerhalle, das Privatflugzeug ist nicht mehr da. Sicherlich bringt es die Ware weg, die sie ihm geliefert haben, auch die Leichen der Männer sind entsorgt worden. Als er dem Freund seines Vaters sein Problem schildert, zögert der nicht eine Sekunde. Er stellt ihnen das Privatflugzeug mit Piloten zur Verfügung, außerdem regelt er das mit den Kolumbianern. Er liefert öfter Ware dahin, sodass sein Flugzeug keine Probleme haben wird zu landen und sie ohne Kontrollen ins Land hineinkommen.

Es kann bereits in zwei Tagen losgehen, allerdings ist neben den benötigen Waffen nur Platz für 12 Personen und den Piloten. Das bedeutet, vier von ihnen müssen in Sierra bleiben. Auch wenn sie hier unten Männer brauchen, die alles in Ordnung halten, solange sie weg sind, können sie in Kolumbien ebenfalls jeden Mann gebrauchen, aber ihnen bleibt keine andere Wahl mehr. Die halbe Nacht haben sie im Hotel recherchiert, wie sie am besten an das Gefängnis herankommen, es liegt sehr weit vom Flughafen entfernt und sie werden irgendwo unterkommen müssen. Wieder ist es Gabo, der bei ihnen geblieben ist und ihnen hilft, da er sich in Kolumbien mehr auskennt als sie.

Sie mieten eine Villa über einen Geschäftsnamen, den er sich dort angelegt hat und bezahlen die Kosten für die Villa und acht Geländewagen, die ihnen dort bereitgestellt werden, sofort per Überweisung von einem seiner kolumbianischen Konten, ihm geben sie das Geld in bar. So kann nichts zurückverfolgt werden und es sieht so aus, als würde Gabo eine Woche zu Geschäften kommen, keiner wird misstrauisch werden.

Als sie dann endlich in Sierra einfahren, sind sie alle ruhig, sie werden morgen Abend zurück in die Hauptstadt fahren und mitten in der Nacht losfliegen, in dieser Zeit müssen sie hier alles erledigen und vorbereiten. Leandro kann sich immer noch nicht entscheiden, ob er froh sein soll, dass es nun endlich losgeht, oder ob er seinem Bauchgefühl trauen und sich darauf einstellen soll, dass sie vor Ort mehr Probleme und Dinge erwarten, auf die sie sich nicht vorbereitet haben. Er beschließt noch einmal beim Padre vorbeizugehen, er spürt, dass unten etwas passiert ist. Er kann nur beten, dass sie nicht zu spät kommen.

Sie werden schon freudig von Avilio erwartet, als sie ins Cielo kommen. Die zwei Haushälterinnen und Dania sind ebenfalls da, sie muss gerade von der Arbeit gekommen sein. Leandro gibt ihr einen Kuss, den sie nur schüchtern vor allen anderen erwidert, doch er sieht in ihren Augen, dass sie sich freut und er kann es kaum erwarten, etwas Zeit mit ihr alleine zu verbringen.

Wenn er mit ihr ist, breitet sich eine Ruhe in ihm aus, die er jetzt gut gebrauchen kann. Doch zuerst erzählen sie Avilio alles was passiert ist. Es gibt genau zwei Punkte, wo Dania, die neben ihm auf der Couch sitzt, nachdem er den Arm um sie gelegt und sie so nah wie möglich an sich herangezogen hat, zusammenzuckt. Zum einen, als sie sagen, dass sie morgen Nacht nach Kolumbien aufbrechen und zum anderen, als Damian der Dummkopf Avilio erzählt, dass sie in dem Stripclub waren, den er ihm empfohlen hat und wie heiß die Frauen dort für sie getanzt haben. Dania sagt nichts zu alldem, nicht vor allen. Aber allein ihr Zusammenzucken und wie sie sich danach von ihm entfernt, zeigt Leandro, dass sie dazu noch etwas sagen wird.

Kapitel 14

»Scheiße Mann, das sieht nicht gut aus!« Paco hilft Ramon hoch. Sie haben mit Juan trainiert und durch den Regen und den aufgeweichten Schlammboden ist Ramon ins Strauchelin geraten und auf einer der Bänke gelandet. Nun sieht sein Arm so aus, als wäre er gebrochen. »Es geht schon.« Paco schüttelt den Kopf und sieht zu Miko, der zu den Wachen ans Tor gegangen ist, um denen Bescheid zu geben. »Der Arm ist gebrochen, garantiert.«

Es wundert Paco nicht, dass so etwas passiert ist. Seit Miguel weg ist, lässt sein älterer Bruder seine ganze Wut beim Training aus. Es war klar, dass es irgendwann mal Folgen haben wird. Er sieht ungeduldig zu Miko, der zu einer Wache nach oben ruft, was passiert ist. Der Mann sieht vom Wachturm zu ihnen und nimmt sein Handy in die Hand.

Nicht nur Paco kommt es so vor, als würde Garcias langsam das Interesse verlieren, sie hier weiter zu behalten. Ihre Lieferungen werden immer weniger und es dauert immer länger, bis sie diese bekommen. Den Arzt haben sie nur mit viel Mühe herbekommen und bis jetzt ist es ihnen noch nicht gelungen, ihn wieder herholen zu lassen um zu erfahren, ob Miguel und die anderen angekommen sind.

Wenn sie nach einem Arzt fragen, wird ihnen gesagt, dass es schon wieder von alleine vorbeigehen wird oder dass der Arzt gerade viel zu tun hat und kommt, sobald er es schafft. Paco will sich den Arm ansehen, doch als er ihn nur kurz anfasst, verzieht Ramon schmerzvoll das Gesicht. Der Wachmann sieht genervt zu ihnen und ruft Ramon zu sich ans Tor, er soll alleine kommen. Miko kommt zu Paco zurück. »Sie werden ihn sicher in ein Krankenhaus bringen.«

Zwei Wachen kommen rein und sehen sich genau um, ob auch wirklich nur Ramon vor dem Tor steht, dann werfen sie einen Blick auf seinen Arm und der andere greift noch einmal zum Telefon. Ramon geht die paar Schritte zu ihnen zurück, ein gequältes Lächeln liegt auf seinen Lippen. Mittlerweile sind alle auf dem Hof oder am Geländer und beobachten das Geschehen. »Das hätte uns schon früher einfallen sollen, im Krankenhaus habe ich sicher die Möglichkeit, irgendjemanden zu erreichen oder irgendwas zu erreichen.«

Paco blickt unsicher zu den Wachen. Sie sehen nicht so aus, als hätten sie Lust darauf, einen von ihnen jetzt ins Krankenhaus zu bringen und reden mit jemandem am Handy, garantiert Garcias, von dem sie sich jetzt ihre Anweisungen abholen müssen. Bei Gott, wenn Paco nur so könnte wie er wollte. »Ok, komm!« Sie rufen Ramon zu sich. »Mach nichts Unüberlegtes und begib dich nicht unnötig in Gefahr.« Ramon wird immer blasser, er muss große Schmerzen haben. Trotzdem legt er Pacos Hand von dem gesunden Arm in den Nacken.

»Ich bin der Ältere, es ist meine Aufgabe mir Sorgen zu machen.« Paco muss lachen. Als Ramon ihn umarmt, hat er erneut dieses ungute Gefühl im Bauch. Sein älterer Bruder blickt nach oben, wo Rodriguez am Geländer steht. »Pass auf den Kleinen auf, vielleicht habe ich Glück und kann mich ein paar Tage im Krankenhaus verwöhnen lassen.« Juan lacht nun ebenfalls. Miko schlägt ihm freundschaftlich auf die gesunde Schulter, bevor Ramon von den beiden Wachen und mit ihren Waffen im Rücken aus dem Gefängnis gebracht wird.

»Du wirst sehen, es dauert nicht mehr lange und wir alle gehen da hinaus!« Paco blickt zu seinem Schwager, während sie zurück zum Trainingsplatz gehen. »Das hast du vom ersten Tag an gesagt, du Hellseher.« Miko lacht, doch Juan hebt die Hände. »Glaub mir nicht, von mir aus, aber es wird bald so weit sein, du wirst sehen.« Paco widmet sich wieder seinem Training. Er hofft, dass sie Ramon schnell ins Krankenhaus bringen, damit er nicht lange mit den Schmerzen herumlaufen muss. Und wer weiß, vielleicht kann er von da wirklich etwas erreichen und Juan behält endlich einmal recht.

Miguel wacht auf. Es fühlt sich alles so anders an, er hat gut geschlafen, sehr gut. Nachdem er seine Augen richtig öffnet, erkennt er auch den Grund dafür. Sarita liegt in seinen Armen und schläft noch, sie sind noch immer in ihrem Schlafzimmer und das erste Mal seit fast zwei Jahren hat Miguel wieder in einem richtigen Bett geschlafen.

Sie müssen so fest eingeschlafen sein, dass sie ganz vergessen haben, dass er wieder in die Baracke zurückgemusst hätte. Als er jetzt zur

Uhr sieht und feststellt, dass es schon Mittag ist, bekommt er ein schlechtes Gewissen. Er steht auf und geht zu dem Fenster, von dem er das Feld sehen kann, doch noch immer regnet es und keiner arbeitet. Sie werden sicher auch alle noch pennen und diese freien Stunden genießen.

Er sieht zum Bett zurück, natürlich haben sie es nicht ganz so bequem wie er, aber von hier aus kann er dafür sorgen, dass sie es etwas besser haben. Ein Blick auf Sarita lässt ihn lächeln, sie kuschelt sich immer fester ins Bett, jetzt wo er aufgestanden ist. Miguel kehrt zu ihr zurück und küsst ihren Nacken entlang, bis sie gequält die Augen öffnet. »Es ist zu früh!« Miguel lächelt. »Ich habe hier geschlafen, ich denke, das könnte Probleme geben.«

Nun sitzt Sarita im Bett und sieht ihn an. »Wieso sollte es Ärger geben? Ich habe hier das Sagen, solange Roan nicht da ist. Die Wachen kennen meine Vorlieben und werden sich denken, dass ich noch nicht fertig mit dir war.« Miguel weiß mittlerweile genau, wie er sie anzupacken hat. »Ich bezweifle, dass du hier wirklich tun kannst was du willst. Und Süße, der Sex mit dir war gut, aber ich frage mich, wozu du dieses Zimmer und alles hast? So Außergewöhnliches habe ich bis jetzt noch nicht mitbekommen von dir.«

Miguel kann förmlich sehen, wie sie anfängt sauer zu werden, als er aufsteht und sich seine Shorts wieder überziehen will. »Natürlich kann ich tun was ich will, ich muss nur aufpassen, dass Roan nichts davon erfährt. Und was den Sex angeht, so denkst du nur, weil du mich bisher nur alleine hattest.« Miguel zieht die Augenbrauen hoch, darauf kommt er noch einmal zurück.

»Du könntest viel mehr machen, Sarita, du musst es nur schlau genug anstellen. Ich verstehe nicht, wie du das mit deinem Gewissen ausmachen kannst, was du hier jeden Tag siehst.« Sarita steht jetzt wütend auf. »Hör mal, ich habe vom ersten Tag an gemerkt, dass du anders bist als alle, die bisher hier angekommen sind. Du strahlst Macht aus, das muss ich zugeben, doch wenn du so redest, verstehe ich nicht, wie du und deine Familie Macht besitzen wollen? So etwas gehört nun mal dazu.«

Miguel schüttelt den Kopf. »Du denkst doch nicht im Ernst, dass dieser Stall hier oder dein Roan irgendetwas mit Macht zu tun haben? Das hier ist Sklavenhandel der billigsten Art, das hat nichts mit den Geschäften zu tun, die wir machen, nichts mit der Art zu tun, wie wir die Dinge angehen. Meine Familie könnte jeden in Puerto Rico zwingen für uns zu arbeiten, wir können tun und lassen was wir wollen, aber wir würden uns niemals an unschuldigen, armen Menschen bereichern, niemals. Obwohl wir hundert mal mehr dazu in der Lage wären als dein Roan.

Das Sarita, das ist Macht. Wenn du grausam und seelenlos sein kannst wie dein Mann und es nicht tust, dann kannst du von Macht sprechen. Er liest die geschwächten Männer nicht einmal selbst auf, sondern kauft sie einem noch schlimmeren Drecksack ab, nachdem er sie von ihren Familien getrennt hat.«

Als Miguel die Familien erwähnt, senkt Sarita den Kopf. »Was machen sie mit den Familien der Männer? Weißt du etwas darüber?« Sarita wirkt nun nicht mehr sauer. Er ist sich sicher, dass sie das, was hier vor sich geht, nicht richtig findet, so ein schlechter Mensch ist sie nicht, auch wenn er sie erst ein paar Tage kennt, hat er das schon mitbekommen. Sie wird selbst Angst haben, wenn sie es auch vor ihm nicht zugeben würde. Sarita wird gar nicht wissen, was sie alles tun könnte.

»Es ist unterschiedlich, ich habe mitbekommen, dass sie manchmal die Frauen und Kinder erschießen, selten schicken sie sie einfach zurück. Wenn die Frauen oder Mädchen ihnen gefallen, bringen sie diese in die Stadt und verkaufen sie an Bordelle und wenn die Kinder noch klein genug sind, verkaufen sie sie an Familien, die sich Kinder wünschen oder deren Kinder ein neues Herz oder eine neue Niere brauchen.«

Miguel atmet tief ein, am liebsten würde er auf den Boden spucken, doch er wendet sich ab und geht, sie ist dafür nicht verantwortlich. Seine Reaktion hat ihr wohl die Augen geöffnet, denn plötzlich kommt sie ihm hinterher und hält ihn am Arm fest. »Was kann ich tun, ohne mich in Gefahr zu bringen?«

Leandro bleibt bewusst etwas länger bei seinen Cousins sitzen. Sie besprechen, was sie noch alles erledigen müssen, bevor es morgen losgeht. Er ist müde und will zu Dania ins Zimmer, die schon vor einer halben Stunde zum Duschen gegangen ist, doch das sicherlich anstehende Gespräch lässt ihn noch einige Minuten länger dort sitzenbleiben. Als er dann in das Zimmer tritt, liegt Dania schon im Bett und schläft, was ihm auch leid tut, er wollte diesem Gespräch ausweichen, nicht ihr.

Sein Handy klingelt. Dass dabei keine Nummer angezeigt wird, macht ihn stutzig. Jeder sendet seine Nummer, also geht er ran. Es ist eine schlechte Verbindung dann hört er eine ihm vertraute Stimme und muss lächeln. »Gwen!« Trotz all dem Stress hier unten musste er öfter an sie denken. »Ich dachte, du hast sicherlich viel zu tun, aber ich wollte mal sichergehen, dass du noch lebst.«

Leandro lacht und setzt sich auf den Bettrand. Er liebt ihre Art, ihren gleichgültigen Humor, doch er kennt sie gut genug um zu wissen, dass sie sich Sorgen gemacht hat. »Es tut mir leid, ich hätte mich melden sollen, aber du hast recht, es ist hier wirklich die Hölle los. Erzähl, wie geht es dir?«

Leandro trägt die ganze Zeit ein Lächeln im Gesicht, als sie in ihrer gewohnt humorvollen Art erzählt, was alles in der Schule passiert ist, seit er weg ist. Dabei erfährt er auch, dass kein anderer von ihnen mehr zur Schule gekommen ist. Gwen ist davon ausgegangen, dass sie alle bereits zurück nach Puerto Rico sind. Als sie langsam das Gespräch beenden, wirkt sie traurig. Auch Leandro merkt, dass er seine Freundin aus New York vermisst hat.

»Dann pass auf dich auf und vielleicht kannst du dich ja ab und zu mal melden, damit ich weiß, dass du noch am Leben bist.« Leandro schließt die Augen. »Ich weiß etwas Besseres, wenn das alles hier vorbei und es etwas ruhiger ist, kommst du mich hier besuchen. Versprochen?« Auch wenn sie jetzt wieder alles mit ihrer lässigen Art überspielt, weiß er, dass sie sich darüber freut. »Ich werde sehen, ob mein Terminkalender da mitspielt.« Als sie auflegen, sieht er noch einmal zufrieden auf sein Handy. Er mag Gwen, sie ist für ihn wie eine Schwester und er würde sie gerne wiedersehen.

Leandro legt das Gerät auf den Nachttisch und wendet sich um und sieht direkt in Danias Augen.

»Du bist unmöglich!« Sarita schlägt lachend mit einem Handtuch nach Miguel und der spürt, dass ihr eine große Last von den Schultern gefallen ist. Sie hat von ihm gezeigt bekommen, wie sie den Männern helfen kann ohne sich zu gefährden. »Das Wichtigste dabei ist, wenn du willst, dass die Wachen loyaler zu dir als zu Roan sind, musst du dich auch besser um sie kümmern.« Sie haben zuerst einmal die Wachen mit Alkohol versorgt und ihnen neben etwas Essen auch einen alten Fernseher auf den Hof gestellt, wo sie sich ein Fußballspiel ansehen.

Den Männern in den Baracken haben sie ebenfalls Essen gebracht und einige Säfte. Miguel weiß, dass sie alle so viele Vitamine wie nur möglich gebrauchen können. Nur das Brot und das Wasser macht sie nicht kräftig, zudem haben sich viele an die Fenster gestellt und sehen sich ebenfalls das Spiel im Fernseher an. Sarita hat ihm erzählt, dass vor Wochen einmal eine Lieferung mit neuen Matratzen, Decken und Kissen für die Baracken gekommen sind, da der Arzt ständig Läuse bei den Männern gefunden hat.

Roan hatte allen den Kopf rasieren lassen und wollte die Bettwäsche austauschen, doch dann hat der Arzt die gesamten Baracken mit irgendeinem giftigen Zeug absprühen lassen, woran mehrere Männer gestorben sind. Die Sachen sind, als sie dann geliefert wurden, einfach in einem Schuppen vergessen worden. Sie verteilen sie in den Baracken und die Wärter bekommen das nicht einmal mit.

Miguel wird das alles nicht ändern können, doch er kann es vielleicht etwas verbessern. Als er jetzt einigen der Männer in die Augen sehen muss, quält ihn das Wissen, dass das Einzige, was ihnen noch die Kraft gibt sich hier durchzukämpfen, ihre Familien sind und er nun weiß, dass es die bei vielen gar nicht mehr gibt. Miguel kann nicht sagen was schlimmer ist, dass sie hier sind oder dass sie eines Tages vielleicht hier wegkommen und erfahren, was mit ihren Frauen, Töchtern und Söhnen passiert ist.

Als sie zurück ins Haus gegangen sind, hat es bereits angefangen zu dämmern, doch Sarita hat darauf bestanden, dass er noch einmal mitkommt. Als er vorhin kurz beim Wechseln der Bettsachen mit Jakup sprechen konnte, war er sehr zufrieden. Wenn die Wachen das öfter machen und sie vielleicht mal dazu kommen, ihnen stärkeren Alkohol zukommen zu lassen, haben sie ein leichtes Spiel.

Da sie auch den Haushälterinnen gesagt haben, sie können sich heute frei nehmen, machen sie sich nun in der Küche selbst das Essen. Miguel kann nicht fassen, dass Sarita nicht einmal Nudeln kochen kann. Er hat einen neuen Grund sie aufzuziehen und hat sich dafür schon einige Schläge mit dem Handtuch eingefangen. Sarita hat es geschafft, beim Warmmachen der gekühlten Gerichte fast alles anbrennen zu lassen und als sie jetzt die Teller wegräumen und sie noch eine Schüssel mit Erdbeeren holt, mustert er sie belustigt.

»Komm schon, so schlimm war es auch nicht.« Sie kommt auf ihn zu. »Nein, ich denke, du hast heute etwas Gutes getan, du hast anderen geholfen und hast selbst dein Essen gemacht, statt es andere tun zu lassen und genau deswegen hat es mir von allen Essen, die ich bisher hier gegessen habe, am meisten geschmeckt.« Sarita hebt die Augenbrauen und steckt ihm eine Erdbeere in den Mund. »Du verwirrst mich mit deiner Art.« Miguel beugt sich zu ihr herunter und gibt ihr einen kleinen Kuss, doch sie legt den Arm um seine Schulter und dehnt diesen aus.

Miguel lässt seine Hand ihren Rücken herunterfahren und zieht sie enger an sich. So langsam gewöhnt er sich an sie. Er vertieft ihren Kuss. Als er sich löst, zieht er ihr Shirt aus und widmet sich ihren Brüsten, was sie mit einem zufriedenen Stöhnen belohnt. »Ich wollte dir noch zeigen, was ich alles mit dir anstellen kann.« Sarita sieht ihm in die Augen und ihre Brüste berühren seine Haut. Miguel hebt seine Hand an ihre Wange, sie hat noch etwas Soße daran von ihren Bemühungen in der Küche.

Er will keine Spiele mehr mit ihr spielen, in keine Rollen mehr schlüpfen oder dass sie sich wieder verstellt. »Nein, ich will dich so wie du jetzt bist ohne das ganze Drumherum.« Wieder sieht sie ihn mit einem Blick an, der ihm verrät, dass er sie verwundert, doch er ignoriert es und küsst sie um ihr zu zeigen, dass seine Worte ernst gemeint waren.

Miguel bringt sie nach oben in ihr Schlafzimmer. Als er sie anschließend langsam und genießend liebt, hat er das Gefühl, dass sie diese Art von Sex überhaupt nicht kennt, umso mehr genießt er es, sie danach im Arm zu halten und einzuschlafen, auch wenn er weiß, dass morgen alles wieder vorbei ist.

Dania liegt in ihrem Bett und weint still vor sich hin. Leandro ist bei ihr, er sitzt auf dem Bett, den Rücken zu ihr gedreht und telefoniert mit einer anderen Frau. Sie hat es gewusst, sie hat es geahnt. Die ganze Zeit, als sie hier auf ihn gewartet hat, hatte sie dieses Gefühl in ihrem Bauch und sie weiß, auf dieses Gefühl kann sie sich verlassen. Sie war verwundert über seine Reaktion, als er ihren Körper gesehen hat, dass er sie nicht zurückgewiesen hat, doch mittlerweile versteht sie das.

Leandro ist anders als jeder Mensch, den sie bisher getroffen hat. Wie hart er auch wirken mag, wie unberechenbar er sicherlich auch sein kann, er hat ein Herz, was sie berührt hat, tief berührt hat. Er hat sich um sie gekümmert und sie nicht fallen gelassen, obwohl er es hätte tun können. Dania ist sich sicher, dass er sie mag, doch die Gefühle, die sie für ihn entwickelt hat, teilt er nicht und das schmerzt sie.

Leandro ist ein viel zu guter Mensch um sie abzuweisen, besonders nachdem sie ihm gezeigt hat, wie kaputt sie ist. Er würde sie nicht verletzten und das macht Dania ein schlechtes Gewissen. Nach allem, was er für sie getan hat, bringt sie ihn in eine derartige Situation. Wie soll er ihr jetzt sagen, dass er sie zwar mag, aber keine Gefühle für sie hat, Leandro würde das nicht über sein Herz bringen und sie fühlt sich schlecht deswegen.

Schlecht, weil sie so ein Mitleid in ihm auslöst, schlecht, weil sie sieht, wie er wirklich auf ihren Körper reagiert, dass er sich in einem Striplokal schöne Körper ansieht und sie genau weiß, dass er eine so schöne Frau verdient hat. Leandro ist in ihren Augen perfekt, er ist schön, viel zu schön für sie und hat dazu ein so gutes Herz, dass sie gar nicht anders konnte, als ihres an ihn zu verlieren. Jetzt wo sie ihn am Telefon mit einer anderen Frau hört, wie gelöst und fröhlich er bei ihr ist, weiß sie, dass er etwas Besseres verdient hat.

Sie ist kaputt, das weiß sie selbst, sie hat sich in dieser Sache niemals etwas vorgemacht. Als sie damals an den Mann in Chile verkauft werden sollte, hatte sie die Narben ganz frisch. Ihr Vater hat darauf geachtet, dass niemals jemand sie zu sehen bekommt. Sie hat gehört, wie er Jayime angewiesen hat, die Haut des Monsters vor den Augen der anderen zu verstecken. Es war sein Plan, das alles so lange zu verstecken, bis er das Geld für sie bekommen hat, was danach geschehen würde, war ihm egal.

Dania weiß, dass er es nur nicht in die Tat umgesetzt hat, weil er dann selbst an Geld gekommen ist und ihm das Risiko doch zu hoch wurde, solange er nicht dringend auf das Geld angewiesen war. Sie lebt damit, sie kann dagegen nichts tun. Vielleicht hatte sie bei Leandro doch etwas Hoffnung auf Glück, was sie sich von alleine niemals zugestanden hätte. Doch nun merkt sie, dass sie das nicht tun kann, sie kann sein gutes Herz nicht ausnutzen und sein Mitleid dafür benutzen bei ihm zu bleiben.

Er wird sie von alleine nicht wegstoßen, also muss sie diesen Schritt selbst machen. Sie wird gehen, das hätte sie schon von Anfang an tun sollen, sie hat hier nichts mehr verloren und ist auch nicht erwünscht. Leandro jetzt mit diesen Problemen zu belasten, wäre nicht fair. Er hat so viel für sie getan, sie wird ihm dafür ewig dankbar sein. Das Beste, was sie tun kann, ist aus seinem Leben zu verschwinden und ihm die Last, sie ablehnen zu müssen, nehmen zu können, indem sie selbst geht.

Dania wischt sich entschlossen die Tränen ab, als sie merkt, dass das Telefonat zu Ende geht. Leandro verspricht der Frau sie nach Puerto Rico zu holen. Und egal wie sehr sie diese Worte schmerzen, sie zwingt sich zu einem Lächeln, als er sie danach anblickt.

Nach allem, was er für sie getan hat, hat sie kein Recht ihm irgendetwas vorzuwerfen.

Sie hat kein Recht sein Gewissen zu belasten, wo er gerade dabei ist, sein Leben und das seiner Cousins zu riskieren, um für seine Familie zu kämpfen.

Nach allem, was sie ihm zu verdanken hat, wird sie einfach ihre Schmerzen herunterschlucken und lächeln.

Kapitel 15

Es ist nicht Leandros Schuld, dass ihr Herz wie verrückt hüpft, als er sich zu ihr umdreht und ihr in die Augen schaut. Sie hat sich in ihn verliebt, obwohl sie genau wusste, dass er diese Liebe nicht erwidern wird, nicht nachdem er das Monster in ihr gesehen hat, also soll er nicht dafür leiden. Ihr Entschluss steht fest, sie wird gehen und ihn von dieser Last befreien.

Ihr bleibt noch diese Nacht und der Tag morgen, um seine Nähe zu genießen, auch wenn sie weiß, dass sie sich damit nur noch größere Wunden schlägt und diese dann umso schwerer verheilen. Aber es ist ihre letzte Zeit zusammen und die Erinnerungen werden es wert sein.

»Hab ich dich geweckt?« Dania zwingt sich zu lächeln. »Nein, ich habe noch nicht richtig geschlafen.« Leandro zeigt auf das Handy, was er zur Seite gelegt hat. »Tut mir leid, das gerade war ...« Dania hebt ihre Hand und zeichnet die dunklen Ränder unter Leandros Augen nach. Sie will jetzt nicht darüber reden, er ist ihr keine Rechenschaft schuldig. »Du siehst müde aus.« Einen Augenblick sieht er sie verwundert an, als warte er auf etwas, doch dann zieht er sein Shirt und seine Hose aus.

Als er nur in Boxershorts zu ihr unter die Decke kommt, will Dania aus Reflex etwas zurückweichen, doch sie schließt kurz die Augen und zwingt sich ihrer Gewohnheit nicht nachzugeben, nicht jetzt. Es wird für sie sicherlich das letzte Mal sein, dass sie ihm so nah sein kann. Leandro zieht sie in seine Arme und küsst sie. Der Kuss ist so liebevoll und süß, dass ihr dabei wieder die Tränen in die Augen steigen. »Du hast mir gefehlt.« Leandro sieht ihr danach in die Augen und streicht ihre wilden Locken aus ihrem Gesicht.

Dania gibt ihren letzten Widerstand auf und kuschelt sich eng an ihn, sie vergräbt ihre Nase an seiner Schulter und atmet tief seinen Geruch ein. »Du mir auch.« Und das hat er, sie hat die Zeit, in der er nicht da war, ständig an ihn gedacht. Ihr ist schon bewusst, dass sie es sich hiermit nicht einfacher macht und ihre Gefühle für ihn nur stärker werden, aber sie kann nicht anders. Sie schließt die Augen, als er sie noch enger an sich zieht und sie fest in seinen Armen hält.

Bei Gott, es ist so leicht in diesem Moment zu glauben, er empfindet auch etwas für sie, es ist so verdammt leicht jetzt in der Dunkelheit der Nacht und in dem gedämmten Licht, so fest in seinen Armen alles andere zu vergessen und sich einzubilden, dass er sich ebenso in sie verliebt hat, dass jemand wie sie, ein entstelltes Monster, geliebt werden kann. Doch sie weiß, dass es bei Tageslicht und wenn ihr Verstand wieder vollkommen da ist, anders aussieht.

Dania atmet tief ein, vielleicht ist es das letzte Mal, dass sie das Gefühl von jemandem bekommt, geliebt zu werden, sie schiebt die Gewissheit, dass es mehr Mitgefühl ist als alles andere, beiseite. Wer weiß, ob sie noch jemals wieder so empfinden wird, also tut sie den ersten Schritt. Dania weiß, dass Leandro viel zu sehr auf ihre geschundene Seele und ihren entstellten Körper achtet, um ihr zu nahe treten zu wollen, also muss sie das tun.

Dania löst sich etwas von Leandro, aber nur, um ihn zu küssen. Sie legt all ihre Gefühle für ihn in diesen Kuss und spürt, dass er erst etwas überrascht ist, doch dann auf ihren fordernden Kuss eingeht. Seine Hand geht an ihren Hinterkopf und er hält sie noch fester an sich, während seine andere Hand unter ihrem Shirt den Rücken entlangfährt.

Dania entfährt ein leises Keuchen, als sie sich lösen, noch nie hat sie einen Mann so geküsst, doch sie denkt nicht daran aufzuhören. Ihre Lippen fahren über seine Schultern, seine muskulöse Brust, sein Atem wird schneller, auch wenn er sie in Ruhe seinen Körper erkunden lässt. Sie liebt seinen Geschmack. Als sie dieses Mal wieder hochkommt, erobert er ihre Lippen und das so fordernd, dass ihr ein Stöhnen entfährt.

Leandro zieht sie auf seinen Schoß und genau auf seine Erregung. Es sollte sie erschrecken, erstmalig spürt sie einen Mann so nah, doch unter seinen Händen, die ihr das Shirt ausziehen und seinem Kuss gibt sie sich ganz ihren Gefühlen hin und reibt sich an ihn, was Leandro dieses Mal aufstöhnen lässt.

Als er ihre nackte Haut betrachtet, will sich wieder ihr ungutes Gefühl ausbreiten, doch sein Blick ist nicht abgeschreckt, sondern erregt, während er über ihre Brüste streichelt und sich aufsetzt, um diese zu liebkosen. Dania legt ihren Kopf zurück und gibt sich ganz diesem neuen Gefühlen hin. Dann spürt sie, wie seine Hand ihren Bauch entlangstreicht und in ihrer Mitte landet. Als Leandro unter ihren Slip fährt und spürt, wie bereit sie für ihn ist, flucht er leise auf. »Verflucht, Dania ...«

Ihr Name hört sich wie eine süße Qual an und seine Finger streicheln sie, während sie sich diesem Gefühl entgegenstreckt. Als sich dann in ihrem Bauch alles zusammenzieht, hat sie das Gefühl zu fliegen, ebenso schnell wie es gekommen ist, verfliegt das Gefühl wieder und Dania will es wieder spüren. Sie lehnt sich keuchend an Leandro, der ebenso schwer atmet, auch wenn sie seine Erregung noch an sich spürt.

Doch er macht nicht weiter, sondern küsst sie sanft. Dania windet sich von ihm herunter und legt sich auf den Rücken, bereit, ihm alles von sich zu geben, doch Leandro zieht sie nur fest in seine Arme. »Das wird dein erstes Mal, Dania, es sollte nicht hier und nicht jetzt passieren, so sehr ich es selbst will. Nicht, wenn ich morgen gehe und nicht einmal weiß, ob ich zurückkehre, du hast etwas Besseres verdient als das und das wirst du bekommen!«

Leandro küsst sie noch einmal sanft. Auch wenn seine Worte ehrlich geklungen haben und sich jede Frau so einen verständnisvollen Mann wünscht, kränkt es Dania bis tief in die Knochen. Sie liegt hier, fast nackt, bereit, ihm alles zu geben und er will sie nicht. Er lehnt sich etwas zurück, um in ihr Gesicht sehen zu können und lächelt.

»War es das erste Mal, dass du gekommen bist?« Dania zieht die Augenbrauen zusammen, sie hatte noch nie dieses Gefühl, was er vorhin bei ihr ausgelöst hat, daran würde sie sich erinnern. »Ja, ich denke schon.« Leandro legt seine Hand an ihre Wange. »Ich komme zu dir zurück und dann wirst du das schönste erste Mal haben, welches du verdienst. Ich verspreche dir alles zu geben, damit ich zu dir zurückkomme.«

Seine Stimme wird rau, als würde er selbst nicht an seine Worte glauben, aber hoffen, dass es so ist. Dania legt ihren Kopf an seine Brust und schließt die Augen. Sie wird von nun an nicht nur jeden Tag für die Seele ihrer Mutter beten, sondern auch dafür, dass es Leandro gut geht, dass Gott über ihn wachen soll, doch wenn er zurückkommt, wird sie nicht mehr da sein.

Sie ist es ihm schuldig, ihn von sich und der Last, die sie mit sich trägt, zu befreien.

Sanchez hat sich freiwillig gemeldet, um bei der Ärztin am Morgen einige Medikamente, Verbandszeug und das Nötigste was sie mitnehmen können zu besorgen. Sie werden es sicherlich gebrauchen können, sie wissen nicht einmal in was für einem Zustand sich ihre Väter und Onkel befinden, auch wenn sie ab und zu mal hören, dass es allen gut geht.

Seit ihrem letzten Aufeinandertreffen hat er Celestine nicht mehr gesehen. Sie ist nicht mehr gekommen, um in den Häusern mitzuhelfen und er fragt sich, ob es daran liegt, dass sie denkt, er würde sie mehr mögen, wenn sie Alkohol getrunken hat. Zwar weiß Sanchez, dass zwischen ihnen nichts sein sollte, doch er will das auch nicht so im Raum stehen lassen, besonders nicht, wenn er jetzt auf eine Reise geht, für die er vielleicht kein Rückticket bekommt.

Sie alle wissen es, keiner spricht es aus. Ihre Chancen stehen nicht sehr gut in Anbetracht dessen, dass sie nicht einmal wissen, was genau sie erwartet. Doch weder Sanchez noch einer der anderen würde je einen Zweifel haben es zu tun, sie alle sind bereit ihr Leben dafür zu geben, damit ihre Familien wieder vereint sind.

Es dauert eine Weile, bis ihm Celestine selbst die Tür öffnet. Sie trägt eine Pyjamahose und ein weites Shirt, ihre Haare sind zu einem unordentlichen Etwas auf den Kopf gebunden und sie hat einen Schokoladenriegel im Mund. Sie hat sicherlich nicht damit gerechnet, dass jetzt jemand vorbeikommt. Ihr Gesichtsausdruck lässt ihn gleich grinsen. »Hey, ist deine Mutter da?«

Verlegen versucht sich Celestine nichts anmerken zu lassen, doch ihre Wangen verraten sie wieder einmal. »Nein, sie ist seit gestern

Nacht bei einer Hausgeburt. Ist etwas passiert?« Sanchez sieht an ihr vorbei in das Haus. »Nein, wir fliegen morgen nach Kolumbien und wir wollten ein paar Sachen mitnehmen, Verbandszeug und so etwas.« Celestines Gesicht wird etwas blasser und sie tritt zur Seite, sodass er ins Haus kann. »Natürlich, ich such euch einige Sachen zusammen.«

Sanchez weiß, dass sie mittlerweile guten Kontakt zu Dania hat und ist überzeugt, dass sie weiß, was sie in Kolumbien vorhaben und wie ernst es ist. Schweigend folgt er ihr in die Praxis, die sich im Haus der Ärztin befindet. Celestine scheint plötzlich durcheinander zu sein und stolpert gleich zweimal auf dem kurzen Weg. Als sie die Treppen hinabsteigen, hält Sanchez sie beim dritten Mal an der Hand fest, sodass sie nicht ernsthaft stürzt.

»Ich habe noch nie einen solch tolpatschigen Menschen wie dich getroffen.« Er muss lachen, doch auch wenn Celestine leicht zurück lächelt, hätte er das wohl lieber nicht sagen sollen. Während sie eine kleine Tasche nimmt und Salben, Verbandszeug und Pflaster einpackt, sucht er nach den richtigen Worten. »Hör mal Celi, nimm nicht alles was ich so sage zu ernst, ich rede manchmal einfach zu offen und ohne nachzudenken.« Nun hat er ihre Aufmerksamkeit. »Nein, das ist schon okay, ich finde es besser als wenn man nicht weiß, woran man bei jemandem ist.«

Sie versteht ihn vollkommen falsch. »Ist das der Grund, weshalb du nicht mehr zu uns gekommen bist? Weil du denkst … ich mag dich nicht?« Celestine sieht nun mit hochroten Wangen weg und schließt die Tasche. »Nein, meine Mutter hatte plötzlich ganz viele Aufgaben, die ich für sie zu erledigen hatte, sie macht sich schnell Sorgen um mich, verstehst du?« Sanchez nickt, natürlich versteht er das.

Celestine gibt ihm die Tasche. »Ich weiß gar nicht, was man da sagt, ich wünsche euch viel Glück und passt bitte auf euch auf.« Das hat sie ganz ehrlich gemeint und Sanchez will auch ehrlich sein. »Falls du denkst, dass ich dich an dem Abend und danach nur geküsst habe, weil du betrunken warst, das stimmt nicht, so ist es nicht.« Auch wenn sie etwas überrumpelt aussieht, lächelt sie. »Ok … Das ist schön zu wissen.«

Sanchez dreht sich zum Gehen um. »Pass auf dich auf, Celi.« Beim Blick zurück sieht er, dass sie zu Boden blickt. »Du auch und ich hoffe, dass ihr die Sachen nicht brauchen werdet.« Sanchez dreht sich um und schließt kurz die Augen. Scheiß drauf was richtig und was falsch ist, vielleicht ist er gerade auf dem direkten Weg in die Hölle. Warum sollte er sich noch darum kümmern, was er besser nicht tun sollte?

Er dreht sich wieder um, bevor er aus der Tür geht. »Celi, wenn ich zurückkomme, hast du dann Lust mit mir auszugehen?« Die Röte, die sie nun bekommt, wird nicht mehr zu übertreffen sein, doch gleichzeitig sieht er, dass es sie freut und sein Herz schlägt etwas schneller, als sie ihn anstrahlt. »Ich würde dann sehr gerne mit dir ausgehen.« Sanchez lächelt und geht, bevor er gar nicht mehr aus dieser heilen Welt herauskommt, von der er nicht einmal weiß, ob er sie noch einmal zu Gesicht bekommen wird.

Miguel steht müde in der Sonne und geht der immer gleichen Bewegung nach. Gestern hat es aufgehört zu regnen und sie standen bei Sonnenaufgang wieder alle auf dem Feld. Er ist zwar aus Saritas Bett dahin gegangen und hat gesehen, dass die anderen Mahlzeiten die Männer wieder etwas kräftiger gemacht haben, doch nach dem heutigen Tag weiß er, warum die Männer gesagt haben, sie müssen sich an den Regentagen gut erholen. Die Wärter drängen sie, schneller und mehr zu arbeiten, als wollten sie die durch die zwei Tage Regen nicht gewonnene Ware an einem Tag aufholen.

Sarita hat er nur kurz gesehen, das war es jetzt wahrscheinlich mit ihrer Zeit, eine Freundin von ihr ist heute angekommen und er hat beobachtet, wie die beiden vorhin weggefahren sind. Sarita war wieder die Alte, von Kopf bis Fuß gestylt und nichts hat mehr an die Frau erinnert, die ihn ungeschminkt und im Schlapper-Shirt angelacht hat. Sie hat nicht einmal einen Blick zu ihm zurückgeworfen, doch Miguel bereut die letzten Tage nicht.

Er konnte den Männern etwas helfen und hat selbst wieder in einem normalen Bett geschlafen. Wenn er jetzt daran denkt, dass Sarita sich bald sicherlich wieder einen Neuen für ihren Spaß sucht, kann er nur den Kopf darüber schütteln. Er sollte nicht aus den Augen verlieren, dass er hier einfach nur weg muss, und das so schnell wie möglich, und er sollte auch nicht vergessen, zu wem Sarita gehört, egal wie nahe sie sich die letzten Tage gekommen sind.

Sie bekommen keine Pause. Obwohl die Wasserflaschen schnell leer sind, müssen sie sich ihre Finger wund arbeiten. Nun beginnen auch bei Miguel die ersten Hautschichten abzuplatzen und als er immer mehr blutet, kommt Monkey und bindet ihm Verbände um, einzig aus dem Grund, dass er die Ware nicht mit seinem Blut verschmutzen soll. Kurz danach kommt Sarita mit ihrer Freundin und Unmengen an Einkaufstüten zurück. Ihr Blick fällt auf Miguel, doch der sieht weg.

Wut kommt in ihm auf, er ist ein geborener Anführer und steht hier als Sklave, noch nie hat er sich so erbärmlich gefühlt. Im Gefängnis, bei seinem Vater und den anderen, wurde er zwar eingesperrt, doch man hat in jeder Sekunde die Angst und den Respekt der Polizisten und Garcias gespürt, hier ist er nur ein Sklave irgendwelcher Drogenhändler. Was auch kommen wird, Miguel schwört sich hierher zurückzukommen, um ihnen allen zu zeigen, wer er wirklich ist.

Kurze Zeit später erscheinen ein paar Wachen und geben den Männern Eistee und Obst. Er weiß, dass es von Sarita kommt, trotzdem fühlt er sich dadurch nicht besser. Jetzt hat die Frau einer der Männer, die ihn hier gefangen halten, Mitleid mit ihm, tiefer kann er nicht mehr sinken. Doch wenn er zu den anderen Arbeitern guckt, versucht er sich selbst wieder zu beruhigen.

Egal wie hoffnungslos seine Situation ist, es könnte schlimmer sein. Es fällt ihm schwer, noch in ihre Gesichter zu sehen und den Erzählungen ihrer Familien zuzuhören, die Hoffnung in ihren Augen zu erkennen, sie eines Tages wiederzusehen, wenn er jetzt weiß, dass viele von ihnen nicht mehr leben.

Als er am Abend in die Dusche kommt, brennen seine Hände und er versucht, die Wunden von dem schlimmsten Schmutz zu befreien. In der Baracke hört er seinem Nachbarn zu, wie er von seiner Tochter erzählt, die irgendwann jetzt ihren sechzehnten Geburtstag feiert. Wann genau weiß er nicht, sie wissen den aktuellen Monat nur ungefähr, selbst Miguel weiß nicht mehr so ganz genau, welches Datum es gerade ist. Der Mann berichtet stolz wie schön seine Tochter ist und Miguel lässt den Kopf hängen, er weiß, dass die junge Frau sicher tot ist oder an ein Bordell verkauft wurde.

Ihnen wird das Essen gebracht und es wundert Miguel nicht besonders, dass es eine große Portion Lasagne für jeden von ihnen gibt. Die Männer in der Baracke danken ihm immer wieder, in ihren Augen ist er ein Held, weil er dafür gesorgt hat, dass sie etwas Anständiges zu essen bekommen und neue Kissen und Decken haben. Die Welt dreht sich hier verkehrt, das bekommt er mit jeder Minute mehr zu spüren.

Nach dem Essen fallen die meisten Männer in einen tiefen, erschöpften Schlaf, was nach dem anstrengenden Tag kein Wunder ist. Miguel legt sich selbst hin und beim Gedanken daran, dass ihn morgen das Gleiche erwartet, beginnen seine Hände augenblicklich zu schmerzen. »Miguel.« Saritas leises Flüstern lässt ihn aufstehen und zu dem Fenster seiner Baracke gehen.

Verwundert sieht er zu ihr, sie ist immer noch aufgetakelt, doch sieht sie ihn nicht gerade glücklich an. »Was ist los?« Er hört selbst, dass er genervt wirkt, sein Blick wandert zu den Wachen, die sich wieder vor den Fernseher zusammenfinden, jeder etwas Bier in der Hand. Das ist gut, sollen sie sich das zur Gewohnheit machen, umso besser für sie. »Meine Freundin ist da ...« Miguel schaut wieder zu Sarita. »Habe ich gesehen.« Sie lehnt sich an die Baracke und sieht zum Sternenhimmel.

Miguel ist zu müde für solche Spielchen. »Was willst du Sarita?« Ohne ihn anzusehen versucht sie sich zu erklären. »Ich bin es gewohnt zu teilen, Sex mit mehreren Personen zu haben. Mir macht es nichts aus, mit einer Frau und einem Mann oder zwei Männern zu schlafen. Jedes Mal wenn Roan kommt, hat er eine neue Fantasie, die ich für ihn ausleben soll, da er dazu nicht mehr in der Lage ist. Miranda ist eine der Frauen, mit denen ich öfter zusammen Spaß hatte in der Spielwiese und manchmal holen wir uns einen Mann dazu.«

Miguel kreist seinen Kopf von der einen zur anderen Schulter, er lässt seine müden Knochen knacken. Muss er sich das alles anhören?

Er versteht nicht, was sie jetzt von ihm will. »Willst du, dass ich jetzt mit dir und deiner Freundin … Spaß habe, wie ihr es nennt?« Da dreht sich Sarita wieder zu ihm und sieht ihm in die Augen. »Das hatte ich eigentlich vor, ich habe ihr heute etwas von dir erzählt und sie konnte es gar nicht erwarten dich kennenzulernen. Sie hat die Spielwiese hergerichtet und sich bereit gemacht, aber dann …«

Miguel zieht die Augenbrauen hoch, unterbricht den Blickkontakt zu ihr aber nicht. Er fragt sich, wie sein Körper bei all der Müdigkeit alleine bei diesen Informationen wieder so wach werden kann. »Dann was?« Sarita ist durcheinander, so als wäre etwas Unvorstellbares passiert. »Ich konnte nicht oder ich kann nicht.« Plötzlich ist eine beängstigende Stille um sie herum. Auch wenn die Wachen wegen eines geschossenen Tores laut grölen und das Schnarchen einiger Männer zu hören ist, herrscht eine merkwürdige Stille zwischen ihm und Sarita.

Sie brechen den Augenkontakt nicht ab. »Ich verstehe es nicht, ich hatte noch niemals ein Problem damit, aber bei dem Gedanken, wie du sie berührst und sie dich … Ich kann das nicht, ich kann dich nicht teilen!« Miguel sieht, wie schockiert sie selbst darüber ist, dass sich solche Gefühle in ihr breit machen und er weiß auch nichts dazu zu sagen. Plötzlich wirkt alles so anders, als gerade noch vor einigen Minuten.

Er sieht die Verwirrtheit in Saritas Augen, sie hat wahrscheinlich noch nie so etwas gefühlt und hat offenbar richtige Angst davor. Miguel greift durch die Gitterstäbe und legt seine Hand an ihre Wange, dabei sieht sie seine Wunden. »Brauchst du etwas?« Miguel schüttelt den Kopf und Sarita schmiegt ihre Wange in seine Handfläche. »Ich verstehe das nicht, wieso kann ich dich nicht teilen?« Sarita flüstert nur noch, diese neuen Gefühle machen ihr wirklich Angst.

»Es ist ok, mach dir deshalb keine Gedanken, du musst mich nicht teilen. Geh zurück ins Haus und versuch das alles zu vergessen.« Das Spiel scheint zu Ende zu sein, einige der Wachen stehen auf. Sarita nickt, sie gibt Miguel einen Kuss in seine Handfläche und geht schnell zurück. Als Miguel sich jetzt auf seine Liege legt, ist trotz des langen Tages nicht so leicht an Schlaf zu denken.

Leandro sieht auf Puerto Rico hinab. Die letzten Stunden sind zu schnell vergangen, sie haben sich die Waffen herausgesucht, entschieden, wer in Sierra bleibt und sind dann ohne Dine, Avilio und zwei weiteren Männern losgefahren, nachdem sie noch einmal in der Kirche um Kraft gebetet haben. Es hat lange gedauert, bis sie wieder in der Hauptstadt waren, sodass sie nur alles eingeladen haben und direkt losgeflogen sind.

Jetzt lehnt er sich im Flieger zurück. Der Abschied von Dania bereitet ihm ein ungutes Gefühl. Die Nacht war schön, als er am nächsten Morgen wach wurde, war sie allerdings schon in der Uni. Er wollte sie dort abholen, doch sie war schon kurz danach wieder da, vielleicht hat sie die Uni für den Tag abgesagt, um noch Zeit mit ihm zu verbringen. Deswegen hat er sie überall mit hingenommen, auch wenn sie nur still und ruhig bei allem dabei stand, war sie wenigstens bei ihm.

Kurz bevor sie losgeflogen sind, haben sie sich noch einmal zurückgezogen und Leandro hat sie einfach im Arm gehalten. Er kann selbst nicht glauben, was für eine beruhigende Wirkung sie auf ihn hat. Er liebt es, sie so zu spüren, sie anfassen zu können, ohne dass sie entweicht, ihre Haut an sich zu spüren und mit ihren Haaren zu spielen. Wenn er sie küsst, vergisst er für den Moment alles um sich herum und genau jetzt kann er das gut gebrauchen. Er liebt es einfach mit ihr zu sein und sein Unterbewusstsein fragt sich, ob er sie liebt, auch wenn er diese Frage nicht zulässt, nicht jetzt.

Trotzdem hat er gemerkt, dass sie anders war, sie hatte die ganze Zeit Tränen in den Augen und hat sich an ihn gekuschelt, als hätte sie Angst ihn nie wiederzusehen. Wahrscheinlich ist es das, vielleicht war es einfach nur die Angst vor dem, was kommen wird.

Leandro sieht zu seinen Cousins. Jeder schweigt und blickt dem entgegen, was sie erwartet, das Land, was so verflucht für ihre Familien ist. Das Land, in dem ihre Väter, Onkel, ihr Cousin und ihre Freunde gefangen gehalten werden. Und was auch geschieht, sie werden dieses Land nicht ohne sie verlassen!

Kapitel 16

Am nächsten Tag fällt Miguel auf dem Feld sofort auf, dass Jakup und zwei weitere Männer aus seiner Baracke fehlen, zudem ist Monkey auch nicht da. Er versucht alle anderen zu fragen, doch keiner weiß etwas und die Männer, die mit ihnen in der Baracke waren und auf dem Feld arbeiten, stehen zu weit weg um sie zu fragen. Miguel wird immer unruhiger, er will die Wachen fragen, doch offensichtlich zeigt der Alkohol, der ihnen in der Nacht zwar helfen kann, am Morgen nur die Wirkung, dass die Wachen noch schlechter gelaunt und verkatert sind. Keiner sagt ihm etwas.

Erst am Mittag kommt Monkey aufs Feld. Er ist blass, auf seiner Kleidung ist Blut. Sobald er in Miguels Nähe kommt, fragt er was los ist. »In der Nacht ist eine Giftschlange in die Baracke gekommen, sie hat drei der Männer gebissen, bevor die Wachen sie töten konnten. Dein Freund hat auch einen Biss abbekommen. Sie sind jetzt noch in den Baracken und sollen da bleiben. Ich habe einige Kräuter gesammelt und versuche das Schlimmste zu verhindern. Ich weiß nicht, ob sie es schaffen, der Arzt kommt erst gegen Abend wieder, wenn sie es bis dahin aushalten, werden sie sicher bald wieder gesund. Sie schlafen jetzt.«

Miguel wird sauer. Es gibt verschiedene Giftschlangen, bei manchen Bissen stirbt man sofort, manche überlebt man, wenn sie jetzt noch nicht tot sind, ist es ein gutes Zeichen, doch sie brauchen Hilfe. »Wieso werden sie nicht weggebracht, es gibt Gegenmittel gegen das Gift.« Monkey zeigt ihm an, dass er ruhig bleiben soll. »Bitte, mach es nicht noch schlimmer, ich musste die Wachen davon abhalten, sie nicht sofort zu erschießen, als das Gift die Wirkung gezeigt hat. Für die Leute hier ist unser Leben nichts wert, außer dass wir hier zu arbeiten haben. Lass mich nicht umsonst für ihr Leben gekämpft haben, verhalte dich ruhig, so haben sie vielleicht eine Chance.«

Miguel beißt die Zähne zusammen, er muss mit Sarita sprechen, doch er hat gesehen, wie sie heute schon wieder mit ihrer Freundin weggefahren ist. Er kann nur hoffen, dass sie schnell zurückkommt.

Egal wie sehr er sich bemüht, auf Monkeys Wort zu hören, es fällt ihm schwer ruhig zu bleiben. Er schafft es nicht, sich auf die Arbeit zu konzentrieren und als ihn eine Wache deshalb angeht, kann er sich nicht mehr zurückhalten. »Halt deine Fresse, wenn du diese verfluchte Waffe nicht hättest, würdest du dich nicht trauen, deinen Mund mir gegenüber aufzumachen. Wenn du mir etwas sagen willst, leg die Waffe weg und sag es mir wie ein Mann!«

Sofort ist Monkey an seiner Seite. »Señor, er meint es nicht so. Die Sonne und die Arbeit lassen ihn nicht klar denken, haben sie Verständnis für ihn.« Miguel denkt gar nicht daran, noch einmal klein beizugeben, doch der Wärter sieht Monkey drohend an. »Hab deine Leute besser im Griff!« Mit diesen Worten dreht er sich um und geht. Miguel flucht auf, er dreht hier noch durch.

Als dann die Sonne untergeht und sie sich zum Duschen anstellen sollen, geht Miguel aus der Reihe auf die Baracke von Jakup zu. »Halt!« Ein Schuss ertönt neben ihm und im gleichen Moment kommt der Arzt aus der Richtung. »Was ist mit den Männern?« Gelangweilt sieht er ihn an. »Wir haben sie ins Haus in extra Räume gebracht, sie können da das Gift ausschwitzen, wieso stehen sie nicht in der Reihe?«

Miguel bleibt stehen, das hört sich gut an, sie sind im Haus und sie leben noch. Jetzt muss nur noch Sarita kommen. »In die Reihe oder haben sie heute besonders viel Lust auf eine Kugel?« Erst jetzt sieht Miguel, dass sich hinter ihm fünf Wachmänner, mit den Waffen auf ihn gerichtet, postiert haben. Er muss grinsen. »Soviel Furcht vor einem Mann?« Entspannt stellt er sich in die Reihe zurück.

Als er etwas später dem Arzt vorgestellt wird, bekommt er eine Spritze, der Arzt sagt ihm, es sei wegen des Schlangengiftes zur Vorbeugung, doch schon unter der Dusche merkt Miguel, dass das nicht sein kann. Er kann sich kaum mehr auf den Beinen halten, wird müde und nur mit allerletzter Kraft schafft er es bis auf seine Liege. »Habt ihr auch diese Spritze bekommen?« Der Mann von gegenüber sieht zu ihm, sie warten alle auf das Essen, doch Miguel kann seine Augen nicht mehr offen halten, egal wie hungrig er auch sein mag. »Welche

Spritze?« Das sind die letzten Worte die er hört, bevor sein Körper seinen Verstand ausschaltet.

Leandros Magen rebelliert, als sie aus dem Flugzeug steigen und das erste Mal die Luft Kolumbiens einatmen. Es klappt alles ohne Probleme, sie schulden Gabo viel. Der Flughafen ist leer und es stehen schon drei ihrer Mietwagen bereit, mit denen sie sich sofort auf den Weg zu dem Haus machen, was sie gemietet haben.

Die Fahrt dauert über zwei Stunden, Leandro nimmt währenddessen jeden Millimeter dieses Landes in sich auf. »Ich schwöre euch, ich kann förmlich spüren, dass wir in ihrer Nähe sind.« Sami grinst zuversichtlich in ihre Runde. Während sie hier sind, wollen sie nicht auffallen, zumindest solange nicht, bis sie zuschlagen. Kurz bevor sie ihr Ziel erreichen, halten sie an einem Supermarkt. Kasim und Damian gehen einige Sachen besorgen, die anderen bleiben hinter den getönten Scheiben.

Sie sind hier zwei Stunden vom Flughafen entfernt und wiederum eine Stunde von dem Ort, wo ihre Väter und Onkel gefangengehalten werden. Sie haben es bewusst so gewählt, das Haus soll weit genug weg sein, falls sie mit ihnen dahin müssen. Das ist der Punkt, wo sie nicht weiter wissen. Sie werden sie versuchen zu befreien. Und dann? Die Autos haben sie, um sie von da wegzubringen, aber in welchem Zustand sind sie, wohin danach? Was sollen sie danach machen, direkt zum Flughafen, ins Haus? Keiner weiß darauf eine Antwort, sie werden es dann entscheiden müssen.

Das Haus, was sie gemietet haben, ist perfekt für ihr Vorhaben, es liegt fernab von allen, die vielen Geländewagen sind nicht sichtbar in einer Garage versteckt. Das Haus hat alles was sie brauchen, keiner von ihnen redet viel, jeder wird sich so kurz vor ihrem Ziel seine eigenen Gedanken machen. Sie verstauen die Sachen. Da das Haus groß genug ist, hat jeder ein eigenes Zimmer und sie machen sich frisch und ziehen sich zurück. Leandro setzt sich nach der Dusche auf sein Bett, er versucht Dania anzurufen, doch ihr Handy ist aus.

Sie ist sicherlich auf der Arbeit. Er geht auf den Balkon und sieht in die Landschaft, es ist ein Gefühlschaos, was ihn fast zu Boden drückt.

Mit der Gewissheit, dass sein Vater, den er so lange nicht gesehen hat, nur einige Kilometer von ihm entfernt ist, die Hoffnung, dass bald alles gut sein könnte, die Angst davor, dass sie es nicht schaffen und das Gefühl, dass es endlich so weit ist nach all der Zeit, können sie endlich handeln und müssen nicht mehr gelähmt alles erdulden.

Sind Männer freigekommen, wenn ja, wo sind sie dann? Ist Garcias dort, wo ihre Väter und Onkels gefangengehalten werden? In welchem Zustand werden sie sie alle vorfinden? Wie kommen sie da heran? All diese Fragen lassen Leandro keine Ruhe, er zieht sich schnell etwas über und tritt in den Flur, auch Sami kommt gerade aus seinem Zimmer. »Kommt alle zusammen, einige von uns fahren jetzt schon mal los die Gegend ansehen um zu gucken, was uns erwartet.«

Das erste Mal sind sie sich nicht sofort einig, da jeder mitfahren möchte. Keiner von ihnen kann es abwarten in die Nähe des Gefängnisses zu kommen, doch sie dürfen nicht auffallen. Sie diskutieren, bis Leandro nicht anders kann und entscheidet. Er ist der Einzige von ihnen, der als Anführer beider Familias vor ihnen steht und somit ist er der Anführer der neuen Generation, der Trez Surentos.

Er entscheidet mit Sami und Sanchez zu fahren, die anderen sind zwar nicht begeistert, doch letztlich wissen alle was passiert, wenn sie auffliegen. Damian, Kasim, Nesto und Rico bleiben mit den restlichen fünf Männern im Haus. Zur Tarnung ziehen sie sich Käppis und Sonnenbrillen auf. Keiner von ihnen weiß, ob sie hier bei der Polizei bekannt sind und es vielleicht sogar Bilder von ihnen gibt, da sie ja ein offizielles Einreiseverbot nach Kolumbien haben.

Bevor sie losfahren, schalten sie das Navi ein, sie kennen sich überhaupt nicht in Kolumbien aus, doch laut Navi muss es nur knapp eine Stunde entfernt sein. Sami lenkt das Mietauto, Sanchez sitzt hinten und sie alle sind still. Niemand sagt ein Wort und mit jedem Kilometer, den sie sich nähern, schlägt Leandros Herz schneller. Sie fahren durch eine kleine Stadt und dann kommt nichts mehr, es gibt nur noch Berge und Wälder, ihnen begegnen nur hin und wieder Autos.

Als ihnen das Navigationssystem anzeigt, dass sie abbiegen müssen und dann nur noch geradeaus und sie erkennen, dass es da nur noch verlassener wird, fährt Sami in einen kleinen Weg rein und parkt das

Auto zwischen den Bäumen. »Wenn wir da mit den Autos hinfahren, fallen wir sofort auf.« Ihnen bleibt nichts anderes übrig, als sich im Wald den Berg zu Fuß hochzuschlagen. Es wird nicht einfach, hier heimlich an das Gefängnis heranzukommen. Sie laufen extra weit weg von der Straße, aber so, dass sie die Straße noch erkennen können, um nicht ganz die Orientierung zu verlieren.

Als sie dann wieder näher zur Straße gehen, da sie allmählich da sein müssten, merken sie, dass nur noch auf ihrer Seite die Bäume stehen, auf der anderen Seite der Straße wird das Land flach. Sie erkennen einen großen Platz, der wohl mal als Parkplatz gedient haben muss, nun aber leer und verlassen ist, dahinter die Ruine eines alten Hauses.

Direkt daneben stehen riesige weiße Mauern, es wirkt nicht wie ein Gefängnis. Einzig die drei Wagen, die davor stehen, die bewaffneten Männer vor einem großen Tor, die auf Stühlen Karten spielen und die Männer, die oben auf den Mauern stehen, zeigen ihnen, dass sie am Ziel sind. Sie alle drei bleiben stehen, knien sich hin und sehen zu dem Gebäude. Dahinter sind sie, ihre Väter, ihre Onkel und die anderen Mitglieder der Trez Puntos und Les Surenas.

Leandro hat das Gefühl keine Luft mehr zu bekommen, sie sind so nah dran und doch können sie nichts tun. Auf den großen Mauern laufen ständig Polizisten hin und her, vor dem Tor allerdings sitzen nur drei, die Karten spielen. So wie er es erkennen kann, sind auf der Mauer noch weitere zehn Polizisten. Während sie alles beobachten, fährt ein Auto vor und zwei weitere steigen mit Essen aus. Man kann also davon ausgehen, dass sie von 15-20 Polizisten bewacht werden, sie wissen allerdings nicht, ob drinnen noch weitere sind.

Ihr Vorteil ist einzig, dass sie alle gelangweilt und unaufmerksam sind, was nach so langer Zeit verständlich ist, ihr Glück. Sami sieht immer wieder zu der alten Hausruine, es muss einmal eine Schule oder etwas ähnliches gewesen sein. »Lasst uns da hoch, vielleicht können wir von oben in das Gefängnis reinsehen.«

Leandro sieht unsicher dorthin, sie müssen die Straße überqueren und es ist so ruhig hier, dass es schwer wird ohne aufzufallen. Sami deutet ihnen mitzukommen, doch Sanchez bleibt wie versteinert sitzen und starrt auf das Gefängnis. »Sanchez, komm!« Sie müssen aufpassen und dürfen nur flüstern. »«Wir sind da, wir können sie jetzt nicht hierlassen.« Leandro versteht seinen Cousin, auch ihm fällt es schwer, doch sie müssen jetzt klar denken.

»Komm!« Auch wenn es Sanchez schwer fällt, folgt er ihnen schließlich. Sie entfernen sich wieder ein ganzes Stück vom Gefängnis. Als sie weit genug weg sind, dass sie nicht mehr gesehen werden können, wenn sie über die Straße gehen, rennen sie so schnell sie können auf die andere Seite. Sie bewegen sich schnell, halten sich versteckt und überbrücken rennend die paar Meter zu der Ruine zurück.

Erst als sie das alte zerfallene Haus betreten haben und ihnen die Mauern genug Sichtschutz bieten, halten sie an. Es war wohl doch eher ein Bürogebäude und sie versuchen auf den kaputten Treppen nach oben zu gelangen. Die Natur ist hier eingezogen, alles ist verrottet und verlebt, sie müssen bei jedem Schritt aufpassen. Als sie fast oben angekommen sind, hören sie ein leises Wippen aus einem der Räume. Leandro zieht seine Waffe und sieht nach.

In einer Ecke liegt eine große Hündin, Leandro geht näher und sieht, dass sie tot ist, an ihr dran liegen mehrere Welpen. Er flucht leise, wahrscheinlich hat sie hier Schutz gesucht und ist dann verhungert oder verdurstet. Er sieht, dass auch die Welpen nicht mehr leben, doch dann entdeckt er ein kleinen, der sich noch bewegt. Er tritt an den Bauch der Mutter, wo er versucht noch etwas Milch herauszubekommen. Leandro greift nach dem kleinen schwarzen Fellbündel. Es ist ein Junge, er scheint noch Milch bekommen zu haben, er sieht noch ganz fit aus. Er ist ganz schwarz, nur ein weißer Streifen geht von seiner Schnauze bis zu seinem Kopf. »Na komm!«

Er ist ein Kämpfer, wenn er hier als Einziger überlebt hat. Leandro steckt seine Waffe weg und bringt den Kleinen auf seinem Arm hinaus. Als Sami sie erblickt, hebt er die Augenbrauen. »Tolle Idee, wenn wir angegriffen werden, bewerfen wir sie einfach mit Hundebabys, das wird super.« Leandro lacht leise und sie kommen ins letzte Stockwerk. Sie müssen sich erst einmal orientieren, bis sie die Fenster finden, von denen sie auf das Gefängnis sehen können.

Und das erste Mal haben sie Glück, sie sind so weit oben, dass sie nicht nur auf das Gefängnis sehen können, sondern auch in das

Gebäude. Leandros Herz schlägt schneller, als er Miko und Pepo auf dem Hof entdeckt. Sie sehen immer mehr Mitglieder und letztendlich entdeckt er seinen Vater. Leandro muss schwer schlucken, Tränen treten in seine Augen, als er auf ihn hinabblickt. Er hatte es sich ganz anders vorgestellt. Er dachte, er würde sie als schwache, gebrochene Männer wiedersehen, doch sie alle sehen gut aus, durchtrainiert.

Sein Vater und Hernandez gehen über den Hof und verschwinden dann in einem Raum, den er nicht mehr einblicken kann. Es kostet sie alle Überwindung nicht laut loszuschreien, dass sie da sind. Sanchez sieht stumm zu seinem Vater, der gerade Raul auf den Nacken schlägt und laut lacht. Er ist nicht der Einzige, der mit den Tränen zu kämpfen hat. »Sieht einer Miguel oder meinen Vater?« Leandro schaut noch einmal genau hin, kann sie aber nirgends finden, auf dem Hof sind auch nicht viele und sie können nicht die ganze Zeit hier stehen.

Zumindest wissen sie jetzt, dass es auf dem Hof keine Polizisten mehr gibt. »Morgen wirst du sie sehen, lass uns jetzt gehen und den anderen alles sagen und einen genauen Plan entwerfen. Diese Ruine wird unser Vorteil sein!« Leandro sieht, dass der Welpe schon auf seinem Arm eingeschlafen ist. Der Kämpfer ist müde. Noch ein Blick in das Gefängnis und es fällt ihm nicht mehr schwer zu gehen, er weiß, er wird morgen wiederkommen, um sie alle herauszuholen.

Als Miguel am nächsten Morgen wieder auf dem Feld steht, fühlt er sich noch lange benommen, sie haben ihm etwas gegeben, damit er sich ruhig verhält. Als Monkey bei ihm ist und er nach Jakup und den anderen fragt, zuckt er die Schultern. Er habe sie nicht mehr gesehen, seit sie ins Haus gebracht wurden. Kurz danach kommt Sarita aus dem Haus und verabschiedet ihre Freundin. Als sich ihr Blick mit dem von Miguel trifft, versteht sie ihn auch ohne Worte, und keine Minute später wird er von einer Wache ins Haus gerufen.

Sobald er die Tür geschlossen hat, fällt Sarita ihm um den Hals. Er will das sofort klären, doch als sich ihre Lippen treffen, erwidert er erst einmal ihren Kuss. »Wieso hast du mich gestern nicht gehört, ich war an der Baracke.« Miguel berührt noch einmal ihre Lippen, dann sieht er sich im Haus um. »Sie haben mir irgendwelche Drogen gegeben, wo sind sie?«

Sarita versteht gar nichts. »Wer hat dir was gegeben und wo ist wer? Geht es dir gut?« Miguel hat keine Geduld ihr alles zu erklären. »Die Männer, die gestern von einer Schlange gebissen wurden, sie sollen ins Haus gebracht worden sein.« Sarita sieht sich ebenfalls um. »Mir wurde nichts gesagt, war der Arzt bei ihnen? Also hier oben ist keiner, unten ist nur der Keller und die alten Verliese.« Miguel bekommt ein ungutes Gefühl und weist Sarita an ihn dahin zu bringen, doch sie sagt ihm, dass sie den Bereich des Hauses nicht betreten darf. »Dann sag mir, wo sie sind und ich gehe alleine!« Sarita seufzt leise auf, sie scheint die Sache in ihrem Kopf hin und her abzuwägen, doch dann nimmt sie seine Hand. »Ok, aber schnell!«

Sarita bringt ihn in die Küche. Sie öffnet eine Tür, die eher wie der Eingang zu einer Speisekammer aussieht, doch dahinter verbergen sich Treppen, die sie in den Kellerbereich dieses alten Hauses bringen. Es ist dunkel, Sarita knipst einen Schalter an und an den Wänden leuchten Lampen auf, die wie Fackeln aussehen, Elektrofackeln. Als sie Miguels Blick sieht, lächelt sie belustigt. »Roan steht auf das Mittelalter.«

Sie gehen die Treppe hinab. Am Anfang stehen alte Möbel, einige Regale mit Weinflaschen, es wirkt wie ein normaler Kellerbereich, doch es gibt noch einen extra Gang und als Miguel den ansteuert, will Sarita ihn abhalten. »Ich kann mir das nicht vorstellen, ich habe noch nie gesehen, dass hier wirklich jemand hergebracht wurde.« Miguel geht weiter, er hört, dass sie ihm folgt. Er sieht auf drei Zellen, sie wirken wie aus einem alten Horrorfilm, es gibt eine Pritsche und dicke Eisenstäbe umringen die kleinen Räume. Zwei sind leer und als er zu der dritten geht, muss er sich das Unterhemd vor die Nase halten.

Saritas greller Schrei spiegelt seinen stummen Schrei wieder. In der Zelle liegen die drei Männer nebeneinander, ihre Beine überkreuzen sich, als wären sie hineingeworfen worden. Es fällt Miguel schwer Jakup zu erkennen, ihre Körper sind angeschwollen, blau verfärbt, einem hängt die Zunge heraus und sie alle sind tot. Hier weggeworfen, um an dem Schlangengift zu sterben. Über und neben ihnen ist Erbrochenes.

Miguel zieht Sarita an sich, damit sie das nicht mehr ansehen muss, im selben Moment kommt eine Wache zu ihnen in den Keller gestürmt, wahrscheinlich durch Saritas Schrei alamiert. »Was tut ihr hier? Ihr habt hier nichts verloren.« Miguel denkt nicht mehr darüber nach, was richtig oder falsch war, alles ist vergessen bei dem Anblick, der sich ihnen bietet. Bebend vor Wut geht er auf den Wachmann zu, der sofort seine Waffe zieht.

»Nein!« Sarita wirft sich auf den Mann und sein Schuss trifft zwar Miguels Schulter, doch er spürt sofort, dass ihn das Geschoss nur gestreift hat. Es ist nur eine Millisekunde, doch Miguel nutzt diesen Vorteil sofort, er schlägt den Mann nieder und entreißt ihm die Waffe. Er zögert keine Sekunde und schießt den Mann in den Kopf, wieder ein Aufschrei von Sarita, doch dieses Mal leiser.

Miguel hält ihr die Hand hin. »Ich verschwinde von hier, willst du mit mir kommen oder bleiben, deine Entscheidung, aber du musst sie jetzt treffen.« Sarita hat Tränen in den Augen und Angst, doch sie greift ohne zu zögern nach seiner Hand. Miguel sieht in den Taschen der Wache nach, ob er noch eine Waffe hatte, doch er findet keine mehr. Sie rennen zurück ins Haus, genau in dem Moment, als noch eine Wache nach unten kommen will.

Der Überraschungseffekt liegt auf ihrer Seite. Ohne Probleme trifft Miguel und auch der Mann geht zu Boden. Er nimmt ihm die Waffe weg. »Nimm sie.« Die Waffe ist viel zu groß für Saritas zarte Hand, doch sie haben momentan keine Wahl. Als sie in der Küche ankommen, will Miguel nach vorne zum Eingangsbereich, doch Sarita zieht ihn in eine andere Richtung. »Hier sieht uns niemand.« Sie gehen durch eine Terrassentür. Miguel sieht zu den Autos auf dem Hof, doch sie würden sofort bemerkt werden. Zwei Wachen laufen gerade von der Baracke in Richtung Feld.

Sie halten an und beide ducken sich hinter einer Hecke. »Wo ist hier eine undichte Stelle im Zaun?« Sarita sieht sich völlig panisch um, dann zeigt sie auf eine Stelle, wo wirklich ein großes Loch im Zaun klafft. Er sieht zu dem Loch, es sind nur wenige Meter und sie lassen diese Hölle hinter sich. »Dann los!« Er umfasst Saritas Hand fester und will los, als er das Klicken einer Waffe hört und auf drei Wachen sieht, die sich neben Sarita aufbauen und ihr die Waffen an den Kopf halten. Einer von ihnen hat ein Handy am Ohr. »Ja, wir haben sie.«

Miguel richtet sich ganz auf, während Sarita kläglich zu weinen beginnt und sich noch fester an seine Hand klammert.

»Lass die Waffe fallen Puerto Rico, ein netter Versuch, aber deine kleine Freundin wusste nicht, dass die Wachen seit Neuestem mit Funksprechverbindungen ausgestattet sind und Kontakt miteinander halten, wir haben alles gehört.« Miguel denkt nicht daran aufzugeben, doch da seine Aufmerksamkeit auf Sarita und den Wachen vor ihm liegt, spürt er zu spät den Mann hinter ihm und bemerkt ihn erst bei dem gewaltigen Schlag, den er in den Rücken bekommt.

Miguel geht zu Boden, als er aufblickt, sieht er, dass er mit einem Brett geschlagen wurde. Aus seinem Mund tropft Blut und die Waffe ist ihm genommen worden. »Ja, sie war mit ihm auf der Flucht, sie hat ihm geholfen, Roan.« Der Mann spricht mit Roan am Handy. Noch immer hält er die Waffe an Saritas Kopf und Miguel sieht es schon, bevor es überhaupt passiert. Wie in Zeitlupe blickt er Sarita im selben Moment in die Augen, in dem der Mann abdrückt. »Ihr verfluchten Hundesöhne«, zischt er heraus und versucht aufzustehen, im gleichen Moment, wie der leblose Körper von Sarita neben ihm landet.

»Erledigt, was machen wir mit ihm?« Der Mann nickt und legt dann auf. Miguel kommt nicht dazu aufzustehen, ein weiterer Schlag streckt ihn zu Boden. Zu fünft stehen sie über ihm, er kommt nicht dazu sich zu wehren, als Füße, ein Brett und eine Pferdepeitsche, die sich einer der Männer geholt hat, auf ihn einschlagen. Miguel stöhnt einmal vor Schmerzen laut auf, dann spürt er erst wieder etwas, als er weggeschleift wird.

Er kann seine Augen nicht öffnen, doch er riecht, dass sie ihn in den Keller bringen. Seine Gedanken gehen zu Saritas Augen, als sie erschossen wurde, sie hat ihn flehend angesehen, wollte von ihm gerettet werden, doch das konnte er nicht. Miguel wird in eine der Zellen geworfen. Zwar riecht er die anderen Toten, doch er weiß, dass es eine der anderen Zellen ist. Bevor er erneut das Bewusstsein verliert, erkennt er durch den Spalt eines Auges, was er öffnen kann und das viele Blut, was über sein Gesicht fließt, den Schatten eines Mannes. »Um dich will sich Roan selbst kümmern!«

Kapitel 17

Dania nimmt einen tiefen Atemzug und riecht noch einmal an dem Shirt, bevor sie es in ihre kleine Reisetasche legt. Es duftet nach Leandro, er hat es getragen, bevor er sich umgezogen und auf den Weg nach Kolumbien gemacht hat. Ihre Reisetasche ist nun etwas voller als sie es war, nachdem sie aus ihrem Haus gegangen ist, bevor es abgebrannt wurde. So wie ihre Reisetasche gefüllter ist, ist auch ihr Herz und ihre Seele reicher geworden, an Erfahrungen, an Liebe und auch an Schmerz.

Sie hat sich heute von Celestine verabschiedet und ihr versprochen sich zu melden. Besonders leid getan hat es ihr für die Schwestern in der Boutique, doch sie muss gehen. Auch wenn sie es ihnen nicht genau erklären konnte, hatte sie das Gefühl, dass sie sie verstehen. Von der Uni wegzugehen ist ihr leicht gefallen, sie hat sich von dem Direktor nur das Geld auszahlen lassen, was sie schon eingezahlt hatte. Es war ihnen sicherlich nur recht sie loszuwerden.

Mit diesem Geld und dem, was sie von den Schwestern noch bekommen hat, hat sie zumindest soviel beisammen, dass sie hier wegkommt. Sie hat zwar noch kein Ziel und keinen genauen Plan, doch sie glaubt an Gott und weiß, dass sie darauf vertrauen kann, dass er sie leiten wird. Noch einmal sieht sie sich in dem Zimmer um, Tränen steigen ihr in die Augen. Wie sehr sie sich wünschte hier bleiben zu können, dass Leandro ebenso Gefühle für sie hat wie sie für ihn und sie sich nicht nur seines lieb gemeinten Mitleides sicher sein kann.

Sie legt das Handy, ein Geschenk von Leandro, auf einen der Tische. Sie braucht es nicht mehr, sie will mit all dem hier abschließen. »Bist du dir ganz sicher?« Dine steht am Türrahmen und sieht sie zweifelnd an, sie hat ihn eingeweiht und ihn gebeten, zu niemandem etwas zu sagen. Sie kann ihm vertrauen, das wusste sie schon viel früher. Im Gegensatz zu allen anderen Männern, die bei ihrem Vater waren, hatte er immer ein gutes Herz und eine reine Seele.

»Es ist besser so, ich kann hier nicht bleiben. Entweder werde ich hier gehasst oder bekomme Mitleid, könntest du damit auf Dauer leben?« Er schüttelt den Kopf und als sie zu ihm tritt, gibt er ihr einen Kuss auf die Stirn. »Pass auf dich auf, ich werde für dich beten. Und melde dich ab und zu, damit ich weiß, dass es dir gut geht. Du hast verdient ganz neu anzufangen.« Dania umarmt ihn noch einmal.

»Und du wirst hier bei ihnen bleiben?« Der fromme Mann zuckt die Schultern. »Ich denke erst einmal schon, ich muss allerdings abwarten was passiert, wenn sie die Väter und Onkel befreien, ob sie mich überhaupt akzeptieren.« Dania lächelt. »Natürlich werden sie das, wie sollten sie nicht.«

Dine begleitet sie zur Tür. »Solange, bis sie wieder da sind, werde ich ihnen hier zumindest den Rücken frei halten, das bin ich ihnen schuldig, nachdem ich jetzt von Gallardo befreit bin.«

Dania geht aus der Haustür, ihr Taxi wartet bereits. »Denk du aber auch daran, dass du ebenfalls frei bist. Du kannst auch einen neuen Anfang beginnen.« Dine nickt und sie umarmt ihn ein letztes Mal, bevor sie einsteigt. Als sie losfahren und sie dem Fahrer sagt, dass er sie zum Busbahnhof bringen soll, wischt sie sich die Tränen weg. Auch wenn ihr Verstand ihr sagt, dass es das Richtige ist, weigert sich ihr Herz das einzusehen.

Sie sind schon fast um die Ecke gebogen, als drei große Taxis zu dem Haus ein paar Häuser neben dem Cielo fahren und davor halten. »Warten sie kurz!« Der Fahrer hält und Dania dreht sich um. Sie weiß, dieses Haus ist eine Art Treffpunkt gewesen. Leandro und die anderen haben es immer Punto-Haus genannt. Es steigen einige Frauen, ein paar junge Männer und auch ein paar Mädchen aus. Zwischen all den Menschen erkennt Dania eine Frau.

Mit ihren hellbraunen Haaren und dem hübschen Gesicht fällt sie sofort auf. Als sie sich umwendet und sich umsieht, erkennt Dania Leandros grüne Augen. Es ist seine Mutter Bella.

Dania lächelt und wendet sich wieder zum Fahrer. »Entschuldigen sie, es kann weitergehen.« Er gibt Gas und Dania ist beruhigt. Sie weiß, dass sich für Leandro alles zum Guten wenden wird und er hat es verdient. Sie wünscht ihm nichts als das Beste.

Leandro wacht ungewöhnlich schnell auf und ist sofort hellwach. Heute ist der Tag, er will gerade aus dem Bett springen, da fällt ihm ein, dass Tenaz sich gestern Abend nicht mehr von ihm wegbewegt hat. Sie haben ihm etwas Futter gekauft, und er hat von Damian den Namen Tenaz verpasst bekommen. Der Welpe ist den ganzen Abend um seine Beine herum getigert und als er sich schlafen gelegt hat, hat er sich vor seinem Bett breit gemacht.

Als er jetzt nachsieht, ist das schwarze Wollknäuel aber nicht zu entdecken. »Tenaz!« Sanchez sucht ihn anscheinend auch. Leandro steht auf und geht in den Flur, wo Sanchez seinen Turnschuh hochhält, dessen Schnürsenkel durchgebissen sind. Der Welpe kommt bei Leandros Anblick freudig von Damians Schoß gehüpft, direkt zu ihm. »Lass ihn Sanchez, wir haben andere Sachen zu tun. Alle wach?«

Natürlich sind alle wach, jedem ist die Anspannung anzusehen. Leandro kriegt kaum einen Bissen herunter, sie besprechen noch einmal, wie genau sie vorgehen wollen, auch wenn sie es gestern dreimal durchgekaut haben. Dann geht jeder duschen und sich bereit machen. Als Leandro aus der Dusche kommt, sitzt Tenaz ungeduldig vor seiner Zimmertür. Er zieht sich eine Jeans und ein Shirt über und lässt den Welpen in den Garten.

Alle anderen sind noch beschäftigt, Leandro nutzt die Zeit, um noch einmal zu probieren bei Dania durchzukommen, doch wieder geht nur die Mailbox an. Er überlegt kurz Dine anzurufen, doch sie haben gestern besprochen, all das sein zu lassen. Egal was los ist, was auch immer, wo auch immer, ihre ganze Konzentration muss dem hier gelten, deswegen sollen sie gar keinen Kontakt zu einem der anderen aufnehmen, alles liegt jetzt in ihrer Hand, sie dürfen sich nicht ablenken lassen. Alles ist auf einer Karte gesetzt und diese werden sie gleich spielen, Leandro kann nur beten, dass sie gewinnen.

Sami kommt aus dem Zimmer und zu ihm in den Garten. »Es geht jetzt wirklich los!« Leandro sieht Tenaz dabei zu, wie er versucht eine Fliege zu fangen. »Wir dürfen das nicht versauen, Sami, alles liegt jetzt bei uns.« Er spürt die Hand seines Cousins auf seiner Schulter. »Tun wir nicht, los, lass uns sie da rausholen!«

Tenaz wird mit Futter und einem gemütlichen Schlafplatz zurückgelassen. Sie verteilen sich auf die acht Geländewagen und laden eine Tasche mit Waffen ein, jeder von ihnen trägt zwei bei sich, um die Männer nach der Befreiung gleich zu bewaffnen. Da wo sie gestern ihren Geländewagen versteckt haben, parken sie nun die acht Autos. Es dauert etwas länger, bis sie alle so geparkt haben, dass sie von der Straße aus nicht mehr sichtbar sind.

Dann teilen sie sich auf. Sami, Kasim, Nesto und drei weitere Männer rennen auf die andere Straßenseite in Richtung des alten Schulgebäudes, während Leandro, Sanchez, Damian, Rico und noch zwei Männer sich den Weg durch den Wald, bis vor das Gefängnis durchschlagen. Keiner sagt ein Wort, alle sind hochkonzentriert. Wieder stehen ungefähr sechs Männer vor dem Gefängnis, sie unterhalten sich. Andere Polizisten laufen auf den Mauern entlang,

Leandro hat das Gefühl, es sind mehr als gestern, doch darüber darf er jetzt nicht nachdenken, es ist egal, sie werden jetzt angreifen. Er sieht zu der Ruine, greift vorsichtig nach seinem Handy und wählt Samis Nummer. Auch wenn sie mehrere Male nachgesehen haben, ob es auf Vibrieren gestellt ist, hält er seinen Atem an, das leiseste Geräusch könnte sie verraten. »Wir sind gleich soweit.« Sami geht flüsternd heran.

Leandro erkennt, dass sich an den Fenstern im oberen Stockwerk etwas tut, genau in dem Moment kommt ein kleiner Lieferwagen die Straße heraufgefahren. »Scheiße, wartet noch kurz.« Der Wagen hält und die Polizisten gehen dorthin. »Wir sind in Stellung, sag Bescheid, jeder hat einen im Visier, sobald dein Zeichen kommt, schießen wir.«

Sanchez neben ihm flucht leise. »Wollen wir warten, bis er weg ist?« Leandro sieht wütend auf den Lastwagen, ihr einziges Glück ist, dass seine Parkposition nicht die Sicht auf das Tor versperrt. Die Polizisten laden zwei Kisten aus und der Mann steigt schnell wieder ein. Als er losfährt, nimmt Leandro das Handy wieder ans Ohr. Neben dem weißen Tor ist an jedem Ende ein kleiner Raum, die beide mit Türen verschlossen sind. Sein Herz schlägt schneller als er sieht, wie zwei Polizisten in einen der Räume gehen, sie rufen den Wachen oben etwas zu und die drehen sich alle dem Hof zu. Das ist ihre Chance! Leandro bekreuzigt sich.

»Jetzt!«

Paco geht unruhig im Hof auf und ab, er hat gestern die Polizisten gefragt, wann sein Bruder wieder aus dem Krankenhaus kommt, doch diejenigen, die da waren, wussten es nicht. Es ist noch Vormittag und die Hälfte der Männer liegen noch in ihren Betten, hier schlafen alle lange, was sollten sie sonst tun? Er entdeckt Tito in der Küche und will gerade zu ihm, als er einen Schuss hört. Nicht einen, mehrere, und im gleichen Moment fallen einige der Polizisten von der Mauer. »Ach du Scheiße!« Tito kommt herausgestürmt und andere auch.

»Es geht los, macht alle wach, sie sollen alle herkommen.« Pacos Herz rast, als er zu den am Boden liegenden Männern rennt. »Paco, in Deckung!« Neben ihm schlägt ein Geschoss ein, noch immer sind ein paar Polizisten auf der Mauer und im selben Moment hört er, wie vor den Toren geschossen wird. Noch ein Polizist fällt herunter, es muss von mehreren Seiten angegriffen werden. Er sieht nach oben zu der alten Bauruine, das Einzige, was man von hier etwas erkennt. Er entdeckt mehrere Waffen, die aus den Fenstern auf die Polizisten gerichtet sind.

Er muss grinsen, seine Familie, die neue Generation, Stolz macht sich breit, besser hätten sie es nicht planen können. »Paco, duck dich endlich!« Er denkt nicht daran, als er einen der Polizisten am Boden erreicht hat und erkennt, dass er tot ist, nimmt er seine Waffe. Rodriguez ist im selben Moment bei ihm und nimmt sich die Waffe eines anderen Polizisten. Einige der Männer am Boden leben noch, Rodriguez entwaffnet sie alle und wirft die Waffen zu den anderen, die alle auf den Hof gerannt kommen. Die Polizisten, die noch auf der Mauer stehen, zielen nun in die Ruine. Paco erwischt einen von ihnen im Rücken, der zweite fällt durch Rodriguez und zwei weitere werden aus dem Haus getroffen. Dann ist Ruhe, nur noch vor dem Tor ist eine Schießerei zu hören. Paco blickt sich um und in die Gesichter aller, die nun auf dem Hof stehen.

»Es ist vorbei!«

Leandro flucht laut, wieder hat ihn eine Kugel in dieselbe Schulter getroffen, die schon verletzt war, doch er geht weiter. Fast alle Polizisten liegen am Boden, nur die beiden, die in dem Raum waren, nehmen die Tür als Deckung und schießen noch immer. Ein Polizist hat es noch geschafft einen Anruf zu machen, bevor ihn Sanchez' Kugel zum Schweigen gebracht hat. Auf der Mauer ist Ruhe, Leandro hört die Männer dahinter.

Damian schießt weiter auf die Tür, während Leandro auf die andere Seite rennt um besser heranzukommen. Sobald er einen anderen Winkel auf sie hat, trifft er einen der Männer im Raum. Der andere entdeckt ihn, doch bevor er einen Schuss machen kann, ist Rico an der Tür und beendet die Schießerei endgültig. In dem Moment kommen Sami und die anderen von der Ruine zu ihnen gerannt. Rico geht in den Raum, Leandro folgt ihm. Es gibt hier ein Telefon, einen Schreibtisch und mehrere Schalter, von denen einer zum Öffnen des Tores sein muss. Als Rico alle drückt, öffnet sich das Tor und Leandros Herz überschlägt sich fast vor Freude.

Sobald sie können, gehen sie durch das Tor. Als er all die Gesichter wiedersieht, muss Leandro schwer schlucken, es sind so viele, er wird von einem in den anderen Arm genommen, Tito küsst seine Stirn, sein Onkel Rodriguez drückt ihn, bis er vor seinem Vater steht. Als er jetzt nach all der Zeit in die Augen seines Vaters sieht, kann er nicht verhindern, dass ihm Tränen in die Augen steigen.

Er wird fest von ihm in den Arm genommen und hört, wie sein Vater ein leises Dankgebet an seinen Kopf murmelt und Leandro dann einen Kuss auf die Stirn gibt. Juan tritt zu ihnen, den Arm um Sanchez, der auch wie ein Honigkuchenpferd strahlt. »Was seid ihr für Männer geworden!« Sein Onkel nimmt ihn auch in den Arm und sein Vater begrüßt seinen Neffen mit einem Kuss. Erst jetzt erlaubt sich Leandro einen gesamten Blick auf alles.

»Ihr seid richtige Männer geworden.« Tito wuschelt noch einmal über Leandros Kopf, sie alle sind außer sich vor Freude und Erleichterung. Nun begrüßen sich alle, Damian lacht leise und blickt auf ihre Väter und Onkels. »Wir dachten wir haben genug trainiert, aber gegen euch ...« Leandro muss auch lachen, jeder der Männer hier im Gefängnis ist noch viel durchtrainierter als vorher. Ihre Befürchtungen, sie in einem schlechten Zustand vorzufinden, haben sich zum Glück nicht bewahrheitet. Rico lässt die Tasche mit den Waffen auf den Boden fallen und sie alle bewaffnen sich wieder.

Es ist ein beruhigendes Gefühl, dass ihre Väter und Onkels gleich wieder übernehmen. Es ist sofort so, als wären sie niemals weggewesen. »Los, untersucht alle Taschen der Polizisten, guckt, wer noch atmet und bringt ihn her, nehmt alle Handys, wir müssen herausfinden, wo Garcias ist. Jetzt ist er an der Reihe.«

Paco zieht Leandro ein Stück weg und zieht seinen Ärmel hoch, der blutdurchtränkt ist. Leandro erkennt seinen Stolz auf seinen Sohn, wie hat er sich früher diesen Gesichtsausdruck bei seinem Vater gewünscht. »Es ist nur ein Streifschuss. Geht's?« Er fasst an die alte, immer noch nicht ganz verheilte Wunde und zieht sich sein Shirt aus, was er seinem Sohn fest um den Arm bindet. Leandro nickt und sieht auf das Kreuz, das sein Vater um den Hals trägt. »Ich kann nicht abwarten, dass Mama es erfährt, sie kann endlich aufhören zu weinen.«

Sein Vater nimmt Leandros Gesicht in die Hände und küsst seine Stirn. »Wie sehr ich euch alle liebe!«

Dann tritt Sami aus Rodriguez' Umarmung. »Wo ist mein Vater, wo ist Miguel?« Paco sieht sich um. »Ist Miguel nicht bei euch?« Alle treten zusammen. War er bei den Männern, von denen sie dachten, sie wären zu ihnen zurückgekommen? »Der Arzt hatte bei den Frauen angerufen und gesagt, dass Männer zurückkommen sollten, aber nicht wer. Es ist niemals jemand angekommen, weder in Puerto Rico noch in New York.« Die Gesichter von Rodriguez und Juan sagen mehr als tausend Worte. Wo steckt Miguel?

»Hier sind zwei, die noch sprechen können.« Einige Männer, die vor dem Tor sind, rufen sie. »Wird Zeit dieses Gebäude zu verlassen. Wie ich es gesagt habe, du glaubst mir ja nie.« Juan klopft Paco auf die Schultern, der neben Leandro zum Tor geht. Sein Vater nimmt Leandros Hand und sieht auf die Plaka. »Was bedeutet das?« Er sieht auch auf Sanchez' und Damians Hand. »Das erklären wir euch später. Wir haben euch viel zu erzählen!«

Sie haben ihnen so viel zu erzählen, Leandro weiß gar nicht, wo er anfangen sollte. Zwei Männer knien vor dem Gefängnis auf dem Boden, sie haben beide Schusswunden, doch sind die offensichtlich nicht tödlich gewesen. Leandro schickt einige Männer los um die Geländewagen zu holen, sie sollten hier so schnell wie möglich verschwinden. Sein Vater beobachtet grinsend wie er Befehle gibt, dann ist er es aber, der sich vor die Männer stellt, allerdings bleibt Leandro direkt neben ihm.

Paco hält einem der Männer die Waffe an den Kopf. »So schnell ändern sich die Dinge. Wo ist Miguel, in welchem Krankenhaus ist Ramon und wo ist Garcias?« Der Mann zittert, sein Blick fällt zu dem Raum neben dem Tor, der noch nicht geöffnet wurde. »Ich weiß es nicht, Garcias hat die drei Jungs woanders hingebracht, ich habe nur gehört, dass es eine Drogenfarm ist. Ich weiß nicht wo oder wem sie gehört, das schwöre ich. Wir haben nur die Nummer von Garcias, ich kenne keine Adresse von ihm. Soviel ich weiß, ist er gerade in der Hauptstadt, er wollte nächste Woche wieder hier sein.«

Paco flucht laut. Leandro sieht sich unsicher um. Miguel ist auf einer Drogenfarm, was soll das bedeuten? Er versteht das alles nicht und auch nicht, wo Ramon sein soll. Pacos Waffe geht an den anderen Kopf, doch der Mann erzählt in etwa das Gleiche, nur weiß er von der Existenz mehrerer Häuser, die Garcias gehören, eines soll hier in der Nähe sein. Sein Vater sagt den Mann er soll aufstehen, er wird mit ihnen kommen und ihnen den Weg dahin zeigen. Sie wollen sofort zu Garcias.

Miko kommt zu ihnen, er hält mehrere Handys in der Hand. »Alle haben die gleiche Nummer von Garcias eingespeichert, keine Adresse, aber das wird seine Nummer sein. In dem Moment geht auch der Blick des Mannes der wieder steht ängstlich zu der Tür neben dem Tor. Pepo steht neben der Tür. »Sieh nach, was sie da verstecken.« Die Männer vor ihnen werden immer nervöser. »Wir haben den Befehl von Garcias bekommen.«

Leandro versteht gar nichts mehr, auch Paco sieht fragend zu ihnen, bis Pepo in dem Raum verschwindet und blass und fluchend wieder herauskommt. Juan und Raul sind daneben und treten als nächstes ein. Ein ungutes Gefühl macht sich bei Leandro breit, sein Vater scheint es ebenfalls zu spüren, fast zeitgleich machen sie sich mit Rodriguez und Sami auf den Weg zur Tür. Hernandez bleibt bei den Männern stehen und hält sie mit seiner Waffe in Schach.

Juan tritt heraus und bekreuzigt sich. »Lasst es, geht da nicht rein, Paco, Rod ...« Schon als er die Worte ausgesprochen hat, sind die beiden schneller gegangen und Leandro atmet tief ein. Er geht ihnen hinterher, Sami war schneller und sein verzweifeltes Aufschreien lässt Leandro die Augen schließen, noch bevor er es gesehen hat. Als er dann hineingeht, sieht er wie Rodriguez Sami hält, beide sind blass, Sami weint verzweifelte Tränen der Wut und des Schmerzes. Sie alle blicken auf seinen Onkel Ramon, der auf den Boden liegt. Mitten auf der Stirn hat er ein Einschussloch und es sieht so aus, als würde er da schon mehrere Tage liegen.

Leandro kann nicht glauben, was er da sieht, nur Samis Schreie nach Rache lassen es ihn wirklich fassen, auch ihm steigen die Tränen in die Augen. »Meine Mutter wird das nicht überleben.« Sami versucht an seinen Vater heranzukommen, doch Paco hält ihn auf. Er sieht zu Leandro, das erste Mal sieht er Tränen im Gesicht seines Vaters, auch seine brennen in seinen Augen. Sie alle haben ihn so geliebt, Paco und Rodriguez haben immer zu ihrem älteren Bruder aufgesehen.

»Bring deinen Cousin hier raus, kümmere dich um ihn, bis wir wieder da sind.« Leandro nimmt Sami und versucht ihn hinauszuziehen, was nicht leicht ist. Nachdem er es geschafft hat und sie heraustreten, stehen alle vor der Tür. Damian geht an ihn vorbei zu seinem Vater, alle anderen lassen die Brüder aber mit Ramon alleine, auch wenn er die Trauer und die Wut bei jedem sieht.

Es steht ihnen allen ins Gesicht geschrieben, Leandro legt seine Hände an seine Hüften, er hat das Gefühl keine Luft mehr zu bekommen. Er atmet tief ein und wischt sich die Tränen weg, während sich Sami vor ihm auf die Straße sacken lässt. Es ist totenstill, die Freude, alles ist weg, es herrscht nur fassungslose Trauer und Wut über den eiskalten Tod von Ramon.

◊

Dania steigt aus dem Bus, eigentlich wollte sie noch weiterfahren, aber nachdem sie in dieses kleine Städtchen hineingefahren sind, wusste sie, das hier der richtige Ort ist um neu anzufangen. Sie dreht sich um, ihr Blick fällt auf viele Berge und Felder, zwei Schmetterling spielen Fangen vor ihren Augen, es wirkt einfach nur friedlich.

Auch wenn die kleine Stadt nicht so weit von Sierra entfernt ist, wie ursprünglich gedacht, hofft sie, dass hier ihr Herz heilen kann. An Narben, die nicht verblassen werden, ist sie schon gewöhnt, sie hofft nur, dass es aufhört so wehzutun. Dania zwingt sich selbst zu einem Lächeln, nimmt ihre Reisetasche und geht auf einen Marktplatz zu, auf dem ein hektisches, aber schön buntes Treiben herrscht.

Miguel kann langsam seine Augen wieder öffnen, er spürt die Schwellungen in seinem Gesicht, sein Körper fühlt sich an, als wäre ein LKW darüber gefahren. Er weiß nicht, wie lange er hier schon bewusstlos liegt. Sie haben ihn in den Keller gebracht. Am Eingang seiner Zelle findet er ein Glas und einen Teller mit etwas Brot. Miguel zieht sich selbst dahin, er braucht unbedingt Wasser. Er hat aber nicht die Kraft sich hinzustellen.

Er hat das Gefühl, als wäre jeder seiner Knochen gebrochen. Miguel stöhnt laut auf vor Schmerzen, doch mit aller Kraft schafft er es. Als er sich aufsetzt und einen Schluck nimmt, lehnt er seinen Kopf an die kalten Steinmauern und schließt erschöpft die Augen.

Tränen sammeln sich darin, als er an Saritas letzten Blick auf sich denkt, bevor sie erschossen wurde. Sie hat ihm vertraut, er hätte sie schützen müssen, doch er konnte es nicht.

Ein Schmetterling fliegt in seine Zelle. Miguel fragt sich, wie dieser sich hier nach unten, bei der Dunkelheit und dem Gestank, verirren konnte. Während er auf den bunten Falter blickt, spürt er, wie ihn die Kraft wieder verlässt. Vielleicht ist es Zeit aufzuhören zu kämpfen, er hat keine Chance mehr. Hier kommt er niemals wieder heraus, vielleicht sollte er sich einfach hinlegen, die Augen schließen und nie wieder öffnen, nur um endlich wieder frei zu sein.

Genau in dem Moment, als er das denkt, geht die Tür nach oben auf. Er hört Stimmen und erkennt Roan, der nicht alleine ist.

Bella geht in den Garten ihres Hauses. Sie haben im Haus ihrer Mutter und im Punto-Gebiet geschlafen. Heute sind sie zum ersten Mal ins Surena-Gebiet gefahren. Die Häuser werden noch renoviert, doch bei ihr und Melissa sieht alles wieder gut aus, Jennifer hat beim Anblick ihres Hauses gerade fast geweint. Es muss noch viel getan werden, umso besser, dass sie jetzt doch schon hergekommen sind.

Trotzdem ist es schön wieder hier zu sein. Sierra, ihre Heimat, das spürt sie mit jedem ihrer Atemzüge. Jennifer tritt zu ihr und Bella greift nach ihrer Hand. »Ich habe das Gefühl, dass alles kaputt ist, ich will einfach wieder in meinem Haus leben und meinen Mann und meine Söhne bei mir haben.« Die hübsche Frau von Ramon ist erschöpft, so wie sie alle.

Bella sieht in den Garten, ein Schmetterling setzt sich vor ihr auf die Wiese, was ihr ein Lächeln ins Gesicht zaubert. »Es wird seine Zeit dauern, ich denke nicht, dass es jemals wie vorher wird, dafür sind die Wunden zu tief und es werden Narben bleiben, doch ich bin mir trotzdem sicher, dass alles wieder gut wird.«

Leandro beobachtet die Geländewagen, die zu ihnen fahren. Er blickt hinab zu Sami, der vor ihm auf der Straße sitzt. Ein kleiner bunter Schmetterling fliegt an Samis Kopf vorbei, er bemerkt ihn nicht einmal. Wenn Leandros Schmerz schon so stark ist, will er sich gar nicht vorstellen, wie Sami sich gerade fühlen muss.

Er sieht in die trauernden Gesichter aller Männer, sein Vater und Rodriguez sind noch immer in dem Raum, wo Ramon tot liegt. Das Erste, was er tun wollte, nachdem sie die anderen alle befreit haben, war seine Mutter anzurufen. Nun greift keiner zum Handy. Wie sollten sie ihnen das sagen?

Die ganzen Monate hat sich Leandro diesen Moment nur mit Freude vorgestellt, jetzt empfindet er nur noch Wut und Trauer wegen Ramon und Miguel.

Wenn sie dachten, dass sie mit der Befreiung ihren letzten Schritt auf diesem Weg gegangen sind, so haben sie sich alle schwer getäuscht.

◊

Lesen sie weiter in ...

Llora por el amor 6 – Cicatriz

Erst nachdem Leandro das Zimmer verlassen hat und zu den anderen in den Garten gegangen ist, greift Paco zum Handy. Er wählt die Nummer, die Leandro ihm gegeben hat, er kennt nicht einmal die neue Handynummer seiner eigenen Frau. Es tutet zweimal, bis er endlich die Stimme seines Herzens hört, und Paco muss sich zusammenreißen, jetzt nicht die Fassung zu verlieren. »Leandro, was ist los bei euch? Wieso meldet ihr euch nicht?«

Paco muss lächeln, wie sehr er sie liebt. »Bella.« Stille, dann ein verzweifeltes Schluchzen, das Paco durch den ganzen Körper geht. »Bitte, sag mir, dass du frei bist.« Sie fleht ihn an und Paco nickt, er ringt mit seinen Gefühlen und kann kaum klar denken, bis er bemerkt, dass sie sein Nicken nicht hören kann. »Ja Cariño, wir sind frei, unser Sohn, Sanchez, Damian, sie alle haben es geschafft.« Bella jauchzt laut auf, Paco müsste sich das Handy vom Ohr halten, tut er aber nicht, er kann nicht genug von ihrer Stimme hören.

»Sie sind frei!« Bella ist nicht alleine, er hört viele Stimmen um sie herum und schließt die Augen, wie soll er ihnen allen diese Nachricht übermitteln. »Wo seid ihr gerade, noch in New York?« Bella lacht ausgelassen. »Wir sind zurück in Sierra, Schatz, zumindest die meisten, die anderen kommen bald nach. Wie geht es euch, ist jemand verletzt, seid ihr schon unterwegs nach Sierra, wann können wir euch abholen?«

Paco streicht sich verzweifelt über das Gesicht, er sucht nach den richtigen Worten, doch er findet sie nicht. Auch wenn es immer noch laut im Hintergrund ist, Bella kennt ihn besser als sonst ein Mensch und sie wird ruhig. »Paco? Was ist los? Irgendetwas stimmt doch nicht.« Jetzt wird es leiser im Hintergrund und Paco muss nun mit der Wahrheit herausrücken, doch er muss es Bella alleine sagen, sie ist von allen die Sensibelste und wird die richtigen Worte an die Frauen

195

finden, die Worte, die ihm fehlen. »Bella, kannst du alleine in ein Zimmer gehen?«

Es wird ganz ruhig, er hört Bellas unruhigen Atem und wie sich eine Tür öffnet und dann schließt. »Ich bin allein, sag mir jetzt bitte was los ist, Schatz, es macht mich krank, dich so zu hören und nicht bei dir sein zu können.« Paco schließt die Augen. »Ich würde töten um dich jetzt bei mir zu haben. Du bist mein Leben, Cariño, du hast keine Vorstellung, wie sehr du, Latizia und Leandro mir gefehlt habt. Ihr wart der einzige Grund, dass ich das überstehe.«

Er hört die Tränen seiner Frau. »Du fehlst mir auch so sehr, ich konnte kaum atmen ohne dich, aber bitte sage mir, wieso du dann nicht glücklich bist? Ich höre doch wie sehr du leidest.« Paco weiß nicht wie er es ihr sagen soll, deswegen beschreibt er ihr einfach die letzte Zeit, er erzählt ihr, wie sie Miguel, Soran und Jakup geholt haben, was mit Ramon passiert ist. Als er ihr berichtet, wie die Jungs sie befreit haben und sie dann erst erfahren haben, dass Miguel nirgends angekommen ist, beginnt Bella schon bitterlich zu weinen. Ihm selbst kommen erneut die Tränen, als er ihr dann verzweifelt erzählt, wie sie Ramon gefunden haben.

Sie weinen beide, es dauert lange, bis Paco seine Frau etwas beruhigen kann, auch wenn er selbst so aufgewühlt ist. Er sagt ihr, was sie in dem Haus gefunden haben und dass sie morgen losfahren werden um Miguel zu suchen. Bella ist verzweifelt und Paco versucht sie ganz zu erreichen. »Bella, du musst jetzt stark sein, du musst jetzt für Jennifer da sein, du bist die Einzige, die ihr Halt gibt. Sami geht es gut und sage ihr, dass ich alles tun werde um ihr Miguel wiederzubringen.«

Er hört, wie seine Frau versucht wieder ihre Fassung zu finden. »Sie wusste es, Paco, sie hatte schon die ganze Zeit so ein schlechtes Gefühl, es wird sie zerstören.« Paco nickt. »Ihr müsst für sie da sein, sie muss für Sami stark sein und für Miguel, wenn wir ihn wiederbringen.« Bella hört auf zu weinen. »Das heißt, ihr kommt noch nicht alle wieder?« Paco zerreißt es, er würde sie so gerne in den Arm nehmen. »Noch nicht, ich schicke morgen einige Männer mit Ramon nach Hause, ihr müsst ihn beerdigen und ich werde erst an sein Grab treten, wenn ich seinen Sohn nach Hause gebracht habe.«

196

Auch wenn Bella schweigt, weiß er, dass sie nickt, sie versteht die Situation, in der er sich befindet. »Ich werde jetzt mit den anderen reden.« Paco weiß, dass es für Bella auch die Hölle sein wird. »Ich liebe dich, Schatz, ich rufe dich später an. Ich muss jetzt meine Eltern anrufen.« Bella schluchzt erneut auf. »Oh Gott!« Paco schließt die Augen. »Ich liebe dich, Paco, bis später.« Bella legt auf. Egal wie verzweifelt sie selbst sind, sie müssen versuchen so stark wie möglich zu sein. Paco schließt die Augen, als es bei seinen Eltern zuhause klingelt. Wie auch bei Bella ist die Freude unendlich groß, bis er ihnen alles erzählt.

Er schließt die Augen, als er das laute verzweifelte Weinen und die Schreie seiner Mutter hört und weiß, dass genau in diesem Moment auch Jennifer diese Laute von sich geben wird.

Alle trauern um Ramon und es zerreißt ihm noch einmal sein Herz, diese verzweifelte Trauer erneut zu hören.

Das Schicksal hat viele Gesichter, es kann Gutes bringen oder sich deinen Plänen in den Weg stellen. Es ist kein Zufall, dass uns manche Menschen begegnen. Wir lernen und wachsen an unserem Schicksal. Es ist keine Frage, ob dich das Schicksal aufsuchen wird, sondern wie du dann damit umgehen wirst.

Für jeden Menschen stellt sich irgendwann die Frage ...

... Glaubst du an das Schicksal?